读客

**读客外国小说文库**

激发个人成长

# 碟形世界

## 零魔法巫师3：所有魔法的源头

[英]特里·普拉切特 著

胡纾 译

TERRY PRATCHETT
A DISCWORLD® NOVEL
SOURCERY (RINCEWIND)

河南文艺出版社
·郑州·

# SOURCERY
## (RINCEWIND)

A DISCWORLD® NOVEL

Terry Pratchett

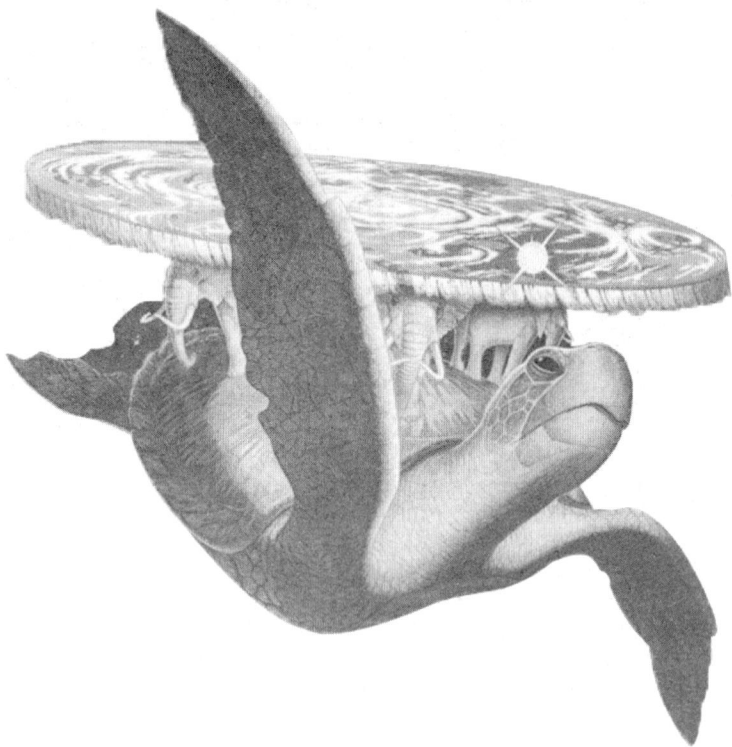

# 欢迎来到"碟形世界"

时间不曾停止，碟形世界的故事不会停止，而巫师灵思风的逃跑也不能停止。

作为"零魔法巫师"系列的第三本，《碟形世界·零魔法巫师3：所有魔法的源头》的主角还是那个魔法值为零却拯救了世界的红帽子巫师灵思风，只是这一次，我们还迎来了不速之客大法师。大法师掌握所有魔法的源头，是新魔法进入世界的大门。自从上次魔法大战结束后，碟形世界已经很多年没有出现过大法师了。

不知道，这次灵思风的短腿是否能跑赢大法师的法杖……

与此同时，在碟形世界的其他地方，还发生着其他的故事，每个故事都有自己的主角，有着自己的系列，比如"死神系列（暂名）""警卫队系列（暂名）"等，这些小系列与"零魔法巫师"系列一起构成了总共四十一本的《碟形世界》。

　　《碟形世界》的每一个故事都彼此关联，却又相对独立，您可以选择任何一本进行阅读。希望现在打开这本书的您，可以随着零魔法巫师灵思风踏入碟形世界畅游，预祝您旅程愉快。

从前有个男人，他生了八个儿子。除此之外，此人不过是历史这本大书上的一个逗号罢了。说起来挺可悲，但有些人的确就是这样。

不过，他的第八个儿子长大成人结了婚，又生了八个儿子。谁都知道，对于老八生的老八，这世上压根儿只有一种适合的职业，于是那孩子顺理成章地当上了巫师。他变得又贤明又强大——反正至少很强大是可以肯定的。总之，他戴起了尖尖的巫师帽子，故事就这样结束了……

或者本来应该就这样结束了……

可他却逃离魔法的殿堂，跟人恋爱还结了婚。当然，事情发生的先后顺序倒不一定正好如此。这不但有悖于魔法传承的规矩，而且显然完全违背理性——只除了人心所遵循的道理，而那道理又是那么热热乎乎、乱七八糟，而且，呃，不讲道理。

然后他生了七个儿子，每一个还在摇篮里时就不比世上任何巫师差。

接着他生下了第八个儿子……

一个巫师的平方——万法之源。

一个大法师。

夏季的闷雷绕着沙色的悬崖隆隆作响。往崖底看，远处有海水在吮吸鹅卵石，那动静活像只剩一颗牙的老头子嘴里含了块硬糖。几只海鸥由着上升气流把自己托起来，懒洋洋的样子，似乎在等待一些事情发生。

崖边簌簌作响的稀疏海草中间坐着生了八个巫师儿子的父亲，他怀里抱着自己的老八，眼睛凝视着前方的大海。

天上有一大块躁动的乌云正往内陆移动，光线被它挤在身前，带上了糖浆一样黏稠的质感，就像平日里雷暴准备动真格前的那种样子。

他听到身后一阵突如其来的寂静，于是转过身去，抬起一双哭红的眼睛望向那个穿黑袍、戴兜帽的高个子。

**红袍伊普斯洛？** 高个子问。声音像山洞一样空旷，密度活像中子星。

伊普斯洛突然发了疯似的，露出让人害怕的微笑。他把孩子举到死神眼前。

"我儿子，"他说，"我要管他叫科银。"

好名字，不比别的差。死神一面礼貌地回应，一面用两个空荡荡的眼窝俯视那张熟睡中的小圆脸。关于死神的谣言很多，但死神其实并不残忍，他只是干起自己的老本行来非常、非常地拿手而已。

"你带走了他母亲。"伊普斯洛说。这只是句简简单单的陈述，听不出什么敌意。悬崖背后的山谷里浓烟弥漫，伊普斯洛的家烧成了一片废墟；薄灰随风上升，飘散到咝咝作响的沙丘之上。

心脏病。死神说，不是最糟的死法，相信我。

伊普斯洛回身面向大海："我所有的魔法都救不了她。"

有些地方就算是魔法也无法到达。

"现在你又来要这孩子了？"

不，这孩子有他自己的命运。我是来找你的。

"啊。"巫师站起身，小心翼翼地把熟睡的宝宝放在稀疏的草丛上，又从地上拾起一根法杖。法杖挺长，通身黑色，金属质地，表面布满金银雕琢的网状花纹，好一副险恶又俗气的模样。那金属是八铁①，本身就带着魔力。

"这是我造的，你知道。"伊普斯洛道，"他们都说用金属造不出法杖来，说法杖只能是木头的，可他们错了。这里头融入了我的自我，很多很多。我要把它留给他。"

---

① 碟形世界里，八是具有魔力的数字，与之相关的事物自然也就不同凡响。——译者注

他的双手爱怜地抚过法杖，法杖则唱出微弱的调子。

他又说了一遍，几乎像在自言自语："这里头融入了我的自我，很多很多。"

**是根好法杖。**死神说。

伊普斯洛举起它，又低头看看自己的第八个儿子。孩子咯咯地笑了。

他说："她本想要个女儿的。"

死神耸耸肩。伊普斯洛瞅了他一眼，目光里混合着迷惑和愤怒。

"他到底是什么？"

**老八生的老八生的老八。**死神给出个毫无用处的答案。风鞭打他的袍子，推动他头顶的乌云。

"所以他会变成什么？"

**掌握万法之源的大法师，你明明知道的。**

轰隆一个滚雷，时间拿捏得恰到好处。

"他的命运呢？"伊普斯洛的吼声盖过了越刮越紧的大风。

死神又耸了耸肩。这动作他挺在行。

**大法师的命运由自己创造。他们与这世界并没有多少关系。**

伊普斯洛倚着法杖，手指敲个不停，仿佛迷失在自己杂乱的思绪中。他的左眉抽搐了一下。

"不，"他轻声说，"不，我要为他创造命运。"

**我建议你别这么干。**

"闭上嘴好好听我说！他们用他们的书还有他们的仪式和传承把我赶了出来！他们管自己叫巫师，可他们那身肥肉里所有的魔法加起来也敌不过我一根小指头！放逐！我！就因为我让他们看到我还是个人！要是没有了爱，人会变成什么样子？"

**数量锐减。** 死神回答道，**但不管怎么说——**

"听着！他们把我们赶到这儿，赶到了世界的尽头，就这么把她给杀死了！他们还想拿走我的法杖！"伊普斯洛嘶喊的声音压过了风声。

"好吧，我还剩了些力量。"他咆哮道，"我预言，我的儿子要去看不见大学，戴上校长帽，全世界的巫师都要向他低头！而他将让他们看到自己内心的最深处，看到他们那怯懦、贪婪的心。他要让世界看到它真正的命运，不会有任何魔法比他的更强大。"

**不。** 死神的声音波澜不惊，可奇怪的是，它却比风暴的呼啸更加响亮。伊普斯洛一惊，暂时恢复了理智。

他来回晃动着身子，显得有些迟疑。他问："什么？"

**我说不，没有什么事情是绝对的。当然，我是个例外。这样玩弄命运，你或许会带来世界末日也未可知。必须留下一点点希望，无论多么渺茫。宿命有一大堆律师，他们早就提出了要求：每一篇预言里都必须有漏洞可钻。**

伊普斯洛盯着死神毫不动摇的脸孔。

"我必须给那些巫师留个机会？"

是的。

"嗒、嗒、嗒……"伊普斯洛的手指敲打在金属的法杖上。

"那么他们的机会将出现在——"他说,"地狱结冰的时候。"

不。关于下一个世界的当前温度,我是不可以给你任何提示的,哪怕仅仅是透过默认的也不成。

"那么,"伊普斯洛犹豫了一下,"那么他们的机会就出现在我儿子扔掉法杖的时候。"

没有哪个巫师会扔掉自己的法杖,死神说,巫师和法杖的联系实在是太紧密了。

"但你必须承认,并非毫无可能。"

死神仿佛在思考。"必须"这种字眼他听着实在不大习惯,但他似乎承认了对方的观点。

同意。他说。

"依你看这机会足够小了吗?"

非常纤细,只有一线。

伊普斯洛放松了些,声音几乎恢复了正常:"我并不后悔,你知道。就算从头再来我也不会改变心意。孩子是我们未来的希望。"

未来没有希望。

"那它里头还有些什么?"

我。

"我问的是除了你！"

死神给他一个困惑的眼神：**抱歉，什么意思？**

头顶上，风暴的号啕达到了最高点。一只海鸥从他们头顶上方倒着飞过。

"我的意思是，"伊普斯洛痛心疾首地说，"这世上有什么东西是值得为它而活的？"

死神琢磨半晌。

**猫**，最后他说，**猫挺不错的。**

"诅咒你！"

死神不为所动。很多人都这么干过。

"我还有多长时间？"

死神从袍子下边不知哪个暗兜里掏出个大沙漏。黑色与金色的架子里围着上下两个玻璃球，几乎所有的沙粒都已经漏到下边一个球里去了。

**哦，大概九秒钟。**

伊普斯洛挺直身子，他那副身板就算到了这岁数仍然十分挺拔。他把闪闪发光的金属法杖递到孩子跟前。毯子里伸出的小手活像粉色的钳子，一把抓住了它。

"那么，就让我成为有史以来第一个也是最后一个把法杖传给自己第八个儿子的巫师。"他一字一句、铿锵有力地说起来，"我还要命他发挥它的——"

**时间可得抓紧了，我要是你的话——**

"全部力量，"伊普斯洛说，"成为最最强大的——"

乌云的中心里，一道闪电呼啸而下，正好砸上伊普斯洛的帽子尖。闪电沿着他的胳膊噼里啪啦一路往下走，又忽闪忽闪地顺着法杖击中了那孩子。

巫师消失在一缕烟里。法杖亮了起来，由绿而白，最后干脆变得红热。孩子在梦里微笑着。

等雷声过去，死神缓缓伸出手抱起男孩儿。孩子睁开了眼睛。

眼瞳从深处闪着金光。死神这一生里头——好吧，说"生"可能不大准确，可一时也找不着更合适的字眼——总之，他这一生里，还是头一回因为某人的目光而感到如此难熬。那视线仿佛聚焦在他骷髅头内部好几英寸深的位置。

这个雷不是我弄出来的，空气中传来伊普斯洛的声音，他受伤了吗？

没有。死神勉强收回视线，不去看那个又天真又深沉的微笑。

**力量被他控制住了，他是个大法师。毫无疑问，比这更可怕的事也伤不了他。现在——你必须跟我走。**

不要。

**要的。你瞧，你已经死了。**死神四下寻找伊普斯洛晃动的鬼影，却一无所获，**你在哪儿？**

在法杖里。

死神倚着镰刀叹了口气。

**愚蠢。我可以把你赶出来，轻而易举。**

同时也会毁了法杖。

在死神听来，伊普斯洛的声音里似乎新添了种洋洋得意的味道。

既然这孩子已经接受了法杖，那摧毁法杖一定会同时毁掉他。而扰乱命运的事你是绝不能干的。我得说，我最后的魔法，相当漂亮。

死神戳了戳法杖。它噼啪作响，还有火花沿着杖身爬行，那模样叫人毛骨悚然。

真怪，他并不觉得特别愤怒。愤怒是一种情绪，想有情绪你就需要腺体，而死神跟腺体从来没有打过多少交道。不过他还是稍微有些恼火，他叹了口气，人类老想跟他玩这档子把戏。可话说回来，看他们瞎折腾也怪有趣的，再说这至少比惯常的象棋之类的游戏稍稍多了些创意。象棋让死神紧张，因为他老是记不得马该怎么走。

**你不过是把注定之事略微推迟罢了。**他说。

所谓生命正是如此。

**可你究竟想要达到什么目的？**

我要陪在我儿子身边。我要给他以教育，尽管他并不会知道。我要引导他的理性。然后，等他做好了准备，我还要引导他的脚步。

**告诉我，死神问，你另外的几个儿子，你是如何引导他们的脚步的？**

我把他们赶走了。他们竟敢同我争论，他们不肯听从我的教导。但这一个会听的。

**这样做明智吗？**

法杖沉默不语。在它旁边，男孩听着那只有他能听到的声音，咯咯地笑了。

宇宙大龟阿图因在银河的黑夜中前行。想用类比来形容它的姿态是毫无希望的。假如你也身长一万英里，壳上布满陨石坑，还被冰冷的彗星冻出了霜，那么，世上真能称得上跟你相像的便绝对只剩你自己了。

于是，这古往今来最大的海龟就在星际间的深空里缓缓游着，龟甲上背着四头巨象，而象背上则是个硕大的圆盘，边缘一圈水瀑闪闪发光——这便是碟形世界，其存在要么是由于概率曲线上某次绝不可能出现的波动，要么是因为众神跟凡人一样喜欢开玩笑。

事实上，对于开玩笑，他们跟大多数人相比可是有过之而无不及呢。

离"环海"岸边不远有座布局杂乱无章的古城安卡·摩波，城里有所看不见大学，大学高处的一个架子上放了张天鹅绒软垫，垫子上有顶帽子。

这是顶好帽子，顶呱呱的好帽子。

它是尖的，这点自不必说，它还带着宽宽的软边，但这些都只是最基本的细节。在搞定它们之后，设计师才真正开始大展拳脚。帽子上有黄金蕾丝，有珍珠，有一条条围鼠皮[①]（半根杂毛也找不出来），有闪闪发光的安卡石[②]，有品位极其低俗的亮片，还有——当然，就是这个一下子泄了它的老底——一圈八钻。

目前帽子并未处于强大的魔法力场当中，八钻自然也没有发光，瞧着活像是质量挺次的普通钻石。

春天已经来到了安卡·摩波，虽然眼下还不大明显，但有些迹象在行家眼里却是清清楚楚的。比方说安卡河（这是条流速缓慢的宽阔水道，它不仅是这座双子城的水库和阴沟，还常常充当它的停尸房），它水面上的浮渣泛出了一种特别闪亮的绿色。再比方说，城里东倒西歪的房顶上突然冒出了不少床垫和枕头——那是因为有了微弱的日光，所以大家纷纷把冬天的床具搬出来晒晒；而在散发着霉味的地窖里，横梁也感受到了森林和大地的古老呼唤，于是扭动干瘪的身躯，一齐发出呻吟。小鸟在看不见大学的屋檐和排水槽筑起了巢。奇怪的是，尽管鸟多地少，安家的压力显然很大，而列在屋顶边缘的滴水兽又那么热情地张开了大嘴，它们却从来不肯把窝搭在这些家伙嘴里，让众多的滴水兽好不失望。

---

① 围鼠是种黑白两色的小东西，旅鼠的亲戚，生活在中轴地附近。它的皮毛相当稀罕，大家都拿它当宝贝，尤其是围鼠自己，为了留住它，这自私自利的小浑蛋无所不用其极。——作者原注
② 类似于莱茵石，只不过来自另一条河。遇上亮闪闪的东西，巫师的品位和自制力堪比精神错乱的喜鹊。——作者原注

有一种春天甚至潜入了古老的大学。今晚就是小神夜，看不见大学要选举出一位新校长。

好吧，说选举可能不大确切，因为巫师绝不肯跟投票这种不体面的活动扯上任何关系。再说谁都知道，选谁当校长全要看众神的旨意。今年啊，大家都知道众神准会挑中维睿德·韦大鹅。维睿德·韦大鹅是个挺不错的老伙计，已经耐心地等了好多年。

看不见大学的校长是碟形世界里所有巫师的正式领袖。在过去，这意味着他肯定拥有最强大的法力，但现如今世道已经安生多了，而且说实话，高阶巫师对真正的魔法大多有些不屑。他们通常更青睐行政管理——比魔法更安全，乐子也少不了多少，更不必说还能大吃大喝。

就这样，漫长的下午渐渐过去。韦大鹅的房间里，校长帽蹲在褪色的软垫上，韦大鹅本人则坐在壁炉前的浴缸里，给自己的胡子打肥皂。其他巫师要么在自己书房里打盹儿，要么正绕着花园缓缓散步，这样晚宴时才能有个好胃口；他们通常认为十一二步就足够了。

大厅里，两百位前校长的雕塑和画像瞪大了眼，监视仆人摆放长桌长凳。而在地下迷宫样的厨房中间——好吧，想象力应该用不着谁来帮忙，这种地方反正总少不了许许多多的油污、热气和大喊大叫，再加上一盆盆鱼子酱、整头整头的烤全牛，还有一串串活像硬纸剪出来的装饰品似的香肠，从一面墙挂到另一面墙。厨师长挑了间清凉的屋子为自己的杰作做最后的润色——那是看不见大学的模型，天晓得为什么，竟然是用黄油雕刻的。每次宴会他都要来这一手——黄油天鹅、黄油房子，甚至一整座臭烘烘、油腻腻的黄色动物园。他干得那么兴高采烈，谁也不忍心去阻止他。

仆役长则待在地窖中他自己的迷宫里，潜行于酒桶之间，时不时倒出一杯酒尝尝味道。

空气中的期待之情甚至弥漫到了艺术之塔上，把乌鸦也给传染了。艺术之塔足有八百英尺，远远高出城里别的房子，而且据说是世界上最古老的建筑。在它的屋顶上，剥落的石块支撑着好多片茂盛的迷你丛林，其间进化出了好几种全新的甲虫和小型哺乳动物。近些年塔身时常随微风摇曳，教人心惊胆战，所以人类已经不怎么往这儿爬了，以至于塔顶完全变成了乌鸦的天下。眼下它们正绕着艺术之塔飞来飞去，看起来有些激动，就好像雷暴来临之前的小虫子。真可惜，底下的人谁也没分点心思给它们。

马上就会发生可怕的事情。

你们乌鸦肯定察觉到了，对不？

不只是你们。

"它们吃错药了？"灵思风抬高嗓门，盖过周围的喧嚣。

图书管理员一闪身，躲过一本皮革封面的魔法书——这本书突然从书架上弹射出来，然后又因为铁链长度的关系，在半空中被猛地拽住。接着管理员往下一扑、一滚，刚好压住《恶菲奇奥的魔鬼学之发现》，当时这本书正猛击束缚自己的小书台，动作按部就班、有条不紊。

"对——头！"他说。

灵思风拿肩膀抵住一个颤抖的书架，又用膝盖强迫窸窸窣窣的书本各归各位。那噪声可怕极了。

涉及魔法的书都有自己的生命。其中一些，说实话，生命力简直强过了头。举个例子吧，《死人电话簿》的第一版非得夹在两块铁片中间不可，《悬浮真义》则已经在房椽上锁了足足一百五十年，而《德·福吉之性魔法指南》甚至必须独占一个房间——它被保存在一大盆冰里，还有严格的规定，借阅此书的巫师必须年满八十，可能的话最好是已经死了的。

可现在，就连大书架上那些普普通通的新老著作也在躁动，就好像鸡舍里的囚徒，忽然听到门底下有什么东西沙沙作响，于是集体心惊胆战，变得神经兮兮。从它们紧闭的封皮中间传出了沉闷的嚓嚓声，就像有谁在挠动爪子。

灵思风尖声喊话："你说啥？"

"对——头[①]！"

---

① 之前我们已经提到过，看不见大学的图书馆可不是平常那种刻板无趣的地方，你可别以为懂了杜威图书分类法就能在这儿混饭吃。不久前，一次魔法事故把图书管理员变成了猩猩，自那时起他一直对任何想把他变回原形的企图予以坚决抵制。胳膊长了他觉得挺方便，他还能用脚趾抓东西，更拥有在公共场所挠痒痒的权利。但这些还不是他最喜欢的部分，他最喜欢的是，如今关于生命的所有大问号突然都自动转化成一种若有若无的好奇：下一根香蕉会从哪里来？这并不是说他对人类生存境遇的绝望与高贵毫无察觉，只不过在他看来你大可以见鬼去。——作者原注

"哦！"

灵思风是图书管理员的荣誉助理，业务上比较后进，基本还停留在最简单的编目和帮拿香蕉阶段。因此，眼下图书管理员的举动足以让他五体投地。只见管理员从容地走在颤抖的书架中间，时而伸出那只黑皮手套一样的手抚过某书哆哆嗦嗦的封皮，时而又以猿猴那种令人安心的嘟囔安抚一本胆战心惊的辞典。

过了一会儿，图书管理员的动作渐渐慢下来，灵思风感到自己肩膀的肌肉也随之放松了。

当然，目前的平静并不稳当，时不时仍能听见有书页在沙沙作响，远处的书架上也还有书脊发出不祥的嘎吱声。在最初的惊慌过后，图书馆就仿佛待在摇椅制造厂里的长尾猫，高度戒备、神经紧张。

图书管理员沿着走道漫步往回走。他长了张只有载重轮胎才能爱上的脸，而且永远一副略带笑意的表情。可灵思风看见猩猩钻进了书桌下自己的窝里，还把脑袋藏到了一张毯子底下，于是他明白，管理员内心其实相当忧虑。

灵思风在阴沉沉的书架中间张望，咱们则趁着这机会来看看灵思风。碟形世界的巫师分为八个等级，灵思风经过十六年的钻研，连第一级也没有达到。事实上，他的几位导师曾经深入地思考过这一问题，并宣布说他连零级也不够格，尽管对于大多数正常人这其实是与生俱来的初始等级。还有人从另一个角度表达过类似的看法：等灵思风一命呜呼，整个人类的平均魔力值甚至会上升那么一点点。

他高高瘦瘦，下巴上的胡子又短又硬，一看就知道天生不是留胡子的料儿；身上的深红色长袍不单饱经沧桑，简直称得上年高德劭。可他确实是巫师，这一眼就瞧得出来，因为他头上有顶带软檐的尖帽子，上边还用银线绣了"巫帅"两个大字——这裁缝的错别字虽然厉害，但还是比他的绣工要强些。帽子顶上的星星还在，不过星星上闪闪发光的小圆片已经脱落了好多。

灵思风把帽子往脑袋上使劲一压，推开图书馆古老的大门，走进了午后金色的阳光中。屋外平和而安静，只有环绕艺术之塔飞行的乌鸦在歇斯底里地呱呱叫，稍微有些破坏气氛。

灵思风看了它们一会儿。大学里的这群乌鸦性情刚毅，从不会为了一点小事咋咋呼呼。

可话说回来——

天空是一片带着金色的浅蓝，高处飘着几朵厚厚的云彩，在渐渐伸长的光线里闪着粉红。四方的庭院里，几株老橡树花开得正盛。从一扇打开的窗户传出某个学生练习小提琴的声音，说实话，拉得挺糟。此情此景，怎么看也跟凶险沾不上边儿。

灵思风背靠在暖烘烘的石墙上——然后放声尖叫起来。

大楼在颤抖。他能感受到一种有节奏的抖动，从他手掌一路传到胳膊，频率分毫不差，刚好表达出无法控制的恐惧——石头吓坏了。

他听到一点咔嚓声，于是大惊失色地低下头去。只见一个装饰华丽的排水沟盖子往后翻开，一只老鼠探出了胡子。它匆匆忙忙地爬上来，给了灵思风一个绝望的眼神，然后从他脚边飞快地溜了。它的一打亲戚随后跟上，有些还穿着衣服，不过这在看不见大学的老鼠身上并不稀奇。弥漫此处的魔法浓度太高，对基因产生了各种稀奇古怪的影响。

灵思风瞪大眼睛四下一看，灰色正从大学的每个排水口涌出来，集体朝外墙流去。他耳边的常青藤沙沙地响了起来，一群老鼠舍生忘死地跳到他肩上，又顺着他的袍子滑下了地。除了把他当跳板，它们完全无视他的存在，不过这倒也不稀奇。对灵思风，大多数生物从来都是视而不见的。

巫师转身逃回学校大楼，长袍的下摆一路拍打着膝盖。他一口气跑到庶务长的书房，使劲捶门。房门"嘎吱"一声开了。

"啊。你是……嗯，灵思风，对不？"对方兴趣缺缺，"有什么事？"

"我们要沉了！"

庶务长盯着他看了几眼。此人名叫锌尔特，高高瘦瘦，看起来仿佛连着好几次投胎到马肚子里，只在这辈子才极其惊险地逃过了自己的宿命。遇上他的人总有种感觉，觉得他好像在拿牙齿瞅自己。

"沉？"

"对。老鼠全跑了！"

庶务长又瞅了他一眼。

他和和气气地说："进来吧，灵思风。"屋里光线暗淡，天花板也挺低。灵思风随他走到窗前，窗户正对花园，远远地还能瞧见河景。河水慢吞吞、静悄悄地一路流向大海。

庶务长问："你似乎有点……呃……过分了吧？"

灵思风心虚气短："什么过分？"

"这是栋房子，你瞧。"庶务长道。按照大多数巫师的习惯，一旦遇上什么难题，就会立刻开始卷香烟。"这不是船。从很多地方都能看出来，你知道。前头没有鼠海豚游来游去，也没有底舱之类的。沉没的可能性微乎其微。否则，嗯，我们不就得操纵棚子，然后划到岸上了，是吧？"

"可那些老鼠——"

"再把船停进港口，我猜，还要举行些……嗯……春季必不可少的仪式。"

"我敢肯定刚才大楼还晃了来着。"灵思风迟疑起来。屋子里安安静静，壁炉里还有火在噼噼啪啪地烧着，先前的一切突然都显得不太真实。

"一点点地震吧，多半是。大阿图因打了个嗝儿，嗯，你该有点自制力。嗯，你没喝酒吧，啊？"

"没有！"

"嗯。想喝点不？"

锌尔特迈起轻盈的步子，走到一个深色的橡木橱柜跟前。他拿出两只玻璃杯，又用水壶往杯里倒上水。

"每天这个时候我变雪利酒最是得心应手。"他一面说一面在杯子上方张开双手，"只管……嗯……开口——要甜的还是不甜的？"

"嗯，不必了。"灵思风道，"也许你说得没错。我想我还是去休息休息吧。"

"好主意。"

灵思风沿着冰冷的石头走廊漫无目的地走着。他时不时会碰碰墙壁，摆出倾听的样子，然后又摇摇头。

他重新回到庭院，正好瞧见许多老鼠从一个阳台成群结队地涌出来，朝河边飞奔而逃。就连它们脚下的地面也仿佛在动。灵思风凑近一看，原来地上爬满了蚂蚁。

这些可不是寻常的蚂蚁。魔法往大学的墙里渗透了好多个世纪，让它们变得有些稀奇古怪。有的蚂蚁拖着特迷你小车，有些骑着甲虫，但无论如何，它们全都在以最快的速度逃离大学。所过之处，地上的青草也泛起了涟漪。

灵思风抬起头，只见一张老旧的条纹床垫从上方的窗户挤出来，坠落到院子里的石板上。经过短暂的停顿——看起来似乎是为了喘口气——它从地上抬起来一点点，然后坚决地飘过草地，朝灵思风直冲过来。巫师赶紧往旁边闪，总算没被它撞上。在它跑远之前，灵思风听到一阵尖厉的叽叽喳喳，还瞥见鼓起的布料底下伸出了上千只坚定的小短腿——就连臭虫也行动起来了，它们甚至为可能遭遇的住房短缺做好了准备，真是考虑周全。其中一只朝灵思风挥挥手，还尖声打了个招呼。

灵思风一步步往后退，突然感到两腿碰上了什么东西，一时魂飞魄散。可那不过是张石凳罢了。他打量对方半晌，见它仿佛并不急着逃走，于是满心感激地坐下了。

这一切必定有个再自然不过的解释，他暗想。或者，至少有个再寻常不过的超自然解释。

一阵嘎吱嘎吱的噪声让他把目光投向草坪对面。

绝没有什么自然的解释可以解释这个。护墙和排水管上的滴水兽正小心翼翼地往房顶下挪，动作极其缓慢，整个过程都静悄悄的，只能偶尔听到石头与石头相互摩擦的声响。

可惜灵思风从没见过低质量动画（按质量来说，还是叫它们不动动画为好），要是见过，他就会知道如何形容自己眼前的景象了。滴水兽并不是真的在动，但它们却能以一系列画面完成位移，摇摇摆摆、晃晃悠悠地带走自己的喙、鬃毛、翅膀、爪子和鸽子屎。

"怎么回事？"灵思风尖叫道。

回答他的家伙长着哥布林的脸、哈耳皮埃①的身子和母鸡的腿，它以一连串抽搐似的动作转过脑袋，说话时声音仿佛大山在蠕动（只不过那原本应该很深沉的回声效果并不太理想，原因一望可知：它讲话时也跟平时一样，嘴巴总是张着）。

---

① 希腊神话里的怪兽，长着女人的脸和上身，鸟的翅膀加爪子。——译者注

它说："达化斯乃了！桃抿腰景！（大法师来了！逃命要紧！）"

灵思风道："啥？"可那东西已经从他身边走开了，东倒西歪地冲过了古老的草坪[①]。

于是灵思风坐下来，瞪着空气看了整整十秒钟，然后尖叫一声拼命跑起来。

他一路跑到了图书馆里自己的房间。这间屋子并不怎么样，它的主要功能其实是堆放旧家具，可这儿却是他的家。

在一堵光线暗淡的墙壁前立着个衣橱。它可不是现代那种玩意儿，只配让心惊胆战的奸夫躲开提早回家的丈夫。灵思风房间里的衣橱已经很有些年头了，橡木打造，夜色一般漆黑，在它布满灰尘的深处有衣架神出鬼没、繁衍生息，在它的底板上还有一群群磨损得厉害的鞋子畅游无阻。它很可能是通往某个奇妙世界的秘道，可惜从没人来探索过，因为樟脑丸的气味实在让人痛苦难耐。

衣橱顶上有个包黄铜的木箱，裹在泛黄的纸张和一张旧防尘套里。它的大名叫作行李箱。为什么行李箱会同意让灵思风做它的主人只有它自己才知道，而它的嘴巴又很严。但有一点可以肯定，在一切旅行用品的全部历史中，大概没有哪一件像行李箱一

---

① 滴水兽出逃时留下的道道沟壑害得大学的园丁长一口咬烂了他的耙子，并且直接导致了那句名言的产生："你怎么把草坪整成这样的？你刘啊碾啊弄了五百年，然后一群浑蛋就这么大摇大摆地从上头走过去了。"——作者原注

样，有过如此之多的秘密、经历过如此严重的身体伤害。它被人形容为半是箱子、半是嗜血的疯子。它拥有许许多多不同寻常的品质，其中一些很快就会显现出来，但眼下只有一点让它显得与其他包黄铜的木箱子迥然不同——它在打呼噜，声音活像有人在慢条斯理地锯木头。

行李箱或许会魔法，它或许还很可怕，但在它那神秘莫测的灵魂深处，它同多维宇宙中的每一个箱子都血脉相连——每到冬天，它们都一样喜欢在衣橱顶上冬眠。

灵思风拿了把扫帚敲打箱子，直到锯木头的声音戛然而止。他又来到装香蕉的柳条箱跟前——这是他的梳妆台——把各种零零碎碎的东西揣进兜里，然后转身往门口走去。他注意到自己的床垫不见了踪影，但这没什么关系，因为他反正也不打算再睡床垫，永远不会。

行李箱"咚"地落了地，声音很扎实。几秒钟之后，它极其小心地伸出几百条粉红色的小短腿，前前后后地晃晃，把每条腿都舒展舒展，最后张开箱盖打了个哈欠。

"你到底来不来？"

箱盖"砰"一声合上了。行李箱巧妙地调动每一只脚，一阵排列组合之后终于让脸朝向门口，很快撒腿追上了自己的主人。

图书馆里气氛依然紧张，偶尔能听到铁链咔嗒作响[1]或者书页

---

[1] 大多数古老的图书馆，把书锁在书架上是为了防止它们被人损坏。当然在看不见大学的图书馆，事情或多或少是反过来的。——作者原注

发出沉闷的噼啪声。灵思风伸手到桌子底下，一把抓住仍然蜷在毯子里的图书管理员。

"跟我来，我说！"

"对——头。"

灵思风孤注一掷："我给你买杯酒。"

图书管理员立马伸展开来，活像长了四条腿的蜘蛛："对——头？"

灵思风几乎是把猩猩从巢里拖出了图书馆。他没往学校大门走，而是瞄准了一堵并不起眼的石墙。这里唯一的特别之处在于几块松动的石头，然而两千年以来，它一直都为需要在熄灯之后溜出宿舍的学生提供便利。正走着，灵思风突然停下脚步，害得图书管理员一头撞上了他的后背，行李箱紧随其后，同他俩撞在一块儿。

"对——头！"

"噢，诸神在上，"灵思风道，"瞧那儿！"

"对——头？"

从厨房附近的一块格栅处涌出了一片闪闪发光的黑潮。黄昏的星光闪耀在几百万黑色的小背甲上。

但让人心烦意乱的并非这一大片蟑螂的模样，关键在于它们移动的方式——每排一百只，齐头并进。当然，蟑螂同大学里其他非正式居民一样，都有点不同寻常，可无数只小脚整齐划一地踏在石板上，那声音的确是特别令人不爽。

灵思风小心翼翼地跨过行进中的蟑螂纵队。图书管理员则是一跃而过。

行李箱也跟了过去，不过动静自然要大些，类似某人在薯片上跳起了踢踏舞。

灵思风终于同所有的昆虫、所有惊慌失措的小老鼠一道逃出了大学，当然行李箱是被硬逼着绕道从大门走的，因为让它走秘道它也只会在墙上砸出个洞而已。灵思风合计着，假如安安生生地喝上几杯啤酒还不能对自己有所帮助，那么再多喝几杯多半能够奏效。反正这招肯定值得一试。

这就是为什么他没去大厅用晚餐的原因。后来的事件将会证明，这是他这一辈子错过的最重要的一顿饭。

顺着大学的围墙往前，伴随着微弱的叮当声，有爪钩挂上了墙垛。片刻之后，一个全身黑衣的纤细身影轻轻跳进了校园里，它朝大厅的方向跑起来，行动时没有一点声音，很快便消失在阴影中。

反正也没人会注意到它。在校园的另一侧，大法师正朝学校大门走去。每次他的脚落在鹅卵石上，蓝色的火星都噼啪作响，把傍晚的露水蒸发得干干净净。

屋里热极了。大厅顺时向一侧有个大火炉，几乎闪出了白炽的光。巫师都很怕冷，因此木头被烧得很旺，火焰喷射出的热气甚至熔化了二十英尺开外的蜡烛，连长桌上的清漆也热出了泡泡。宴席上的空气里全是烟叶燃烧的蓝色，四处流窜的魔法把它们扭曲成各种奇异的形态。主桌上，一整只烤猪的尸首显出极端不悦的样子，因为人家竟不肯等它把嘴里的苹果吃完就把它给宰了。另外，黄油的大学模型正轻轻柔柔地沉下去，化作一摊油腻。

大厅里有好多啤酒。到处都能看见脸蛋通红的巫师，兴高采烈地唱着古老的祝酒歌，一面还互相拍打膝盖，"吼！吼！"地叫着。对于这种举止，唯一可能的借口只能是，巫师们个个单身，只好尽量给自己找些乐子。

这种整体性的欢快气氛还有另外一个原因，那就是眼下谁也没盘算着要干掉谁。这在魔法圈里实在是不同寻常。

高阶巫师的圈子危机四伏，每个巫师都会想尽办法搞掉自己上头的同袍，同时还要狠命践踏下边人的手指头。有人说巫师们天性里就带了些健康的竞争意识，这就等于是说锯脂鲤生来有点容易饿。不过，曾经爆发的魔法师大战实在太过惨烈，害得碟形世界上整片整片的地区都没法住人①，于是，巫师们被禁止使用魔法解决争端——不仅因为这会给所有人都惹出老大的麻烦，也因为通常都很难辨别剩下的哪一团肥油才是获胜的一方。所以，传统上巫师争斗的手段不过是匕首、慢性毒药、鞋子里的蝎子和各种妙趣横生的陷阱——比方说剃刀一样锋利的钟摆之类的东西。

不过今晚是小神夜，在这个日子杀死自己的巫师弟兄被认为

---

① 至少对于任何希望起床时自己还保持着睡觉时形态或原本物种的人来说是这样。——作者原注

是极其恶劣的行为，因此眼下巫师们都觉得可以安心把头发放下来，而不必担心有人会拿它把自己勒死。

校长的座位空着。韦大鹅独自在书房用餐，这是符合他身份的举止——就在今天早些时候，众神才同深明事理的高阶巫师开展了严肃的讨论，最终将他选为校长。尽管已经活了八十个年头，但韦大鹅仍然忍不住有些紧张，第二只鸡都没怎么动。

几分钟后他就得发表一番演说。韦大鹅年轻时曾在各种古怪的地方寻找魔法力量——他在闪亮的八元灵符里同魔鬼搏斗，凝视过许多人类不该知晓的维度，他甚至镇住了看不见大学的津贴委员会。然而演说显然是八重虚空里最恐怖的事件：两百来个巫师扬着脸，透过卷烟的烟雾满怀期待地盯着你看。

很快掌礼官们就会来唤他。韦大鹅叹了口气，推开一口没尝的布丁，起身走到硕大的镜子跟前。他在长袍口袋里一通乱摸，找出几张便笺。

过了好一会儿，他总算排出点顺序来，于是清了清喉咙。

"我的同门弟兄，"他开始演练，"我无法表达我是多么的——呃，多么的……这所古老大学的优良传统……呃……当我环顾四周，看着前任校长们的画像……"他停下来，重新理理便笺，接下来显得自信多了，"今晚我站在这里，不由想起了关于三条腿的小贩和……呃，和商人的女儿们的故事。这个商人好像是……"

有人敲了敲门。

"进来！"韦大鹅大吼一声，又仔细瞅瞅笔记。

"这个商人，"他喃喃道，"这个商人，没错，这个商人有三个女儿。我想是这样。对，是三个。看来似乎……"

他看看镜子，然后转过身。

他张开嘴："你是谁——"

然后他发现这世上到底还有比演说更可怕的事情。

小巧的黑色身影潜行在空无一人的走道里，它听到了响动，但并不怎么在意。在时常演练魔法的区域，令人不快的动静实在是稀松平常。这个身影在找东西，它并不清楚要找的是什么，只是确信一旦找到了自己就会明白。

几分钟之后，它的搜索把它带到了韦大鹅的房间。空气里充满了一圈圈的油腻，烟灰细小的颗粒随着气流轻柔地飘浮，地板上还有好些灼烧的痕迹，全都是脚印模样。

这个身影耸耸肩。巫师房间里的东西总叫人摸不着头脑。它在破裂的镜子里瞥见自己的无数个影子，于是整理整理兜帽，然后继续搜索。

它行动时仿佛倾听着某种无声的指引。只见它径直走向房间另一头的桌子，半点脚步声也没有。桌上放了只有些磨损的皮盒，又高又圆。它蹑手蹑脚地靠近，轻轻揭开盒盖。

里面传出的声音仿佛有人隔了好几层地毯在说话：总算来了。怎么这么磨蹭？

"我是说，这一切到底怎么开始的？我是说，过去，那可都是真正的巫师，根本不分什么等级什么品阶的。他们只需要走出去，然后——干净利落，'砰！'"

光线昏暗的破鼓酒家里，一两个客人慌慌张张地抬起头四下打量。他们都是最近才来城里的。酒馆里的常客从不关注突如其来的响动，无论那是呻吟还是煞风景的嘎吱嘎吱。这种做法更有利于身心健康。在城里的某些地方，好奇心不仅能杀死猫，还会往它脚上绑几块铅，再把它扔进河里。

灵思风身前陈列着一桌子空酒杯，他的两只手在杯子上挥来挥去，动作不大稳当。眼下他几乎已经忘掉了蟑螂。只要再来一杯，他没准能把床垫也抛到九霄云外。

"'嗡！'一颗火球！'咝！'消失得干干净净！'嗡！'——抱歉。"

图书管理员小心翼翼地拿起自己的啤酒杯，把它转移到灵思风胳膊的射程之外。

"真正的魔法。"灵思风憋下一个嗝儿。

"对——头。"

灵思风盯着杯里的泡沫，然后倾下身去，往一只碟子里倒了些啤酒。因为担心自己的脑袋会从脖子上掉下来，所以做这动作时他的态度极其慎重。酒是给行李箱的，它就埋伏在桌子底下，这让灵思风很是欣慰。平时它经常偷偷接近酒客，吓唬人家，逼人家喂它薯片吃，害灵思风丢尽了颜面。

灵思风迷迷糊糊地琢磨着，不知自己思想的快车在哪里出了轨。

"我说到哪儿了？"

"对——头。"图书管理员提醒他。

"没错。"灵思风面色一霁，"他们才不分什么等级、品阶之类的，你知道。那些日子他们还有大法师。他们满世界探险，找出新的咒语——"

他伸出手指在一杯啤酒里蘸蘸，开始在污迹斑斑、伤痕累累的木头桌面上乱涂乱画。

灵思风的一个导师曾对他下过这样的评语："如果说他对魔法理论的理解糟糕透顶，那么等到需要形容他的魔法实践时，你便会发现自己无词可用了。"这话灵思风一直没想明白。难道真要擅长魔法才能当个巫师？对这一观点他表示坚决反对。在他内心深处，他知道自己是巫师，擅不擅长魔法跟这半点关系也没有。那只是一点额外的好处，并不真能界定一个人。

"在我小时候，"他的语气好不惆怅，"我在书里看见过一张大法师的图片。他站在山顶上挥舞胳膊，浪花全往上涌，你知道，就好像安卡湾刮大风的时候，而且他身边净是电闪雷鸣——"

"对——头？"

"我也不知道那是为什么，没准儿他穿了雨鞋。"灵思风好不耐烦地应付一句，又恍恍惚惚地继续往下讲。

"而且他还有根法杖，头上还有顶帽子，就跟我的一样。他的眼睛好像在发光什么的，而且还有种好像闪光的东西从他手指尖蹿出来。我就想，总有一天我也要这样，而且——"

"对——头？"

"那就一半吧。"

"对——头。"

"神奇。"

灵思风用啤酒完成了他的素描。悬崖上立着一个木棍似的人影，看起来并不十分像他自己——用走了气的啤酒画画也没法太精确，反正意思到了就行。

"那才是我的理想。"他说，"'咣！'而不是这些乱七八糟的什么书啊什么的，根本不该这么着。我们需要的是真正的魔法。"

最后那句原本可以赢得一项大奖——"本日错得最离谱的一句话"奖，然而灵思风接下来又说了一句：

"可惜现在已经没有那种人了。"


锌尔特拿自己的调羹轻轻敲着桌子。

他穿戴了为正式场合特制的长袍，外加代表神圣先知会的围鼠毛兜帽以及代表五级巫师的黄色腰带，形象相当醒目。他在第五级已经待了三年，就等哪个六级巫师腾出空来——六十四个六级巫师只要死一个就成。不过眼下他情绪挺好。刚刚的晚餐相当令人满意，他房间里还有一小瓶毒药，保证无色无味，只要使用得当，几个月之内他肯定能晋级。这日子可真不错。

片刻之后就是九点整，大厅尽头的大钟开始哆嗦。

调羹打出的拍子没起多大作用。锌尔特拿起个白镴大酒杯，使劲往桌上一放。

"兄弟们！"他大喊一声，喧哗声慢慢止住，他点点头，"谢谢你们。请各位起立，准备好迎接，嗯，钥匙仪式。"

底下一片笑声，还有普遍燃起的期待之情。巫师们纷纷推开长凳，晃晃悠悠地站起身来。

通向大厅的两扇大门已经上了锁，还插了三根门闩。新当选的校长必须三次请求许可，门才会打开，表示他受到了巫师的普遍认可。或者诸如此类的。这仪式的缘起大家早忘了，但正是因为忘了原因传统才会被一直保留。反正这个理由总不会比别的理由更糟。

谈话声渐渐低下去。一屋子巫师都盯着大门。

敲门声轻柔地响起来。

"走开！"巫师们高叫道，这里头隐含的幽默太过微妙，有些巫师竟乐不可支，笑得瘫倒在地。

锌尔特拿起铁制的巨大钥匙圈。铁圈上挂着大学里的各种钥匙，它们并非全用金属打造，也并不全都可见。其中一些的模样实在古怪。

他吟咏道："外间敲门者何许人也？"

"是我。"

这声音的奇特之处在于，每个巫师都觉得说话人就站在自己背后，大多数人甚至不由自主地扭头往后瞅。

在随后那阵目瞪口呆的寂静中，门锁发出短促而尖厉的咔嗒声。巫师们胆战心惊，却又移不开视线。只见铁制插销自作主张地滑开了，被时间变得比石头还要硬的大块橡木门闩慢慢滑落地上，铰链烧成了红色，然后变黄、变白，终于炸开。最后，大门向内坍进大厅里，缓慢却不可阻挡。

燃烧的铰链上冒出浓烟，模糊了站在门口的那个人影。

"见鬼，维睿德，"门边一个巫师道，"这一手可真不赖。"

那人影大步走进光线底下，大家这才发现，来者并非维睿德·韦大鹅。

他比最矮的巫师至少还要矮一个头，他还比大家都年轻了几十岁；看模样他大概十岁上下，身上只穿了一件白色的袍子，拿在一只手里的法杖都比他自己要高出不少。

"嘿，他可不是巫师——"

"他袍子上怎么没有兜帽，我说？"

"他的帽子呢？"

陌生人从一排瞠目结舌的巫师面前走过，最后站到了主桌跟前。锌尔特低下头，映入他眼帘的是张瘦小、稚嫩的脸，被一团浓密的金发包裹着。最引人注目的是那两只金色的眼睛，它们从深处散发着光芒。不过锌尔特觉得它们看的并不是自己，而是自己脑袋之后六英寸之外的某个点。他感觉自己仿佛挡了人家的道，而且自己站在这儿纯属多余、毫无用处。

他奋力聚拢自己的威严，又把身板挺得笔直。

"这到底是什么……呃……意思？"他说。这话讲得确实没什么魄力，但对方的目光如此稳定、耀眼，简直让他脑子一片空白。

那陌生人道："我来了。"

"来了？为啥要来？"

"为了属于我的位置。我的座位在哪儿？"

"你是学生？"锌尔特厉声质问，脸气得煞白，"你叫什么名字，年轻人？"

男孩并不理会，径自打量聚在大厅里的巫师。

"谁是这里最厉害的巫师？"他问，"我想会会他。"

锌尔特把头一点。过去几分钟里，大学的两个杂工一直在悄悄靠近，现在他们把这个不速之客夹在了中间。

"拉他出去，丢到街上。"锌尔特道。两个杂工都是虎背熊腰、不苟言笑的壮汉，他们的手活像一捆一捆的香蕉，紧紧抓住了男孩烟筒杆子似的细胳膊。

锌尔特严厉地说："我会通知你父亲的。"

"这是怎么了？"

锌尔特转过身，发现背后是银星会的首领斯卡么·比立亚斯。锌尔特的身材与竹竿相近，而比立亚斯正相反，他倾向于往横向发展，模样活像小型气球，气球上还莫名其妙地套上了蓝色天鹅绒和围鼠皮。把这两位拼在一起再除以二，正好可以得到两个正常体积的人类。

很不幸，比立亚斯自认为对付孩子很有一套，并且非常以此为豪。他在满肚晚餐许可的范围内尽量弯下腰，一张胡子拉碴的红脸伸到男孩面前。

"怎么回事，小伙子？"

"这个小孩儿硬闯进来，因为，据他讲，他想会会厉害的巫师。"锌尔特很是不以为然。小孩总让他极其厌烦，这或许能够解释为什么他会对他们具有这样大的吸引力。眼下他正努力阻止自己去思考大门的遭遇，到目前为止都不很成功。

"这没什么不对。"比立亚斯道，"但凡有点头脑的小伙子都想当巫师。我小时候也想当个巫师来着。对不，小伙子？"

男孩问："你强吗？"

"啊？"

"我问你是不是很强大。你有多厉害？"

"厉害？"比立亚斯站直身子，一面抚弄代表八级巫师的腰带，一面冲锌尔特眨眨眼，"哦，挺厉害的。在巫师里头算是相当厉害。"

"很好。我向你挑战。使出你最强大的魔法，然后等我打败了你，嗯，我就要当校长。"

"什么，你这不知天高地厚——"然而锌尔特的抗议淹没在其他巫师的爆笑里。比立亚斯拼命拍打自己的膝盖——至少是他能够到的最接近膝盖的部位。

"决斗，呃？"他说，"很不错嘛，呃？"

"决斗是禁止的，你很清楚。"锌尔特道，"无论如何，这事从头到尾都可笑至极！我不知道是谁帮他弄倒了大门，但我绝不会袖手旁观，任由你浪费我们的时间——"

"得了，得了。"比立亚斯道，"你叫什么名字，小伙子？"

"科银。"

锌尔特厉声道："你要称对方先生。"

"那，我说，科银，"比立亚斯道，"你想看看我的魔法有多强，呃？"

"是。"

"要说'是，先生'。"锌尔特再次发难。科银不为所动地瞪了他一眼，那眼神如时间一般古老，是那种会在火山小岛的岩石上晒太阳，而且永远也不会厌倦的眼神。锌尔特突然口干舌燥。

比立亚斯抬起两只手，要求大家安静。接着，他以一个极富戏剧性的动作卷起左臂的袖子，把手伸了出来。

大厅里的巫师都看得饶有兴味。众所周知，八级巫师是不屑于使用魔法的，他们的时间大多花在冥想上，冥想的对象通常都是下一餐的菜谱，此外当然还有如何避开野心勃勃的七级巫师的注意。今天可有的看了。

比立亚斯朝男孩咧嘴一笑，对方的回应是冲他瞪眼，目光聚焦在老巫师脑袋之后几英寸之外的地方。

比立亚斯略有些慌神，他弯了弯手指。突然之间，这不再是他预想中那种无伤大雅的游戏，他心中涌出一股无法抑制的冲动，想要让人叹为观止。不过这感觉很快就被恼怒取代——竟然为这种事心神不宁，实在是太蠢了。

"我就让你看看，"他深吸一口气，"马里优的奇妙花园。"

人群中响起一片耳语。在看不见大学的整个历史中，只有四位巫师能变幻出完整的花园。大多数巫师都能造出树和花，有些还能弄出鸟来。这并非最强大的咒语，它没法撼天动地，可马里优的咒语异常繁复，要想完成其中的微妙细节，非得技艺纯熟精湛不可。

"你看好了，"比立亚斯补充道，"我袖子里什么也没有。"

他的嘴唇嚅动起来，双手颤抖着从空中挥过。一团金色的火花在他掌中哗哗作响，然后微微拱起，化作一个模糊的球形，细节也逐渐显现出来……

根据传说，马里优是最后几位掌握万法之源的大法师之一，他创造的花园是个封闭的小宇宙，在这里没有时间，他可以避开外界的纷扰，安安静静地抽烟、思考。这事儿本身就是个谜，因为巫师们全都没法理解，拥有大法师那样强大的力量，世上怎么还会有什么事儿令他烦扰。无论如何，马里优渐渐往自己那个世界的深处退却，终于有一天关闭了身后的入口。

花园在比立亚斯手里形成了一个闪闪发光的球体。离他最近的几个巫师纷纷伸长脖子，从他肩头往下看。那是个直径两英尺的球体，里头能看见撒满鲜花的迷你大地，不远处有一汪湖水，每一道涟漪都清清楚楚，几座紫色的大山前头还有片森林，模样怪有趣的。蜜蜂大小的鸟儿在树木之间飞来飞去，两只小鹿站在草地上，不比老鼠更大，双双抬起眼睛往外盯着科银。

被盯着的这位却挑剔地说："挺不错的，把它给我。"

他从巫师手里拿过那个无形无质的球体，把它举高。

他问："怎么这么小？"

比立亚斯拿张带蕾丝花边的手绢擦擦额头。

"这个，"他的声音很微弱，科银的语气惊得他目瞪口呆，甚至无力义愤填膺，"自古时候起，这咒语的效力就——"

科银歪着脑袋站了一会儿，就像在倾听什么声音。接着他低声吐出几个音节，伸手抚过球体的表面。

圆球在扩张。前一秒它还是男孩手中的玩具，下一秒——

巫师们站在清爽的草地上，阴凉的牧场一路延伸到湖里，山中吹来柔和的微风，风里带着百里香和干草的芬芳。天空一片深蓝，又在天穹处转为紫色。

草地上，树下的小鹿抬起头，对新来的人投以猜忌的目光。

锌尔特满脸震惊地低下眼睛。一只孔雀正在啄他的鞋带。

他张开嘴呆住了。科银仍然捧着圆球，一个空气构成的球。里头的东西形状扭曲，仿佛是透过鱼眼睛或者瓶底看见的图像，但那确实是看不见大学的大厅无疑。

男孩看看周围的树，又若有所思地瞥了眼远处山顶上的皑皑白雪，最后他朝瞠目结舌的巫师们点点头。

"这儿还不错，"他说，"以后可以再来。"他的双手比画出一串复杂的动作；那动作很难形容，反正看上去就仿佛是把他们里外调了个个儿。

现在巫师们回到了大厅，而男孩手掌上则是不断缩小的花园。在一阵惊悸、沉重的静默中，他把它交回到比立亚斯手里："挺有意思的。现在我来施点魔法。"

他举起双手，瞧瞧比立亚斯——然后把他变没了。

大厅里乱作一团，这种时候，类似的状况总是在所难免。科银站在这一切的中央，被油腻腻的烟雾包围着，泰然自若。

锌尔特毫不理会四周的喧嚣，自顾自慢慢弯下腰，从地上捡起一片孔雀羽毛，动作极其小心。他把羽毛在嘴唇上来回摩擦，目光从门口转向男孩再转向校长的空座位；然后他把薄薄的嘴唇抿得更紧些，脸上露出一个微笑。

一个钟头之后，城市上方的明朗天空隆隆地打起了雷，灵思风轻声唱起歌来，完全把蟑螂抛到了九霄云外。一张床垫孤零零地在街头游荡，而锌尔特则关上了校长书房的房门，转身面对自己的巫师同袍。

他们一共六个，个个忧心忡忡。

看得出这些人的确愁得厉害，因为他们竟肯听取锌尔特的意见，而他不过是个五级巫师而已。

"他上床了，"他说，"喝了杯热牛奶。"

"牛奶？"其中一个巫师问，他的声音里满是疲惫的惊惧。

庶务长解释道："他太小了，还不能喝酒。"

"哦，没错。我可真够傻的。"

他对面一个眼睛凹陷的巫师问："你们瞧见他对付大门那手了吗？"

"反正我知道他是怎么对付比立亚斯的！"

"他究竟做了什么？"

"我不想知道！"

"兄弟们，兄弟们——"锌尔特语带安抚。他俯视着他们焦虑的面孔，心里暗想：整日吃吃喝喝，每天只知道坐等仆人送上下午茶。太多时间花在憋闷的书房里读死人写的旧书，太多金丝绣花和可笑的仪式，太多脂肪。大学全身上下都是毛病，只需要好好推上一把……

或者好好拉上一把……

他说："我怀疑我们是不是真的有……嗯……什么麻烦。"

未知阴影之贤者会的格拉围·得门特一拳砸在桌面上。

"看在老天的份上，我说！"他厉声道，"一个不知哪儿来的小毛孩晚上晃进大学，打败了两个最强的巫师，坐到了校长的椅子上，而你怀疑我们是不是真有麻烦？那孩子是天才！从今晚的情形看，整个碟形世界也找不到哪个巫师可以同他对抗！"

锌尔特晓之以理："我们为什么要同他对抗？"

"因为他比我们更强大！"

"所以呢？"锌尔特的声音滑溜极了（相比之下，玻璃仿佛犁过的农田），也甜蜜极了（相比之下，蜂蜜活像沙砾）。

"所以我们理所当然应该——"

格拉围迟疑起来。锌尔特递给他一个鼓励的微笑。

"咳咳。"

咳咳的人是玛岩·卡叮，蒙蔽兄弟会的会长。此时他正把戴满戒指的手指交叉在一起，锐利的目光从手指上方射向锌尔特。庶务长对此人十分厌恶，对他的才智也相当怀疑——怀疑他没准儿相当聪明，还怀疑对方虽然长了满脸赘肉，那背后却很可能隐藏着一个不差的脑袋，里边没准儿全是锃亮锃亮的小齿轮，一天到晚不停地疯转。

卡叮道："对于使用自己的力量，他似乎并不特别狂热。"

"可比立亚斯和维睿德的事怎么说？"

卡叮道："小孩子赌气罢了。"

其他巫师的目光都在卡叮和庶务长之间来来回回。他们感觉到有什么东西不对劲，却懵懵懂懂地闹不清楚究竟是怎么回事。

为什么巫师们没能成为碟形世界的统治者？原因很简单。随便找两个巫师，给他们一根绳子，他们会本能地往相反的方向扯。也不知道是由于先天的基因还是后天的训练，反正他们天生不愿相互合作，与他们相比，害牙痛的老公象也仿佛工蚁一般。

锌尔特摊开双手。"兄弟们，"他再度开口，"你们还没有看清刚刚发生的是什么事吗？一个天赋异禀的年轻人，很可能成长于缺乏教化的……嗯……乡下。他从骨子里感受到了魔法的古老召唤，跋山涉水，历经难以想象的艰险，终于抵达了旅途的终点，独自一人，却无所畏惧。他这样做只是为了向我们，他的导师，寻求一种稳定的影响，希望我们能塑造、指引他的才能！我等何德何能，竟想着要把他赶走，让他遭遇……嗯……严冬的寒风，让他永远得不到——"

这番长篇大论被格拉围擤鼻涕的声音打断了。

"现在又不是冬天，"一个巫师冷冷地说，"而且今晚天气挺暖和。"

"让他遭遇春季那难以捉摸、阴晴不定的天气的折磨！"锌尔特咆哮道，"并且上天必定会诅咒那些……嗯……在这种时候仍然——"

"都快夏天了。"

卡叮若有所思地揉揉鼻梁。

"那孩子拿了根法杖。"他说，"是谁给他的，你问过吗？"

"没。"锌尔特还在对那个老打断自己的家伙怒目而视。

卡叮的目光转向自己的指甲，脸上流露出意味深长的神情："好吧，不管问题出在哪儿，我敢肯定可以等到明天早上再说。"

锌尔特仔细分辨卡叮的语调，觉得其中的厌烦纯属卖弄。

"诸神在上，他把比立亚斯都炸没了！"格拉围道，"而且他们说维睿德房间里什么也没有，只剩下了烟灰！"

"他俩反正都挺蠢。"卡叮安抚道，"我敢肯定，我的好兄弟，在魔法的艺术上，你总不会输给一个小孩子吧？"

格拉围迟疑了。"那个……呃……"他说，"不，当然不会。"他看着卡叮脸上无辜的笑容，大声咳嗽了几下，"当然不会，毫无疑问。比立亚斯的确很蠢。不过，总该采取些谨慎的防护措施——"

"那么明早我们大家就都好好提防吧。"卡叮高高兴兴地说，"兄弟们，现在让我们散会。那孩子睡了，至少在这一点上他给咱们做了不错的榜样。等太阳升起，一切都会好起来的。"

"我可见过不少东西，阳光也无能为力。"格拉围阴沉沉地说。只有年轻人才会有这么阳光的想法，而他不相信青春，他坚信青春绝对干不出什么好事。

高阶巫师鱼贯而出，回到大厅。在那里晚餐刚刚进行到第九道菜，可谓渐入佳境。要想让巫师失掉胃口，一点点魔法是无能为力的，甚至目睹某人给炸成烟气都远远不够。

不知为什么，锌尔特和卡叮两人落在了最后。他们分坐长桌两头，像两只猫似的互相打量着。猫可以坐在草地两边，盯着对方看上好几个钟头，在这种时候，它们心里的盘算能让象棋大师显得像个愣头青。然而同巫师相比，猫就不值一提了。两位巫师各自先在心里把接下来的对话从头到尾演练了一遍，看自己能不能占据先手；在得出结论之前，谁都不想第一个行动。

锌尔特首先败下阵来。

"所有的巫师都是兄弟，"他说，"我们应当彼此信任。我有些情报。"

"我知道。"卡叮道，"你知道那男孩的身份。"

锌尔特的嘴唇无声地嚅动，他在努力预测这场对话接下来的走向。过了一会儿他说："你只是猜测罢了。"

"我亲爱的锌尔特，每当一不小心说了真话，你总要脸红。"

"我没脸红！"

"啊哈，"卡叮道，"正是。"

"好吧，"锌尔特让步了，"但你觉得你还知道些别的情况。"

胖巫师耸耸肩。"一丁点儿直觉的影子罢了，"他说，"可我为什么要同你结盟，"那个陌生的字眼在他舌头上滚了一圈，"你，一个小小的五级？我可以煎了你的脑子，这样得来的情报还更稳当些。我无意冒犯，你知道，只不过是寻求知识而已。"

接下来的几秒钟里，事情发生得太快，除了巫师谁都没法理解，不过细说起来大致是这样的：

锌尔特一直把手藏在桌子底下，在空气里画着梅甘利姆之时间加速咒语。现在他低声吐出一个音节，将咒语沿着桌面送了出去。咒语让清漆桌面升起一道浓烟，并在中途撞上了几条银蛇，那是从卡叮指尖蹿出的默大师兄弟之超强力毒液。

两道咒语猛烈相撞，熔成一颗绿色的火球。爆炸之后，整个房间里到处是上等的黄色水晶。

两个巫师久久地瞪着对方，眼神能烤熟栗子。

说实话，卡叮吃了一惊。但他本不该觉得惊讶。八级巫师很少遇到有人来挑战自己的魔法技艺。从理论上讲全世界只有七个巫师能够与之匹敌，而所有低等级的巫师呢，单凭定义就能知道，都比他们低等些。这让八级巫师们很是自鸣得意。

可锌尔特却截然不同，他是个五级。

最顶上的日子或许并不好过，最底层的日子多半更难熬些，但是，半中间那日子，它难过得能用来打马掌。到那时候，所有毫无希望的、懒惰的、愚蠢的和干脆就是运气太坏的家伙都已经给清除出场，所有的巫师都是孤身一人，并且在每个方向上都被致命的敌人环绕。底下是蠢蠢欲动的四级，等着给他使绊；上头是傲慢自大的六级，急着扑灭所有的野心。此外当然还有他的五级同伴，时刻伺机而动，指望减少一点点竞争。想原地踏步安稳度日绝无可能。五级巫师全都狠毒、强硬，拥有钢铁一样的本能。他们的眼睛老是眯成细细的一条缝，因为他们总盯着那所谓的最后两百码，在路的尽头就是一切奖赏中至高的战利品——校长帽。

"协作"这么个充满新意的点子开始吸引卡叮。这里有他用得着的力量，需要的时候他可以贿赂它、利用它。当然，之后可能必须——稍加劝阻什么的……

而锌尔特心里想的是：保护人。他听人家用过这个字眼，尽管从来都不是在大学里，他还知道它的意思是说找个地位更高的人拉你一把。当然，巫师们通常做梦也不会想要拉哪个同伴一把，除非是为了能趁机使点坏。帮助自己的对手，这念头光想想也……可话说回来，这老傻子眼下很可能派上用场，至于之后么，嗯……

他们彼此对视，眼神里都带着不情不愿的钦佩以及无休无止的猜忌。不过双方都觉得，至少这种猜忌是挺靠得住的。

"他叫科银，"锌尔特道，"他说他父亲名叫伊普斯洛。"

"我在想，不知他有多少个哥哥？"锌尔特说。

"什么？"

"大学里已经好几个世纪没有出现过这样的魔法了，"卡叮说，"甚至可能是好几千年。类似的东西我只在书上读到过。"

"三十年前我们驱逐过一个伊普斯洛。"锌尔特道，"根据记录，他结了婚。如果他有儿子，嗯，他们肯定是巫师，这我明白，可我看不出——"

"那不是巫术。那是万法之源，大法。"卡叮把身子往后一靠。

锌尔特的目光从冒着泡泡的清漆上方射向卡叮。

"大法？"

"巫师的第八个儿子将是大法师。"

"我从没听说过这种事！"

"我们也从没大肆宣传。"

"好吧，可——可出现大法师是很久之前的事了。我是说，那时候的魔力比现在强得多，嗯，人也跟现在不同……这跟——跟繁殖没关系。"锌尔特想的是，八个儿子，也就是说他干了八次。至少八次，天哪。

"大法师无所不能，"他继续道，"他们几乎跟神灵一样强大，嗯，那可会惹出大麻烦。毫无疑问，众神是不会允许这种事情再发生的。"

"这个嘛，有麻烦是因为大法师们彼此争斗。"卡叮说，"但一个大法师，我是说，一个有人辅佐的大法师，是不会惹出任何乱子的。他只是需要一个比他更年长、更睿智的人来引导。"

"可他想要校长帽！"

"为什么不能给他？"

锌尔特张大了嘴。即使对于他来说，这也太过分了。

卡叮挺友好地对他笑笑。

"可那帽子——"

"只是个符号，"卡叮说，"没什么特别。如果他想要，给他就是了。不过是个小玩意儿，一个符号，仅此而已。一顶傀儡帽。"

"傀儡帽？"

"由一个傀儡戴着。"

"可校长是由众神挑选的！"

卡叮扬起眉毛，咳嗽几声："当真？"

"那个，没错，我觉得从某种意义上来讲是的。"

"从某种意义上讲？"

卡叮站起身来，把袍子下摆整理整理。"我认为，"他说，"你要学的还很多。顺便问一句，那帽子在哪儿？"

"我不知道。"锌尔特还没完全恢复，"大概在，嗯，维睿德的房间里，我猜。"

卡叮道："我们最好把它拿来。"

他在门口停下脚步，若有所思地捋捋胡子。"我记得伊普斯洛，"他说，"我们是同学，他是个疯狂的家伙，习气怪得很。当然，在他走上邪路之前，他作为巫师是没的说。记得他激动的时候眉毛总要抽抽，模样倒怪有趣的。"卡叮一脸茫然地搜索着四十年前的记忆，然后打了个哆嗦。

"帽子。"他提醒自己，"咱们这就去吧。要是它遭遇了什么不测就太可惜了。"

事实上，帽子无意让任何不测发生在自己身上，眼下它正被夹在一个有些迷惑的黑衣盗贼胳膊底下，迅速往破鼓酒家前进。

我们很快就会发现，那个盗贼，是一种很特别的贼——一个偷盗的艺术家。其他的贼只是把没钉牢的东西通通偷走，这一个却连钉子也偷。这个贼让整个安卡义愤填膺，因为这是一位专爱挑战高难度的家伙。被这个贼偷走的东西不仅钉得牢，还藏在难以靠近的金库里，有眼尖的守卫把守。还有，此贼偷盗的成功率高得惊人。有些艺术家能把教堂的天花板画满，这位"艺术家"则能把那画偷走。

记在此贼名下的案子包括：在晚祷进行到一半时从鳄鱼神奥夫勒的神庙盗走镶满宝石的开膛刀，在王公最棒的赛马正要赢得比赛时从它脚上偷走银马掌。还有一天，盗贼工会的副会长哥里驼勒·敏扑西在市场上被人撞了一下，回家时发现刚刚偷来的一把钻石不翼而飞，他立刻便明白了谁是罪魁祸首[①]。此人是那种能够偷走先机、盗取时机的贼，还能直接从你嘴里把话偷了去。

不过，今天这一票绝对是这个偷盗艺术家从没体验过的。被偷的东西不仅主动喊贼来偷自己——那声音十分低沉，还分外威严——甚至还给出了详详细细的指示，说明赃物应该如何处理，

---

① 这是因为哥里驼勒为了保险起见把宝石吞进了肚子里。——作者原注

根本不容拒绝。

此刻正是黑夜和白昼交替的时候，也是安卡·摩波一天的转折点。那些在太阳底下讨生活的人刚刚劳作了一整天，眼下正在休息；那些在冰凉的月光底下老老实实挣饭吃的人则正振作精神准备开工。的确，时间刚好行进到那个温柔的分界点，入室盗窃已经太晚，夜盗又还嫌太早了些。

灵思风孤零零地坐在烟雾弥漫、拥挤不堪的酒吧里，突然桌上落下一团阴影，一个形象凶恶的人影坐到了他对面。灵思风对此并不怎么在意，因为凶恶的人影在这地方实在是过于稀松平常。破鼓酒家无疑声名狼藉，但却是整个安卡·摩波最有格调的声名狼藉，它一直小心翼翼地保护着这一名声。守在门口的巨怪对每个顾客都要仔细审查，审查项目包括黑色的斗篷、闪闪发光的眼睛和魔法大剑等。那些没通过的人是什么下场灵思风一直没弄明白，没准儿巨怪把他们都吃了。

那人罩着黑色的天鹅绒兜帽，帽子边缘还镶了一圈动物毛皮。这个兜帽里钻出一个嘶哑的声音。

它说："嘘。"

"我还不想嘘嘘，"灵思风正处在那种意志涣散、难以自持的状态，"再喝点儿应该就得去了。"

"我要找个巫师。"那声音说。听起来它似乎因为想伪装自己而显得格外沙哑，不过这在破鼓酒家同样是稀松平常。

"有什么特别中意的人选吗？"灵思风戒备起来。这种事可是会惹出麻烦的。

"他要热心于传统，不介意为了巨大的回报承担风险。"另一个声音回答道，它似乎来自陌生人胳膊底下的黑色皮盒子。

"啊，"灵思风说，"这倒是把范围缩小了些。事情是不是还涉及前往未知之地的艰辛旅程，并且很可能要面对无数的危险？"

"事实上，正是如此。"

灵思风微笑起来："与富于异国情调的生物相遇？"

"有可能。"

"几乎肯定是九死一生？"

"几乎可以肯定。"

灵思风点点头，伸手拿起自己的帽子。

"好吧，祝你在寻找目标时交上好运气。"他说，"我倒也可以帮帮忙的，只不过我不准备这么干。"

"什么？"

"抱歉。我也不知道为什么，可是，去未知的大地，在异国的怪兽爪子底下九死一生，这种事儿我就是不感冒。我试过，但总是抓不住诀窍。要我说，各有各的命，而我生来就是要无聊的。"他把帽子扣在脑袋上，摇摇晃晃地站起身来。

他走到了通往街道的台阶底下，就在这时，他身后有个声音说："一个真正的巫师肯定会接受的。"

他可以继续走。他可以走上台阶，走到街上，去撕格巷克拉奇人开的外卖店买份比萨，然后回去睡觉。这样的话历史就会彻底改变，事实上它还会大幅缩短，但至少今晚灵思风可以睡个好觉，尽管当然是睡在地板上。

未来屏住呼吸，等着灵思风走开。

他没走。原因有三：第一是酒精的作用；第二是自尊心——哪怕最谨慎的胆小鬼，有时心里也会闪出那么一点点自尊；但第三个理由却是那个声音。

那个声音很美，听起来就像野蚕丝般光滑。

巫师与性的关系相当复杂，不过我们已经暗示过，总的说来它可以归结到这么一句：涉及葡萄酒、女人和歌的时候，巫师们尽可以爱怎么喝就怎么喝，想怎么唱就怎么唱。

前辈们给年轻巫师的理由是，魔法的实践劳心费力、十分困难，同黏糊、鬼祟的活动正好互相排斥。他们被告知比较明智的法子，是干脆忘了那些事儿，好好把渥得里的《玄妙入门》搞清楚。有趣的是，这些理由似乎并不能让年轻的巫师们满意，他们怀疑真正的原因在于规矩都是巫师老头子定的，而这些人的记性个个坏得出奇。年轻的巫师们完全想错了，真正的原因早就没人记得：假如允许巫师随随便便繁殖后代，就有出现大法师的危险。

当然，灵思风这人还算见过些世面，而且早先的训练也忘得差不多了，所以他跟女人相处得很是得心应手，哪怕一次处上几个钟头也用不着跑去洗个冷水澡再回屋躺倒。可刚才的声音，即便是雕像听了也不免要从底座上跑下来，到操场上冲刺几圈，再来五十个俯卧撑。那声音能让"早上好"听起来像是邀你上床睡觉。

陌生人掀开兜帽，甩甩自己的一头长发。她的头发几乎是纯白色的，而皮肤又晒成了金黄色，两者加在一起，恰似一根铅笔正中男人的性欲。

灵思风迟疑片刻，因此失去了保持沉默的绝佳机会。从台阶顶上传来了巨怪的浑厚嗓音。

"嘿，我嗦了你们不能虫则过——"

她向前一跃，把圆形的皮盒子塞到灵思风怀里。

"快，你必须跟我来。"她说，"你有很大的危险！"

"为什么？"

"因为如果你不来我就要杀了你。"

"哦，不过等等，那样的话——"灵思风的抗议委实虚弱无力。

三个士兵出现在楼梯顶端，都是王公私人卫队的成员。为首的一个低头朝屋里灿烂地微笑。那笑容暗示说他已经打定主意，下面的笑话只会供他一个人乐和。

他建议道："谁都别动。"

灵思风听到背后"咔嗒"一声响，后门出现了更多卫兵。

破鼓酒家的其他客人都顿住了，许多只手停在各式各样的武器上。来人不是城里寻常的警备队——那些人小心谨慎，基本上还都很腐败。王公的私人卫兵完全不同，他们压根儿就是一坨坨活动的肌肉，而且绝对没法贿赂，哪怕只因为王公的出价比其他所有人都高。无论如何，他们的目标似乎只是那个女人，于是别的顾客都放松下来，准备欣赏表演。最终这事儿说不定还会有些参与的价值，当然那要等明确了哪一方会获胜之后。

灵思风感觉自己手腕上的压力在增加。

"你疯了？"他啞啞地说，"这可是跟那个人作对！"

只听"嗖"的一声，小队长的肩膀上突然长出一把匕首的刀柄。紧接着那姑娘猛一转身，以外科手术般的精确性伸出一只小脚，头一个进门的卫兵猝不及防，被一脚踢中下身。屋里的二十双眼睛里同时漫出了同情的水汽。

灵思风抓住帽子就想往最近的桌子底下躲，可手腕上的桎梏钢铁一般毫不放松。下一个靠近的卫兵被另一把匕首插中了大腿。然后她拔出佩剑——那剑的模样活脱脱是根特别特别长的针——她恐吓似的把它高高举起。

她问："还有谁？"

一个卫兵举起了十字弓。图书管理员本来弓腰驼背地坐在酒杯跟前，现在懒洋洋地伸出一只胳膊，像用橡皮筋扎在一块儿的两根大扫帚柄，"砰"一下把卫兵拍得倒退了几步。弓箭射中灵思风帽子上的星星以后弹开去，隔两张桌的地方坐着位受人尊敬的皮条客，箭正好射入他身边的墙上。他的贴身保镖飞出一把匕首，差点伤了屋子对面的一个小偷，此人于是捞起一张长凳向两个卫兵砸过去，而这两个卫兵又转而攻击离自己最近的酒客。

此后就是一长串连锁反应，很快每个人都开始拼命——要么拼命躲，要么拼命往外挤，再要么拼命挥拳头。

灵思风被那姑娘不停地往吧台后猛扯。柜台底下，店主坐在钱袋上，膝盖上横放着两把弯刀，此时他忙里偷闲，正喝着小酒。家具破碎的声音时不时会让他脸上一阵抽搐。

在被拽走之前，最后落入灵思风眼帘的是图书管理员。尽管模样仿佛毛茸茸、装满水的橡胶口袋，但这只猩猩的重量和臂展可不会输给屋里的任何人。眼下他正坐在一个卫兵的肩膀上，努力想拧开对方的脑袋，而且成绩还不坏。

对于灵思风来说，更迫切的问题在于他正被人往楼上拖。

"我亲爱的女士，"他慌慌张张地问，"你想做什么？"

"这儿有路通向屋顶吗？"

"有。那盒子里装的是什么？"

"嘘！"

她在阴暗走廊的拐角处停下，伸手从腰袋里掏出一把金属做的小东西，撒在他们身后的地板上。这些小东西，每一颗都是四根钉子焊在一起，因此无论如何着地，总会有一根竖直朝上。

她挑剔地看着最近的门道。

"你身上该不会正好带着大概四英尺长的绳子吧，嗯？"她显得有些惆怅。刚刚她又摸出了把飞刀，此时正拿在手里抛着玩。

灵思风有气无力地回答道："恐怕没有。"

"可惜我的用光了。算了，来吧。"

"为什么？我什么也没干。"

她走到最近的窗户跟前，推开百叶窗，一条腿伸到窗台外。

"好啊，"她扭头道，"那你就留在这儿跟那些卫兵解释吧。"

"他们为什么要追你？"

"不知道。"

"哦，得了！肯定有什么原因！"

"哦，原因倒多的是。只不过我不知道这次究竟是为了哪一个。你来不来？"

灵思风犹豫不决。王公的私人卫队名声很响，但绝不是因为在开展社区警务工作时乐于保持积极正面的态度，事实上把人切切割割更合他们的口味。在他们所深恶痛绝的事情里，其中之一就是，好吧，基本上就是人家跟他们存在于同一个宇宙里。逃离他们的追捕很可能要算是死罪。

"我想或许我该跟你一起走。"他英勇地说，"在这座城里，女孩子孤身一人没准儿会遇上什么危险。"

冻僵的雾气充满了安卡·摩波的街道。小货摊的灯光在浓雾中画出了小小的黄色光圈。

那姑娘停在一个拐角，转身往后瞅了瞅。

"甩掉他们了。"她说，"没必要再哆嗦。现在你很安全。"

"所谓安全，意思是说我正跟一个女杀人狂独处？"灵思风道，"好吧。"

她放松下来，大声嘲笑他。

"我刚刚观察过你，"她说，"一个钟头之前你还担心自己的未来会沉闷无趣呢。"

"我想要它沉闷无趣，"灵思风苦哈哈地说，"否则我担心它会非常短暂。"

"转身。"她一边指挥一边踏进一条小巷。

"哪怕会要了你的命我也不干。"灵思风说。

"我要脱衣服。"

灵思风猛地转过身，脸都红了。他背后传来窸窸窣窣的声响，还有一阵香气。过了一会儿她说："你可以睁眼了。"

他没动。

"不必担心。我又另穿了些。"

灵思风睁开眼睛，发现那姑娘已经换上端庄的蕾丝长裙，蓬松的袖子很是迷人。巫师张开嘴。他无比清楚地意识到一个问题：直到刚才他的麻烦还很简单、很有限，稍有机会，他一定能靠着如簧的巧舌说动对方放自己一马；即便这招不管用，他总还可以撒丫子，只要对方让他几步就成。他的大脑开始向负责冲刺的肌肉发送紧急信号，可不等它们到位，她已经再次抓牢了他的胳膊。

"你真的不必这么紧张，"她甜甜地说，"现在，让我们来瞧瞧这东西。"

灵思风还乖乖地把盒子抱在怀里；她扯开盒盖，拿出了校长帽。

环绕帽顶的八钻放射出耀眼的光芒，光谱中的八种色彩一应俱全，它们在雾气朦胧的小巷里制造出了很特别的效果。如果不是靠了魔法，这多半需要一个机灵能干的特效导演外加整整一队星光镜才能完成。她把它举得高高的，帽子创造出一团彩色的星云。常人一般只有在从事过某些违法活动之后才会看见这景象，能在清醒时就有这份荣幸的人实在少之又少。

灵思风慢动作跪倒在地。

她低头看看他，一脸奇怪。

"腿软了？"

"这是——这是那顶帽子。校长的帽子。"灵思风哑声道。他眯起眼睛。"你偷的！"他一面怒吼一面挣扎着站起来，伸手去抓闪闪发光的帽檐。

"不过是顶帽子。"

"快给我，马上！女人不准碰它！它属于巫师！"

"你干吗这么激动？"

灵思风张开嘴。灵思风把嘴闭上。

他想说：这是校长帽，你不明白吗？这是给所有巫师的头头戴的，嗯，戴在所有巫师的头头的头上，不，从象征的意义上讲它是所有巫师一同戴的，反正理论上应该是这样，而且它是每个巫师追求的目标，是代表有组织魔法的符号，是这整个职业的宝塔尖儿，是一个符号，它对所有巫师的意义在于……

校长帽的事是灵思风入学第一天人家告诉他的，那时他还很容易被感动，所以这故事就像块沉甸甸的铅一样沉进了他这团果冻里。世界上的事没几件他能拿得准，但校长帽的重要性他却非常确定。谁都希望自己的生活中能有一点点魔法，也许连巫师也不例外。

灵思风。帽子说。

他朝那姑娘瞪大眼睛："它跟我说话了！"

"就好像你脑子里钻出来的声音？"

"没错！"

"它对我也是这样。"

"可它知道我的名字！"

我们当然知道你的名字，蠢家伙。毕竟我们可是有魔力的帽子。

帽子的声音不仅仅具有衣料的质感，还带种奇特的混响，仿佛许许多多声音同时说话，而且时机掌握得几乎天衣无缝。

灵思风让自己精神振作起来。

"噢，伟大而奇妙的帽子，"巫师的语气相当夸张，"请击倒这个不知天高地厚的女子，她竟然放肆到……不，不只是放肆，她竟然——"

哦，得了，闭嘴。她偷我们是因为我们下了命令。险得很呢，还真是。

"可她是个——"灵思风迟疑着，"可她的性别是……"他喃喃道。

你母亲也一样。

"对，好吧，可她不等我生下来就跑了。"灵思风含含糊糊地说。

整座城里，有无数个声名狼藉的小酒馆，随你怎么挑，你偏就进了他那间。帽子抱怨道。

"我能找到的巫师就他了，"那姑娘说，"看起来挺像那么回事的，不是吗？他帽子上还写着'巫帅'什么的呢。"

对你读到的东西可不能全信。反正现在也太迟了。我们时间不多。

"等等，等等，"灵思风赶紧插话，"怎么回事？你想让她偷你？为什么我们时间不多了？"他对校长帽伸出根手指，开始发难，"无论如何，你怎么能随随便便让人把你偷了，你应该待在——待在校长的脑袋上！仪式就在今晚，我本来也该参加的——"

大学里发生了可怕的事情。我们绝不能被带回去，明白？你必须带我们去克拉奇，那里有个配得上我们的人。

"为什么？"灵思风断定那声音有些古怪。它听起来叫人完全无法拒绝，仿佛它就是实实在在的命运。假如它命令他走下悬崖，他很可能要等跌到半路才会想起自己或许应该稍微反抗一下。

一切魔法的末日近在眼前。

灵思风心虚似的四下瞅瞅。

他问："为什么？"

世界很快就要毁灭。

"什么，又来了？"

我是认真的。帽子闷闷不乐地说，冰巨人的胜利，末日，众神的下午茶时间，所有这一切。

"我们能阻止吗？"

眼下未来尚未确定。

灵思风脸上笼罩的恐惧慢慢开始消退。

他问："这是猜谜语吗？"

如果你只管听人吩咐，别想着要理解什么的，这样事情或许会客易些。帽子说，年轻女人，现在你把我们放回我们的盒子里。很快就会有许多人来找我们了。

"嘿，等等，"灵思风道，"这许多年里我怎么从没听见过你说话？"

我没有什么需要说的事儿。

灵思风点点头，听上去挺合理的。

那姑娘说："听着，只管把它塞进盒子里，我们得赶紧。"

"请你多表现出一点点敬意，年轻的女士。"灵思风盛气凌人地说，"你所提到的正好是古老魔法的象征。"

"那就你拿着好了。"

"嘿，我说——"灵思风赶紧追上去，那姑娘已经飞快地跑到巷子的尽头，穿过一条狭窄的街道，进入了另外一条巷子。在这里，道路两旁的房子醉醺醺地挤在一起，最顶上一层竟然可以相互接触。她停下来。

"怎么？"她厉声问。

"你是那个神秘的小偷，对不？"灵思风说，"大家都在谈论你，说你就连锁上的东西也能偷走什么的。你跟我想象的不大一样……"

"哦？"她冷冷地说，"怎么个不一样法？"

"嗯，你更……矮些。"

"哦，赶紧走吧！"

在这片街区，路灯原本就不大常见，到这里更是完全消失了踪影。前方除了虎视眈眈的黑暗什么也没有。

"我说快走，"她重复道，"你怕什么？"

灵思风深吸一口气。"杀人犯、拦路抢劫者、杀手、扒手、卫兵、骗子、强奸犯和强盗。"他说，"那前面可是黄泉①！"

她说："没错，可其他人绝不会到这儿来找我们。"

"哦，他们会来的，相信我，只是不会再出去。"灵思风

---

① 在安卡·摩波商贸行会出版的《欢迎来到安卡·摩波，千种惊奇之城》里，对于老摩波那被称为黄泉的区域有这样一段描述："古老的小巷与秀美的街道构成民族风情十足的网络，刺激与浪漫潜伏在每一个角落，古时街道上那种传统的呼喊声常常回荡在耳边，干着各自营生的原住民们欢笑的面孔时时出现在眼前。"换句话说，咱可已经警告过你了。——作者原注

道，"就跟我们一样。我是说，你这么一个年轻漂亮的女人……
我简直不敢想象……我是说，那里头有些人……"

"不是有你保护我吗？"

灵思风仿佛听到几条街之外传来了整齐划一的脚步声。

"你知道吗？"他叹口气，"其实我早料到你会这么说。"

那就走吧，走进这些险恶的街道，他暗想。到了其中某个地
段，他会撒丫子开跑。


在这个雾气弥漫的春夜，黄泉里伸手不见五指，读者压根儿
没法读到灵思风如何穿过了一条条阴森可怖的巷子，所以本段的
描写将略微往上抬升，越过华丽丽的房顶、越过一片弯弯曲曲的
烟囱，转而欣赏寥寥几颗冲破浓雾的星星。我们将努力无视下方
的动静：小步快跑的声音、冲刺的声音、软骨摩擦的嘎吱声、呻
吟声，还有闷在喉咙里的尖叫。所有这一切听起来很像是有只野
兽在拼命节食两个星期以后决定来黄泉溜达溜达。

在靠近黄泉中心的某处有个院子——这一区从来没有好好
绘过地图，所以位置什么的只能说个大概。至少这里的墙上有火
把，不过它们喷出来的光线就跟黄泉本身一样，泛着阴险的红
光，核心一片漆黑。

灵思风跌跌撞撞地冲进院子里，立刻扒住墙壁使劲喘气。那
姑娘随后走进发红的光线中，自顾自地哼着小曲。

她问："你还好吧？"

灵思风道："嗯……"

"抱歉。"

"那些人，"灵思风语无伦次，"我是说，你那么踢他的……你抓住他们的……你还一剑刺进了那一个的……你是谁？"

"我叫柯尼娜。"

灵思风一脸茫然地看着她。

"抱歉，"他说，"没听过。"

"我才来没多久。"

"嗯，我猜你也不是这边的人，"他说，"否则我肯定应该听说过。"

"我在这儿找了个落脚的地儿。咱们进去吧？"

灵思风抬头看了看，稀稀拉拉的火把释放出雾蒙蒙的光线，隐约可以看见一根脏兮兮的长杆，说明深色小门背后就是巨怪脑袋客栈。

一个钟头之前我们才目睹了一场很不体面的混战，地点是在破鼓酒家。大家或许会以为那是个声名狼藉的下流小酒馆，但事实并非如此。它是个声名狼藉的上流小酒馆，顾客都挺体面，尽管是种有些粗糙的体面——他们或许会打打杀杀，但干架的时候都很随和，彼此平等，心里半点不带恶意。就连孩子也可以进去喝杯柠檬汁，他能遇到的最糟糕的事会是什么呢？也不过是后脑勺被拍上了一巴掌罢了，而就连这也还要等他母亲听出他扩展了词汇量之后。如果气氛比较祥和，而且又能肯定今晚图书管理员不会出现，店主有时还会在吧台上摆几碗花生呢。

巨怪脑袋是另外一种粪坑，气味完全不同。这儿的顾客，假如他们改过自新，从头到脚把自己打理干净，再把整个形象都改进到让人无从辨认，那么他们可能——仅仅是可能——有希望被当成社会的渣滓。而在黄泉，渣滓就是渣滓。

顺便说一句，杆子上挂的不是招牌。取名的时候他们决定管这地方叫"巨怪脑袋"，那可不是说着玩的。

灵思风觉得一阵恶心，他把嘟嘟囔囔的帽子盒紧紧抱在胸口，抬脚走进店里。

沉寂。沉寂裹住他们，非常厚实，仿佛一打有毒物质散发出的气体，保证能将寻常的脑子变成奶酪。疑虑重重的眼睛透过浓雾瞅着他们。

两粒骰子咔嗒咔嗒地停在了桌面上。声音听着响亮极了，而且显示出的很可能不是灵思风的幸运数字。

柯尼娜走进屋里，举止端庄，身材出奇地娇小。灵思风跟在她身后，感到好几十个客人的目光都落在自己身上。他往旁边瞟瞟，净看见些不怀好意的脸，这些人想也不想就会杀了他，事实上还会觉得杀他比想想要容易得多呢。

体面的酒馆有吧台，这里只有一排矮矮胖胖的黑瓶子外加靠墙隔板上的那两只大木桶。

沉默像止血带一样收紧了。灵思风暗想，现在，我们随时都可能被……

一个满身肥肉的大块头推了一下屁股底下的凳子，晃晃悠悠地站起身来，又邪里邪气地冲自己的同伴眨眨眼。他浑身上下只有一件皮毛马甲和一张皮革遮羞布，嘴巴张开时活像个带褶皱的洞。

他说："找男人来了，小女士？"

她抬头看着他。

"请别靠近。"

蛇一样的笑声在屋里蠕动。柯尼娜的嘴像信箱一样啪地闭上了。

"啊，"大块头男人咯咯笑道，"不错，俺就喜欢这样带劲儿的姑——"

柯尼娜伸出一只手。只见一团颜色苍白的模糊影像，在这儿和那儿稍作停顿。几秒钟的难以置信之后，那个大块头呻吟了一声，蜷起了身子，动作极为缓慢。

酒馆里的人一拥而上，只有灵思风往后缩。他的本能要他逃走，但他知道这本能会让他立刻送掉小命外头可是黄泉。无论接下来在他身上会发生什么，事发地点都只能在这儿。这念头实在不怎么让人安心。

一只手捂住了他的嘴。另外两只从他怀里夺走了帽子盒。

柯尼娜越过他身边，捞起裙子，一脚踢中灵思风腰旁的目标，动作干净利索。某人在他耳畔呜咽一声，然后颓然倒地。那姑娘优雅地一转身，抓起两只酒瓶，在台子上砸掉瓶底，落地时她已经将锯齿状的一端已经对准了身前。摩波匕首，黑话里是这么叫的。

面对它们，巨怪脑袋的顾客纷纷失去了兴趣。

"有人抢了帽子。"灵思风嚅动着发干的嘴唇，"他们从后门溜了。"

柯尼娜瞪了他一眼，然后往外跑去。巨怪脑袋里的乌合之众自动闪开，活像是认出了同类的鲨鱼。趁这些人对自己还没有形成准确的判断时，灵思风急忙跟在她身后飞奔而去。

他们跑进另外一条巷子，迈开大步往前冲。灵思风努力想跟那姑娘齐头并进——他担心跟在她身后难免踩上什么尖利的东西，另外他也不大确定她能不能记得自己跟她是在同一条战线上的，无论那是什么战线。

毛毛雨三心二意地在天上飘着。巷子尽头出现了微弱的蓝光。

"等等！"

灵思风声音里的恐惧太强烈，连她也不由放慢了步子。

"怎么了？"

"那人为什么不跑了？"

柯尼娜坚定地说："我会问问看。"

"为什么他浑身都是雪？"

她停下来，转过身，双手叉腰，一只脚好不耐烦地敲打着潮湿的鹅卵石地面。

"灵思风，咱们认识才一个钟头，你已经让我非常吃惊——你居然能活这么久。"

"好吧，可我活下来了，不是吗？随你去问谁，他们都会承认我在这方面有点才能。我有瘾。"

"对什么有瘾？"

"生命。我很早就对它上了瘾，到现在都不打算戒掉，所以相信我，那儿绝对有问题！"

柯尼娜回头看了看被那圈蓝光环绕的人影。它似乎正盯着自己手里的什么东西。

雪花不断落在他肩头，看起来像是特别严重的头皮屑。致命的头皮屑。灵思风对这类东西有种本能的直觉，还有深深的怀疑，疑心那人已经去了某个不再需要洗发香波的地方。

他们沿着一堵亮闪闪的墙往前蹭。

她承认："这人的确有什么地方怪里怪气。"

"你是指他竟然拥有一场私人暴风雪吗？"

"反正他好像并不在乎。他在微笑。"

"要我说，是冻在脸上的傻笑。"

那人两只手上都挂着冰柱，正打开盒盖。校长帽的第八色光往上照出一双贪婪的眼睛，眼珠上面已经蒙了厚厚的一层霜。

"认识？"柯尼娜问。

灵思风耸耸肩。"街上见过，"他说，"这人叫狐狸拉里还是白鼬菲兹还是别的什么，反正是个啮齿类。他不过是个小偷，人畜无害。"

柯尼娜打个哆嗦："他看起来可冷得紧。"

"我估摸着他已经到了某个更暖和的地方。你不觉得我们该把盒子盖上吗？"

现在完全没有任何危险。帽子的声音从光亮中传来。就像这样，魔法的敌人都将灭绝。

灵思风不准备相信一顶帽子的话。

"我们需要什么东西把盖子合上，"他喃喃道，"一把匕首什么的。你不会正好有一把吧，嗯？"

"把眼睛转开。"她警告说。

又一阵窸窸窣窣和一阵香水味。

"你可以回头了。"

对方递给灵思风一把十二英寸长的飞刀。他小心翼翼地把它接过来，发现刀锋边缘极小的金属微粒闪着光。

"谢谢。"他回转身，"不会害你没的用了吧，啊？"

"我还有别的。"

"当然。"

灵思风把刀伸出去，动作十分谨慎。靠近盒子时，刀锋渐渐变成白色，同时开始冒烟。他感到一股寒意击中自己的手，不禁抽泣了几声——那是种燃烧的、锋利的寒意，一路顺着他的胳膊往上爬，坚定地对他的精神发起了攻击。他强迫自己僵硬的手指行动起来，费尽九牛二虎之力，刀尖终于碰到了盒盖的边缘。

亮光消散，雪花变成雨夹雪，最后融化成毛毛雨。

柯尼娜轻轻把灵思风推开，从那人冻僵的胳膊里扯出了盒子。

"真希望我们可以为他做点什么，就这么把他留在这儿我总觉得不太好。"

"他不会介意的。"灵思风自信满满地说。

"没错，但我们至少可以让他靠着墙。"

灵思风点点头，伸手去抓冻贼的冰胳膊。那人从他手里滑开，倒在鹅卵石路面上。

并且碎了一地。

柯尼娜看看满地的碎片。

"呃。"她说。

巷子另一头，巨怪脑袋的后门处有些动静。灵思风感到匕首被人夺走，然后擦着自己的耳朵飞过，沿着水平的轨道没入二十码外的门柱里。某人伸出来的脑袋匆匆忙忙地缩了回去。

"咱们最好离开这儿。"柯尼娜跑起来，"有什么地方可以让我们躲躲吗，你那儿？"

灵思风连蹦带跳地跟上去："我一般都睡在大学里。"

你们绝不能回大学。帽子在盒底咆哮。灵思风心不在焉地点点头，反正那主意对他也并没有什么吸引力。

他说："再说天黑以后他们也不准女人进去。"

"天黑之前呢？"

"一样。"

柯尼娜叹口气:"真蠢。你们巫师干吗对女人这么抵触?"

灵思风皱起眉头。"我们对女人不能抵也不能触,"他说,"关键就在这儿。"

不吉利的灰色薄雾席卷了摩波的码头,雾气汇成水珠从船索上滴下,缠住醉醺醺的房顶,出没于小巷之中。有一种观点认为,夜里的码头甚至比黄泉还要危险。至少四个人已经意识到这话的真实性,其中包括两个拦路抢劫的、一个顺手牵羊的,外加一个仅仅只是碰了碰柯尼娜的肩膀想打听下时间的。

"介意我提个问题吗?"灵思风迈过那个不幸的行人,留对方蜷在地上独自痛苦。

"嗯?"

"我是说,我可不想冒犯你。"

"嗯?"

"只不过我注意到——"

"嗯?"

"你对待陌生人的方式非常独特。"说完,灵思风立刻低头躲闪,但什么也没发生。

"你在那底下干吗?"柯尼娜满不耐烦地问。

"抱歉。"

"我知道你在想什么。我也没办法,我随我父亲。"

"那么令尊是谁，野蛮人克恩<sup>①</sup>吗？"灵思风咧开嘴，表示自己不过是开个玩笑。至少他的嘴唇拼命往上翘来着。

"没必要拿这个取笑，巫师。"

"什么？"

"这又不是我的错。"

灵思风的嘴唇无声地嚅动。"抱歉，"他说，"我没听错吗？你父亲真是野蛮人克恩？"

"没错。"那姑娘冲灵思风皱起眉，"谁都得有个父亲，"她补充道，"我想甚至连你也不例外。"

她从街角伸出脑袋打探一番。

"安全，来吧。"她说。他们继续踏着湿漉漉的鹅卵石大步往前走，她接着刚才的话题往下说："我猜你父亲多半是个巫师吧。"

"恐怕不是，"灵思风说，"魔法是不准在家族中遗传的。"他停下脚步。他认识克恩，有一次克恩娶了个跟柯尼娜一般年纪的姑娘，他还参加婚礼来着。克恩这人有个特点，他总把每个钟头里都塞满了无数个分钟。"很多人都想像克恩一样呢，我是说，他是最棒的战士，最伟大的盗贼，他——"

柯尼娜厉声道："你该说，很多男人都想像他一样！"她倚着一堵墙冲他瞪眼。

---

① 野蛮人克恩的事迹详见《碟形世界·零魔法巫师2：逃跑的魔咒》。——译者注

"听着，"她说，"有个挺复杂的词儿，一个老女巫告诉我的……记不大清了……这种东西你们巫师该知道。"

灵思风默想片刻。"果子酱？"他尝试道。

她一脸暴躁地摇摇头："那词儿的意思是说你会像你父母。"

灵思风皱起眉头。关于父母的问题他一向不大拿手。

他胡乱蒙道："盗窃癖？惯犯？"

"带'义'字的。"

"享乐主义？"灵思风几乎绝望。

"义传。"柯尼娜道，"那个女巫解释给我听过。我母亲是在神殿里给不知道哪个疯子神跳舞的，父亲救了她，然后——他们在一起待了段时间。大家说我的长相、身材都随她。"

灵思风拼命献殷勤："而且它们都非常不错。"

她红了脸："嗯，好吧，但父亲给了我可以系住一艘船的肌肉，我的反应灵敏得好像热锡上的蛇，极其渴望顺手牵羊，而且每次遇见陌生人我都有种可怕的感觉，觉得九十英尺开外我就该扔把匕首过去刺穿他的眼睛。而且我的确能办得到。"她带着一丝自豪添上一句。

"老天爷。"

"就为这，男人通常都对我敬而远之。"

灵思风有气无力地说："嗯，难免的。"

"我是说，一等他们发现了，你就很难留住你的男朋友。"

"除非是掐住他的喉咙，我猜。"灵思风道。

"要想建立起真正的关系，这招可帮不上什么忙。"

"没错，我看得出。"灵思风道，"不过，要是你想当个声名赫赫的野蛮人盗贼倒是挺有用的。"

"可是，"柯尼娜说，"假如你想当的是个理发师呢？"

"啊。"

他们无言地盯着雾气。

灵思风问："真正的理发师？"

柯尼娜叹口气。

"我估计野蛮人理发师可没多大市场。"灵思风道，"我是说，谁想来个香波洗发外带砍头？"

"可每次看到美容的工具，我就实在忍不住想拿把双刃指甲剪到处乱挥。我是说剑。"柯尼娜道。

灵思风长叹一声。"这感觉我明白，"他说，"我曾经想当个巫师。"

"可你不就是巫师？"

"啊。嗯，当然，不过——"

"安静！"

灵思风发现自己被压在墙上，不知怎么回事，一小股凝结成水的雾气立刻开始往他脖子里滴。一柄宽大的飞刀凭空出现在柯尼娜手里，她蹲伏在地，活像丛林中的野兽，或者更糟的，活像丛林里的野人。

"怎么——"灵思风张开嘴。

"住口！"她嘁嘁地说，"有什么东西过来了！"

她站起来，以一只脚为轴转过身，同时飞刀出手，动作一气呵成。

唯一的动静只有一声空洞、木质的"砰"。

柯尼娜站直身子，瞪大了眼睛。她血管里激荡的是英雄的血，极其固执，害她一辈子也干不成围着粉红色围巾的那个行当，但这一次她却完完全全地不知所措了。

她说："我刚刚杀了个木头箱子。"

灵思风转过街角。

行李箱站在滴水的街道上，刚才的匕首还插在箱盖上颤颤巍巍，它瞪着柯尼娜。接着它稍稍改变姿态，小短腿踏出一种错综复杂的探戈步子，转而瞪上了灵思风。除了一把锁和两根铰链，行李箱压根儿没有五官，可它瞪起眼来比一块大石头上所有的美洲鬣蜥加在一起还厉害。它简直能瞪赢玻璃眼珠的雕塑。要论那种遭受背叛的哀怨，挨了主人一脚的小猎犬也只好老实回狗窝里趴着去。眼下箱子上还插着几个箭头和几把断剑。

"这是什么？"柯尼娜嘁嘁地问。

灵思风一脸疲惫："只不过是行李箱。"

"你是它的主人？"

"其实说不上。在某种程度上是吧。"

"它危险吗？"

行李箱拖着脚转过身，目光重新回到她身上。

"关于这一点存在着两种思路。"灵思风道，"有些人说它挺危险，其他人说它极其危险。你怎么想？"

行李箱把盖子扬起来一点点。

行李箱是用智慧梨木做的，这种植物魔力很强，以至于在碟形世界上基本已经绝种，只在一两个地方还残存着一点。它同柳兰有些类似，只不过它们对强辐射的地点不感兴趣，而偏爱曾经大量释放魔法的区域。传统上巫师的法杖都使用这种材料，行李箱用的也是它。

箱子带着很多魔法特质，其中有一条相当简单明了：它会跟着自己认定的主人去任何地方。这"任何地方"可不仅仅是指某个维度，又或者某个国家、某个宇宙、某几次转世。"任何地方"——它就像伤风一样难以摆脱，而且令人不快的程度比伤风要高得多。

另外，行李箱在保护主人这方面非常极端，而要形容它对世上其他生物的态度就比较困难，不过我们大概可以从"嗜血残忍的恶意"开始一路往深处探索。

柯尼娜盯着箱盖。它看起来很像是张嘴。

"我想我会投'致命的危险'一票。"她说。

"它挺喜欢薯片。"灵思风主动提供信息，然后他又补充道，"哦，这么说或许夸张了些。它吃薯片。"

"那人呢？"

"哦，人也吃。目前为止大概十五个，我想。"

"好人还是坏人？"

"死人而已。它还能帮你洗衣服，你把衣服放进去，拿出来的时候就洗过熨过了。"

"并且沾满鲜血？"

"你知道，这就是好笑的地方。"

"好笑的地方？"柯尼娜重复一遍，她的眼睛一刻也没有离开过行李箱。

"对，因为，你瞧，箱子里面并不总是一成不变的，有点像多维空间，而且——"

"它对女人是什么看法？"

"哦，它一点不挑剔。去年它吃了本咒语书，闷闷不乐了三天又把它吐出来了。"

"太可怕了。"柯尼娜往后退却。

"哦，是的，"灵思风道，"一点不错。"

"我是说它瞪眼的样子！"

"这它倒挺拿手，不是吗？"

我们必须动身去克拉奇。帽子盒里的声音说。这些船可以带我们过去，找一艘，征用它。

灵思风睁大眼睛，密密麻麻的船索底下隐约可以看见许多被雾气环绕的阴影。泊锚灯星星点点地分散在各处，在黑暗中制造出一个个模模糊糊的光球。

"它的话真的很难违抗，不是吗？"柯尼娜道。

"我正在努力。"灵思风额上渗出了汗珠。

立刻上船。帽子说。灵思风的双脚自己挪动起来。

他哀叹道:"你为什么要这样对我?"

因为我没有选择。相信我,如果能找到个八级巫师,我肯定不找你。我绝不能被戴上!

"为什么不行?你不就是校长帽吗?"

从古至今的每一个校长都透过我讲话。我就是大学,我就是传承,我代表了人类所控制的魔法——我绝不会让一个大法师把我戴在头上!绝不能再有大法师了!这世界太虚弱,承受不了大法了!

柯尼娜咳嗽一声。

她斟酌着问:"你听明白了没有?"

"我能明白一部分,可我半点也不信。"灵思风边说边把脚牢牢钉在鹅卵石地面上。

他们管我叫傀儡帽!帽子的声音里透出浓浓的嘲讽,那些一身肥油的巫师,他们背叛了大学所代表的一切,却管我叫什么傀儡帽!灵思风,我命令你,还有你,女士,好好为我服务,我将满足你们最深的渴望。

"如果世界马上就要完蛋,你还怎么满足我最深的渴望?"

帽子似乎考虑了一会儿:好吧,你们有没有什么最深的而且又只需要两分钟就能满足的渴望?

"我说,你怎么能施魔法?你不过是顶——"灵思风的声音越来越小。

我就是魔法，真正的魔法。再说了，被世界上最强大的巫师戴了两千年，你总会学到点儿什么。现在，我们必须逃了。

不过，当然要逃得很有尊严。

灵思风可怜巴巴地看了一眼柯尼娜，对方只是耸耸肩。

"别问我，"她说，"这看来挺像是冒险。恐怕我命中注定得经历这些。我跟你说，这就是基因[1]。"

"可冒险这种事儿我压根儿不行！相信我，我已经冒过一打险了！"灵思风哀号道。

啊，经验丰富。帽子说。

"不，我说真的，我这人胆小如鼠，从来都只晓得逃跑。"灵思风的胸膛上下起伏，"危险从来只能盯着我的后脑勺，哦，已经几百次了！"

我并不要你陷入危险。

"好极了！"

我要你远离危险。

灵思风泄了气。"为什么是我？"他呻吟道。

为了大学，为了魔法的荣耀，为了整个世界，为了你内心的

---

[1] 碟形世界里，相关的研究在早期就失败了。那时巫师用诸如果蝇和香豌豆之类的实验对象做了杂交实验。不幸的是他们在基础理论方面实在有些欠缺，因此最后只得到某种嗡嗡叫的绿色豆子。豆子的日子过得挺凄惨，而且很快就被一只路过的蜘蛛给吃掉了。——作者原注

渴望。再说，如果你不干，我就把你活活冻死。

灵思风长叹一声，几乎像是松了口气。贿赂收买、甜言蜜语、苦苦哀求，这些他全不知该如何应付。可威胁嘛，真的，威胁他熟得很。他知道遇到威胁自己该怎么办。


太阳就像煮坏的荷包蛋，点亮了小神日。雾气化作一条条银色和金色的飘带渐渐往安卡·摩波收紧——潮湿、温暖、悄无声息。远远地从平原上传来了春雷的轰隆声。天气似乎暖得有些反常。

巫师们通常都起得挺晚。可这天早晨，不少巫师都早早起床，漫无目地在走道里晃悠。他们能感觉到空气中弥漫着改变的味道。

魔法溢满了大学。

当然，大多数时候，这里本来也满是魔法，可那是种舒适的老魔法，危险性和令人激动的程度相当于卧室穿的拖鞋。而眼下渗进古老现实中的却是种全新的东西，充满生机，锯齿一般锋利，彗星的火焰一样冰冷、明亮。它钻进石头里，遇到尖利的边缘就发出噼噼啪啪的声音，仿佛是世界这张尼龙地毯上的静电。它发出嗡嗡声、嗞嗞声。它弄卷了巫师的招牌胡子，它让一缕缕第八色烟从巫师的指尖喷涌而出，尽管过去三十年里这些手指所施的魔法至多也不过是一点点光幻术罢了。如何才能把这效果形容得富于品位而又巧妙得体呢？对于大多数巫师来说，这就像是身为一个老头，突然面对一个美丽的年轻女人，结果他带着满心的恐惧、欢乐和惊讶，发现自己的肉体突然跟精神一样雀跃不已。

此时，在大学的大厅和走道里，一个词低声流传着：大法！

几个巫师偷偷摸摸地试了试自己好些年来一直没能掌握的咒语，并且惊奇地看到它们完美地呈现在眼前。起先大家还挺不好意思，但很快就有了信心，他们要么高喊着、叫嚣着冲彼此乱丢火球，要么从帽子里变出鸽子，让五颜六色、闪闪发光的金属小圆片从天而降。

大法！有一两个特别老成持重的巫师，过去最出格的举动也不过是吃个把生蚝，现在却把自己隐形，追得女仆们到处跑。

大法！几个胆大的家伙尝试了一把古老的飞行咒语，眼下正在房椽间上上下下地飘着，只稍微有些晃悠。大法啊！

只有图书管理员没有参与这顿疯狂的早餐。他瞧了那些傻子一会儿，噘起自己孔武有力的嘴唇，硬邦邦地朝自己的图书馆爬去。假如有人肯对他稍加留意，就会听见他插上了大门。

图书馆里突然安静了。书早就不再焦虑，它们已经把担忧抛在身后，进入了由绝望的恐惧形成的一潭死水之中。眼下它们像无数被催眠的兔子一样蹲在自己的书架上。

图书管理员抬起毛茸茸的长胳膊，一把抓住《伩浦斯罗克之魔法大辞典——附为智者准备的评注》，半点不给对方机会逃跑。他用长长的手指安抚住它的恐惧，翻到"大"字部，温柔地把哆哆嗦嗦的书页展平，然后一片坚硬的指甲顺着条目往下滑，一直来到：

> 大法师，名词。（神秘学）巫师的原型，新魔法进入
> 世界的大门，此巫师不受自己身体之物理能力所限，亦不
> 被命运或死神掌握。据载，世界年轻时原有许多大法师，
> 但如今已不可再有，为此吾等感谢诸神，因为大法非人类
> 所能掌握，大法师回归则意味着世界的终结……假使造物
> 主想让人与神一般强大，他会索性给人安上翅膀。
>
> 另见：末日、冰巨人之传说以及众神的下午茶时间。

图书管理员读完了交叉引用的部分，回到第一个条目，睁着深邃的黑眼睛盯着它看了许久。然后他小心翼翼地把书放回原位，爬到自己的桌子底下，把毯子拉起来罩住了脑袋。

在大厅上方为吟游诗人准备的长廊里，卡叮和锌尔特同样注视着底下的情景，不过他们的情绪却与图书管理员完全不同。

这两个人肩并肩站在一处，效果几乎与阿拉伯数字10完全一样。

"怎么回事？"锌尔特问。他一宿没睡，脑子不大清楚。

"魔法正流进大学，"卡叮道，"大法师就是这个意思，魔法的管道，真正的魔法，我的孩子。不是过去几个世纪里我们凑合着用的老东西，这是新生的……新生的——"

"呃，新生命？"

"完全正确。这是充满奇迹的时刻，一种……一种——"

"奇迹时刻？"

卡叮皱起眉头。"对，"最后他说，"就是那之类的，我猜。你在语言文字上倒很有一套。"

"谢谢你，兄弟。"

高阶巫师似乎没有注意到对方这样熟稔的称呼。他转过身，倚在雕花的扶手上，望着底下的魔法大汇演。他的双手自动伸向衣兜，寻找他的烟袋；可他停了下来，咧着嘴捻了个响指。一根点燃的卷烟出现在他嘴里。

"好多年都没能这么干了。"他沉吟道，"剧变啊，我的孩子。他们还没意识到呢，可这就是门会和等级的末日了。那不过是个——是个定量配给的系统，我们已经不再需要它们了。那男孩在哪儿？"

锌尔特道："还在睡——"

"我在这儿。"科银说。

他站在通向高阶巫师住处的拱门底下，手里拿着那根八铁锻造的法杖，法杖足足比他高出一倍。黄色的火焰形成一道道细小的纹路，在法杖毫无光泽的黑色表面上闪闪发光。那种黑色实在暗淡，几乎像是世界的一条裂缝。

锌尔特感到自己仿佛被金色的目光刺穿，就好像对方正从他的后脑勺读取他内心最深处的想法。

"啊——"他以为自己的声音快活又慈爱，其实根本就好像是临死前的哽咽。这样一个开头之后，他对这场谈话的贡献只可能越来越糟。事实也正是如此。他说："看来你……嗯……起来了。"

卡叮道："我亲爱的孩子。"

科银瞪着他看了半天，眼神冰冷。

"昨晚我见过你，"他说，"你强大吗？"

"一点点而已，"卡叮很快记起这孩子有个不好的倾向，喜欢把魔法当成强者间生死决斗的游戏，"但肯定不如你，我敢说。"

"我就要成为校长，一如我的命运？"

"哦，绝对的，"卡叮道，"毫无疑问。我能瞧一眼你的法杖吗？多么有趣的设计——"

他伸出一只肉乎乎的手。

这行为无论如何也是对礼仪的粗暴侵犯。不等对方明确同意就去碰人家的法杖，这种事巫师连想也不该想。可有些人就是没法相信小孩子也是完完全全的人类，总觉得寻常的礼貌不必用在他们身上。

卡叮的手指握住黑色的法杖。

接下来的噪声似乎并没经过锌尔特的鼓膜，更像是身体的直接感受。卡叮弹起来撞到长廊对面的墙上，声音就好像一麻袋肥猪肉掉到了人行道上。

"别。"科银说。他转过头，目光穿过锌尔特，直看得对方煞白了一张脸，然后他添上一句："扶他起来。他多半伤得不重。"

庶务长赶忙跑过去，弯腰查看卡叮的伤势。年老的巫师呼吸沉重，脸色也十分奇特。锌尔特拍拍他的手，直到他睁开一只眼睛。

卡叮低声问："刚刚发生的事儿你瞧见了没？"

锌尔特嗫嗫地说："我不大确定。嗯，刚刚发生了啥？"

"它咬了我。"

"下次你碰我的法杖，"科银一副公事公办的表情，"你就死定了，明白吗？"

卡叮抬起头，动作很轻柔，免得掉下什么零零碎碎的东西。

"完全明白。"他说。

"现在我想看看大学了，"男孩继续道，"我听说过好多和它有关的故事……"

锌尔特帮卡叮站起来，然后挽着他，乖乖地跟在男孩身后一路小跑。

"别碰他的法杖。"卡叮喃喃道。

"我会记得，嗯，不去碰它。"锌尔特坚定地说，"那是什么感觉？"

"你被蝰蛇咬过吗？"

"没有。"

"那你完全可以理解那是种什么感觉。"

"啊？"

"那感觉一点也不像被蛇咬。"

他们快步追上科银坚定的背影，男孩大步走下楼梯，穿过通向大厅的壮美拱门。

锌尔特一闪身跑到前头，拼命想给对方留下好印象。

"这是大厅。"他说。科银金色的眼睛转向他，巫师立刻觉得口干舌燥，"叫这名字是因为它是个厅，你明白，而且很大。"

锌尔特咽口唾沫："它是个很大的厅。"他奋力挣扎，却只能眼睁睁看着自己的最后一点条理被那探照灯一样的目光燃烧殆尽，"一个特别大的厅，所以它才叫作——"

"那些人都是谁？"科银拿法杖一指。他进门的时候，聚在大厅里的巫师纷纷转过身来，现在他们又都忙不迭地退开，就好像把法杖当成了火焰喷射器。

锌尔特沿着大法师的目光看过去，科银指的是装饰在墙上的肖像画和雕塑。过去的校长们留着长长的胡须，戴着尖尖的帽子，手里或抓着华美的卷轴，或拿着富于象征意义的占星装备；他们俯视众生的目光里充满了强烈的自高自大，当然那也可能是出于长期便秘。

"在这些墙上，"卡叮道，"两百个最伟大的巫师俯视着你。"

"我不喜欢他们。"法杖射出一道八色火焰，校长们消失得无影无踪。

"而且窗户也太小——"

"天花板太高——"

"一切都太老——"

眼看着法杖闪烁、吐火，巫师们纷纷扑倒在地。锌尔特把帽子拉下来遮住眼睛，滚到一张桌子底下。大学的整个构造都在他身边飘荡。木头嘎吱作响，石头痛苦呻吟。

有什么敲了敲他的头。他尖叫起来。

"闭嘴！"卡叮努力盖过周围的喧嚣，"把你的帽子拉上去！拿出点尊严来！"

"那你又在桌子底下干吗来的？"锌尔特酸溜溜地问。

"我们必须抓住机会！"

"什么，就像抓住法杖那样？"

"跟我来。"

锌尔特钻出去，发现外头是一个明亮的新世界。一个恐怖而明亮的新世界。

粗糙的石墙消失了。被猫头鹰占据的阴暗房椽消失了。铺着黑白瓷砖、图案让人眼睛发直的地板消失了。

消失的还有高处的小窗户，窗户同窗上柔软的古董油污一起不见了踪影。纯粹的日光涌进大厅，这还真是开天辟地头一遭呢。

巫师们张大嘴巴面面相觑，眼前的景象与一直以来他们想象的样子完全不同。毫不宽容的阳光将华丽的金丝刺绣打回原形，变成镀金；精美的衣料也暴露了身份，原来它们只是污迹斑斑的破旧天鹅绒而已；飘逸的美须变成了沾满尼古丁印记的一团乱麻，璀璨夺目的八钻原来也只是挺次的安卡石罢了。清新的光线探索着、刺探着，所有教人舒服的阴影都被一一剥离。

而且，锌尔特不得不承认，留下来的一切实在令人缺乏信心。突然之间，他敏感地意识到在自己的袍子底下——在他那褴褛的、严重褪色的袍子（这一事实又带来一波崭新的罪恶感），在他那被老鼠打了个洞的袍子底下——他仍然穿着居家的拖鞋。

现在大厅几乎整个变成了玻璃，要不就是大理石。一切都那么华丽，锌尔特觉得自己简直不配待在这里。

他转向卡叮，发现自己的巫师兄弟正盯着科银，两眼闪闪发光。

大多数巫师都是这副表情。巫师嘛，假如他们不被力量吸引，那就算不上巫师了，而这可是货真价实的力量。那根法杖就像耍蛇人手里的眼镜蛇，把他们全都迷住了。

卡叮伸出一只手想拍拍男孩的肩膀，不过中途及时改了主意。

"棒极了。"他改用嘴巴说。

他转身面对代表了魔法的巫师们，然后举起两只胳膊。"我的兄弟们，"他高声吟道，"我们之中出现了一位拥有伟大力量的巫师！"

锌尔特扯扯他的袍子。

“他差点杀了你。”他嗫嚅地说。卡叮不理不睬。

“现在我建议——”卡叮咽口唾沫，“我建议推选他为校长！”

片刻的寂静之后，爆发出阵阵欢呼和表示反对的怒吼。人群后排好几堆人吵了起来，靠近前排的巫师倒不那么热衷于争执。他们能看清科银脸上的微笑。那笑容明亮灿烂又冰冷刺骨，就好像月亮露出的笑脸。

人群中一阵骚动，然后一个上了年纪的巫师挤到了前排。

锌尔特认出那是欧汶·哈喀德里，七级，教授魔法传承。他气得涨红了脸，同时又愤怒得脸色煞白。他的话仿佛无数把匕首破空而来，话音短促得好像修剪过的灌木，语气干脆仿佛饼干。

“你疯了不成？”他说，“只有升至第八级的巫师才能当校长！同时其他几位最高等级的巫师还必须在庄严的代表会议上推举他！（当然是在众神的指导下）这可是魔法的传承！（亏你想得出来）”

哈喀德里研究魔法传承已经好多年，因为魔法通常都是一个双向的过程，因此他身上也留下了这门功课的痕迹。他似乎像干酪酥条一样的脆弱，同时不知怎的，这种干瘪的举止让他拥有了朗读标点符号的能力。他站在那儿，气得浑身发抖，但同时也注意到自己很快就变成了孤家寡人。事实上他变成了一个不断扩展的圆圈的中心，圆里只剩空荡荡的地板，圆周上则全是巫师。所有人突然都很愿意发誓说，自己这辈子一眼也没瞧见过这家伙。

科银举起了他的法杖。

哈喀德里举起一根手指表示谴责。

"你吓唬不了我，年轻人！"他喝道，"或许你确实有天赋，但仅仅有天赋是不够的。要成为一个伟大的巫师还要有许许多多别的条件。比方说，行政才能以及智慧，还有——"

科银垂下法杖。

他问："魔法传承对所有巫师都适用，不是吗？"

"完全正确！它的存在就是——"

"可我不是巫师，哈喀德里大人。"

老巫师迟疑了。"啊，"他说，又是一阵迟疑，"这倒也是。"

"但我很清楚地意识到自己需要智慧、远见以及良好的建议，假如你能屈尊提供这些富有价值的珍宝，我将不胜感谢。比方说——为什么巫师没有统治世界？"

"什么？"

"只是个简单的问题。在这间屋子里一共有——"科银的嘴唇嚅动了几分之一秒，"四百七十二个巫师，通晓世上最精妙的技艺，然而你们所统治的仅仅只是这占地几英亩相当低劣的建筑。这是为什么？"

最高级的巫师彼此交换心知肚明的眼神。

"表面看来似乎如此，"哈喀德里终于开口了，"可是，我的孩子，暂时的力量未免眼界有限，我们掌控的领域远远在它之外。"他的眼睛闪着光，"难道魔法竟不能将心灵带到最最神秘的——"

"没错，没错，"科银道，"然而你们的大学却被坚不可摧的石墙限制着。这是为什么？"

卡叮伸出舌头舔舔嘴唇。太不可思议了，这孩子简直说出了他的心里话。

"你们为了力量争吵不休，"科银甜甜地说，"可是呢，在这些石墙之外，对于收粪人或者寻常的商贩，一个高阶的大巫师和一个小小的魔术师之间真有很大区别吗？"

哈喀德里瞪大眼睛，毫不掩饰满脸的讶异。

"孩子，这对于哪怕最最愚昧的市民也是一目了然的，"他说，"仅仅袍子和饰物就——"

"啊，"科银道，"袍子和饰物，当然。"

一种短暂沉重、若有所思的沉默充斥着大厅。

"在我看来，"最后科银道，"巫师统治的只有巫师而已。谁统治着外头的世界？"

"就这座城来说，应该是王公，维第纳利大人。"卡叮语气谨慎。

"他可是位贤明公正的统治者？"

卡叮想了想。大家都说王公的间谍网无与伦比。"依我看，"他字斟句酌道，"他既不贤明也不公正，但却绝对公平。他对每个人都同样的不贤明、不公正，无所畏惧，也毫不徇私。"

"而你们对此感到满足？"科银问。

卡叮努力避开哈喀德里的视线。

"这跟满不满足没关系，"他说，"我猜我们只是没怎么考虑这个问题。巫师的天职，你明白——"

"富有智慧的人难道真能忍受被人这样统治？"

卡叮低声吼起来："当然不是！别傻了！我们不过是容忍这情形而已。智慧就是这个意思，等你长大了就会明白的，它意味着耐心等待——"

"这个王公在哪儿？我想见他。"

"当然，我们可以安排。"卡叮道，"王公在巫师请求接见时从来都很大方，而且——"

"现在我来接见他。"科银说，"要让他知道巫师已经等得够久了。请后退。"

他把法杖一指。


杂乱无章的安卡·摩波有个世俗的统治者，眼下他正坐在自己的椅子上，努力地想从情报中找出哪怕一点情况报告的影子。他的椅子就放在通向王座的阶梯底下。王座已经空了两千多年，它的上一个主人是安卡之王的最后血脉。根据传说，总有一天安卡将会出现另一位国王；传说总会伴随着许许多多的评论，什么魔法大剑、草莓形的胎记，等等。遇上这种情况，传说总是这么滔滔不绝。

事实上，现如今成为国王的唯一条件不过是生命力而已：在给人看了任何魔法大剑或者胎记之后，你至少得活过五分钟吧。过去的二十个世纪，安卡一直被几个商业大家族攥在手心里，想让他们放弃权力，就好像说服帽贝①放弃自己的石头那么容易。

如今这位王公是维第纳利家族的首领，财势超乎想象。他又瘦又高，并且据说像只死翘翘的企鹅一样冷血。只要看他一眼你肯定就能说出他会养哪种宠物——一只白猫。他会一面懒洋洋地抚摸它，一面命人把谁丢进养食人鱼的缸子里咬死。你还会猜到他很可能收集稀罕的薄胎瓷器，猜到他会用蓝白色的手指不停把玩自己的藏品，同时倾听远处地牢里传来的惨叫。你还会料到他多半长着两片薄薄的嘴唇，会使用"妙极了"之类的字眼。他是这么一种人，只要瞧见他眨巴一下眼睛，你这一天的好日子就彻底报销了。

不过说实话，上头这些几乎没有一样是真的，虽然他的确养了只相当年迈的卷毛小猎狗旺福司。这狗气味很糟，还总对人呼哧呼哧的。据说旺福司是整个世界里他唯一关心的东西。当然有时候他确实会把人残忍地折磨死，但一般说来大家都认为对于世俗的统治者这是完全可以接受的行为，绝大多数公民②对此都表示赞成。安卡人天性较为实际，王公颁布法令禁止一切街头戏院和

---

① 一种紧紧附着在礁石上的贝类。——译者注
② 这里，绝大多数公民指的是每一个没有被倒吊在蝎子坑上的人。——作者原注

哑剧演员，大快安卡人心，他们对其他许多事也就睁只眼闭只眼了。王公并不施行恐怖统治，只不过偶尔下点毛毛雨。

现在他叹了口气，把最新的一份报告放在椅子旁的那一大堆报告上。

他小时候见过一个演杂耍的，可以让一打盘子同时在空中旋转。据维第纳利大人想，假如那人能把这数目加到一百，那他差不多就有资格接受训练，学习统治安卡·摩波的艺术了——这座城市，有人曾形容它仿佛一个翻倒在地的白蚁巢穴，唯一的区别只在于少了蚁巢的魅力而已。

他往窗外瞥了一眼，远远瞅见耸立在看不见大学中央的艺术之塔。他心不在焉地寻思着，不知那些让人疲惫的老傻子能不能想出个办法，帮他把所有这些文件理理清楚。不过这当然是不可能的——像刺探市民隐私这样基本的东西，你压根儿没法指望巫师能够理解。

他又叹了口气，再拿起一份谈话记录，说话的是盗贼工会会长与他的副手，时间在午夜，地点是工会总部隐藏于办公室背后的一个隔音的房间，此外……

……在大厅里……

这儿看起来并不是看不见大学的大厅——他曾在那地方忍受过好几次无休无止的晚宴——但周围却有很多巫师，而且他们都……

……不同以往。

王公就像死神一样——在城里某些不大走运的市民看来，他跟死神的容貌简直难以分辨——总之王公像死神一样，除非经过思考，否则不会动怒。只不过有时候他思考的速度确实很快。

他瞪着聚在自己周围的巫师，可有什么东西让他把愤怒的质问咽进了肚子里。他们看起来就好像一群绵羊，突然发现了一只被困住的狼，并且正好就在这时听说了"团结就是力量"。

他们眼底有种特别的神情。

"什么意思，这样无——"他迟疑片刻，然后改了口，"这样的行为？也许是小神夜的恶作剧？"

他的眼珠一转，瞄准一个手拿金属长法杖的小男孩。那孩子脸上的笑容如此古老，王公前所未见。

卡叮咳嗽一声。

"大人。"他慢吞吞地说。

维第纳利喝道："只管讲！"

卡叮原有些胆怯，但王公的语调过于专横了那么一点点。巫师的指关节都发白了。

"我是八级巫师，"他静静地说，"你无权以那样的语气同我讲话。"

科银道："说得好。"

卡叮说："把他带到地牢去。"

"我们没有地牢，"锌尔特道，"这儿是大学。"

"那就带他去酒窖！"卡叮厉声喝道，"还有，下去的时候顺便造些地牢出来。"

"你对自己的所作所为有没有哪怕一丁点儿概念？"王公道，"我要求知道这究竟是什么意思——"

"你什么也别想要求。"卡叮说，"而这一切的意思就是从现在起，巫师将成为统治者，履行自己命定的职责。现在带他去——"

"你们？统治安卡·摩波？你们这些差点连自己都管不了的巫师？"

"没错！"若以机敏风趣作为判断标准，这回答确实略有欠缺，卡叮自己也有所察觉，但他的注意力更多地被旺福司分散了。小狗是跟主人一道传送过来的，这会儿已经不顾浑身的病痛，摇摇晃晃地爬到了对面，睁大一双近视眼瞅着巫师的靴子。

"那样的话，所有真正的智者都会选择深深的地牢所提供的庇护。"王公说，"现在我要你们立刻停止这一愚蠢的行为，把我送回我的宫殿，说不定这事我们可以不再谈起。或者至少你们不会再有机会谈起它。"

旺福司放弃了对卡叮靴子的侦察，朝科银小跑过去，路上还掉了几根毛。

"这出闹剧已经持续得够久了，"王公说，"现在我已经越来越——"

旺福司咆哮起来。那是种低沉而原始的声音，击中了在场每个人种族记忆中的一根弦，让大家心底充满一种急迫的渴望，想要立刻爬上树去。它使他们想起了鸿蒙之初那些四处狩猎的灰色影子。大家都挺吃惊，这样一个小东西肚子里竟能装下如此之多的威胁，而且它全部情绪的目标都是科银手里的法杖。

王公大步走上前去，一把抱起自己的爱犬。卡叮抬起手，一道橙色与蓝色的炙热火焰呼啸着穿过房间。

王公消失了。在他原来所在的位置，一只黄色的小蜥蜴眨眨眼皮，以爬虫类特有的愚蠢神情满怀恶意地瞪大了眼睛。

卡叮吃惊地瞅着自己的手指，就好像有生以来头一回看见它们。

"爽啊。"他哑着嗓子低声道。

巫师们低头看看直喘气的蜥蜴，然后又抬头看看在晨光中闪烁的城市。那外头有市议会议员，有城市警卫队，有盗贼工会，有商贸行会，有大堆的神职人员……而他们中间没有一个人知道自己马上就要挨一闷棍了。


已经开始了。校长帽从放在甲板上的盒子里说道。

灵思风问："什么开始了？"

大法的统治。

灵思风一脸茫然："是好事吗？"

任何人跟你讲的任何话，你有没有明白过一次？

对这个问题灵思风觉得自己还算比较有把握。"没，"他说，"有时候没有，最近没有，经常没有。"

柯尼娜问："你确定自己真是巫师吗？"

灵思风坚定地回答道："这是我这辈子唯一确定的事。"

"真怪。"

大洋华尔兹号沐浴着阳光，安详地行进在环海绿色的水面上。灵思风把行李箱当凳子，坐在前甲板上。在他们周围的水手们正在忙碌，灵思风确信他们干的都是跟航行有关的重要工作，并且祈祷对方千万别出什么岔子，因为除了高度，深度是他最憎恶的东西。

"你看起来很担心。"柯尼娜正在帮他剪头发。剪刀在空中来回飞舞，灵思风努力把自己的脑袋缩小，越小越好。

"那是因为我的确很担心。"

"世界末日到底是什么意思？"

灵思风迟疑片刻。"嗯，"他说，"就是世界结束之类的。"

"之类的？有点像世界结束之类的？你是说我们没法肯定？难道我们会四下张望，然后说：'请原谅，不过你有没有听到什么动静呢？'"

"问题在于先知们对这事儿从来没有达成一致。含糊其词的预言多得数也数不清，有些还挺疯狂的呢。所以才管它叫世界末日。"他一脸尴尬，"就像个摸不准日子的末日。就像个双关语，你明白。"

"不怎么高明。"

"对，确实不怎么样①。"

柯尼娜手里的剪刀忙忙碌碌。

她评论道："我得说，船长对我们上船好像很高兴。"

"那是因为他们相信船上有巫师能带来好运。"灵思风说，"当然事实并非如此。"

"可是很多人都相信。"

"哦，对其他人倒是能有好运气没错，可惜对我不是。我不会游泳。"

"怎么，半点都不会？"

灵思风犹豫了一下，手指小心翼翼地捻着自己帽子上的星星。

"依你看这儿的海有多深，大概？"他问。

"十二英寻吧，我估摸着。"

"那我大概可以游上十二英寻，不管那个'寻'是个什么东西。"

"别再哆嗦了，我差点把你的耳朵剪下来。"柯尼娜厉声道。她朝一个经过的水手瞪起眼睛，又挥挥手里的剪刀："怎么，没见过有人剪头发？"

船索上有人应了句什么，引得上桅的人发出一阵粗俗的大笑，当然那些也可能是艉楼甲板。

"这话我就装作没听见。"柯尼娜说着把梳子往下一拉，动

---

① 巫师对双关语的品位基本与他们对亮闪闪的东西的品位相同。——作者原注

作极其野蛮，立马害得许多完全无害的小家伙流离失所。

"我说，你别动！"

"有人拿着两片刀在我脑袋边上舞，要我不动可不大容易。"

于是早晨就这样过去了，风顺水顺，船索嘎吱作响，还多了个层次挺复杂的发型。灵思风就着一片镜子的碎片照了照，他不得不承认，确实比过去强多了。

船长告诉他们，这次的目的地是阿尔·喀哈里城，它就坐落在克拉奇中轴向的海边上。

"跟安卡差不多，只不过海边是沙子而不是泥巴。"灵思风身子前倾，靠在船舷上，"那儿的奴隶市场挺不错。"

柯尼娜坚定地说："奴隶制是不道德的。"

"当真？天啊。"灵思风道。

"要我帮你修修胡子吗？"柯尼娜满怀期待地问。

她拿出剪刀，可突然又停了下来，把目光投向远方。

她问："是不是有种水手会开那种边上多出些什么的小船，船头上还画着个有点像红眼睛的东西，而且帆也很小的？"

"我听说过克拉奇的奴隶海盗，"灵思风说，"可这是艘大船。那么一艘小东西肯定不敢对咱们动手。"

"一艘肯定不敢，"柯尼娜仍然盯着海天之间那块朦朦胧胧的区域，"可五艘就难说了。"

灵思风瞅着远处的一片模糊，然后抬头看看值班的水手。对方摇了摇头。

"得了吧。"他咯咯笑着，笑声欢快得好像堵塞的下水道，"隔了那么远，怎么可能当真看得到，对吧？"

柯尼娜阴沉沉地说："每艘小船上有十个人。"

"听着，开玩笑要适可而——"

"带着长长的弯刀。"

"那个，我可什么也没看——"

"他们的头发又长又脏，迎风飘舞——"

"发梢还分叉吧，我猜？"灵思风酸溜溜地说。

"你以为自己很幽默？"

"我吗？"

"而我竟然连武器也没有。"柯尼娜风一样地冲到甲板的另一头，"我敢打赌，这船上一把像样的剑都找不出来。"

柯尼娜疯狂地翻着自己的背包，灵思风则偷偷走到装校长帽的盒子跟前，小心翼翼地揭开盒盖。

他问："那边其实什么也没有，对吧？"

*我怎么知道？把我戴上。*

"什么？戴我头上？"

*老天爷。*

"可我又不是校长！"灵思风道，"我是说，我也听说过头脑冷静什么的，可——"

*我需要借你的眼睛一用。现在把我戴上，戴你头上。*

"呃。"

相信我。

灵思风没法违抗。他万般小心地摘下自己破破烂烂的灰帽子，对那颗歪歪扭扭的星星投以万分留恋的目光，然后他从盒子里拿出了校长帽。帽子比他想象的还重得多，顶部的八钻微微闪烁着光芒。

他很小心地把帽子放在自己的新发型上，同时紧紧抓住帽檐，随时准备对突如其来的寒气作出反应。

事实上他只是觉得非常非常轻盈，还体会到一种无与伦比的知识和力量——当然知识什么的并不真的存在，只不过象征性地有点呼之欲出的感觉。

千奇百怪的记忆碎片从他脑子里闪过，却没有一个是他过去记得自己记得的记忆。他稍加探查，就好像拿舌头去舔一颗蛀牙，他发现他们就在那儿——

两百个死掉的校长，渐渐消退到沉重、冰冷的过去，一个接一个，全都拿空洞的灰色眼睛瞅着他。

所以才会那么冷，他告诉自己，热量总是渗进死人的世界。哦，不……

帽子说话了，他看见两百张苍白的嘴唇嚅动着。

你是谁？

灵思风，灵思风想。同时，在他脑袋最深最深的秘密空间里，他努力对自己释放出一个念头……救命。

他感到自己的膝盖在好些个世纪的重量底下颤抖起来。

死了是什么感觉？他想。

死亡不过是休眠罢了。死去的大巫师们说。

可感觉到底怎么样？灵思风想。

等那些小战船过来这边，你马上就会有大把机会获得第一手资料，灵思风。

灵思风一声惊叫，飞快地伸出两只手，硬把帽子摘了下来。真实的生活、真实的声音潮水一般往回涌，可眼下他耳边正好有人疯了似的敲着锣，所以他的处境也谈不上有什么改进。现在谁都能看得见那些小船了，它们沉默地掠过水面，让人毛骨悚然。划桨的人个个一袭黑衣，他们本来应该拼命呐喊、高声咆哮，这当然并不会让大家感觉好些，但至少会显得比较应景。对方的沉默昭示出一种令人不快的目的性。

"诸神啊，那真是太可怕了。"他说，"顺便说一句，这也一样。"

船员们纷纷拿起弯刀冲上甲板的一头。柯尼娜拍拍灵思风的肩膀。

"他们会努力活捉我们。"她说。

"哦，"灵思风有气无力地说，"太好了。"

然后他记起了关于克拉奇奴隶的其他故事，于是喉咙突然有些发干。

"你——你会是他们真正的目标，"他说，"我听说他们对——"

"我该知道吗？"柯尼娜道。灵思风惊恐地发现她似乎还没找到武器。

"他们会把你丢进后宫！"

她耸耸肩："还不算太糟。"

"可那地方会有好多好多尖刺，等他们关上门——"灵思风信口说着。小船已经很近了，他甚至能看清划桨的水手脸上坚定的表情。

"你说的不是后宫，是铁处女①。你究竟知不知道后宫是什么东西？"

"呃……"

她告诉了他。他的脸涨成了紫色。

"无论如何，他们得先逮住我才成。"柯尼娜阴沉沉地说，"该担心的是你。"

"为什么是我？"

"除了我，船上只有你还穿着裙子。"

灵思风昂起头："这是件袍子——"

"袍子，裙子。你最好祈祷他们知道这两个有啥区别。"

一把戴满戒指的"香蕉"抓住灵思风的肩膀，把他转了个身，是船长。老天爷造这个中轴地人时毫不吝啬，让他浑身的线

---

① 一种刑具。——作者原注

条活像狗熊。眼下此人正透过一脸浓密的汗毛对灵思风咧嘴笑。

"哈!"他说,"他们哪儿知道咱船上还载了巫师!在他们肚子里点起了绿火!哈!"

然而灵思风显然并不准备立刻往入侵者中间喷射复仇的火焰,船长森林一样茂盛的黑眉毛皱到了一块儿。

"哈!"他坚持不懈,让这一个音节传达出一整串让人浑身冰凉的威胁。

"对,嗯,我只是——我只是束紧腰带,准备行动。"灵思风道,"戴正帽子,我是说,束紧。绿色的火,你要?"

"还要把滚烫滚烫的铅灌进他们的骨头里,"船长说,"还要他们的皮肤上长满水疱,还要蝎子钻进他们脑袋里吃光他们的脑子,还要——"

领头的小船已经靠到大船边,两个铁钩"砰"一声挂上了船舷。第一个奴隶贩子探出脑袋,船长赶紧拔出佩剑迎上前去,跑到一半时他停下来转向灵思风。

"你赶快束,"他说,"不然腰啥的也不用想了,哈!"

灵思风转向柯尼娜,只见对方正倚在船舷边检查自己的指甲。

"你最好赶紧动手,"她说,"一共是五十道绿火和五十块热铅,另外附带水疱和蝎子。可别太狠了。"

灵思风呻吟道:"这种事儿怎么总落到我头上?"

他从船舷上探出脑袋,瞅了瞅据他估计是主甲板的部分。入侵者用网和绳索绊倒了许多反抗的船员,纯粹靠数量占了上风。

他们干起活来一言不发，只管边打边躲，只要可能绝不使剑。

"他们不想损坏了货物。"柯尼娜道。灵思风惊恐地睁大眼睛，只见船长被一群黑影放倒在地，嘴里兀自喊着："绿火！绿火！"

灵思风开始后退。他半点魔法也不通，但迄今为止他逃出生天的成功率却是百分之百，灵思风可不想坏了这纪录。他所需要的不过是在跳船之后，入水之前学会游泳而已。值得一试。

"你还在等什么？趁他们忙不过来咱们赶紧走啊。"他对柯尼娜道。

"我需要一把剑。"她说。

"再过一分钟你就要变成战利品了。"

"一分钟绰绰有余。"

灵思风踢了行李箱一脚。

"走，"他厉声喝道，"你可得浮上一阵呢！"

行李箱故意显出一副无所谓的模样，只见它伸出小短腿，慢慢转个身，然后走到柯尼娜身边一屁股坐下了。

"叛徒。"灵思风对着它的铰链说。

战斗似乎已经结束。五个入侵者偷偷爬上通向后甲板的梯子，留下大部分同伴围捕打了败仗的船员。领头的那个人拉下自己的面具，很快地瞄了眼柯尼娜；然后他转过头，又瞄了瞄灵思风，只不过这次时间稍微长一点。

"这是件袍子，"灵思风赶紧说，"而且你最好当心，因为我是巫师。"他深吸一口气，"动我一根手指头，你会希望你不曾这样干过。我警告你。"

"巫师？巫师身子骨太弱，当不了好奴隶。"领头的思忖道。

"完全正确。"灵思风说，"所以假如你能干脆放我走——"

领头的转向柯尼娜，然后对一个同伴打了个手势。他又朝灵思风伸出根刺满文身的拇指。

"杀他的时候动手别太快。事实上——"他停下来，咧嘴对灵思风露出满口牙齿，"说不定……对。有啥不可以的？会唱歌吗，巫师？"

"有这个可能。"灵思风分外谨慎，"干吗问这个？"

"沙里发大人正找人，后宫里有个活儿，没准儿你刚好合适呢。"两个奴隶贩子窃笑起来。

"没准儿是个独一无二的机遇哦。"观众如此赏脸，领头人自然更加卖力表演。这话说完之后，他身后又出现了更多大大方方的赞赏。

灵思风后退几步。"还是算了，"他说，"多谢费心。这种事儿我怕是干不了。"

"噢，说不准哦，"领头的眼睛发亮，"说不准。"

"噢，看在老天爷的份上。"柯尼娜喃喃道。她瞅瞅站在自己两侧的人，然后双手动了起来。被剪刀刺中的那一个多半比被梳子犁过的那一个要走运些，因为一把钢梳在脸上造成的破坏实在不可小觑。然后柯尼娜弯下腰，拾起其中一个人掉在地上的剑，朝另外两个奴隶贩子冲了过去。

尖叫声让领头的转过身来，正好瞧见行李箱在自己身后打开了盖子。接着灵思风一头撞上他的后背，把他送进了箱子里多维空间深处的不知什么地方。

一声狂吼戛然而止。

然后是"咔嗒"一声，就好像地狱之门插上了门闩。

灵思风哆哆嗦嗦地往后退，嘴里兀自愤愤地低声念叨："独一无二的机遇。"他刚刚才回过神来，弄明白那人说的啥意思。

至少他有个独一无二的机会可以看柯尼娜打架。这事儿可很少有人能看到第二次的。

开始的时候，奴隶贩子见这么个娇小的姑娘竟敢对自己动手，个个咧开了大嘴，接着他们发现自己似乎被一圈闪电般收紧的钢铁围在了中央，于是很快开始依次经历迷惑、怀疑、忧虑以及凄厉绝望和恐惧几个阶段。

柯尼娜又刺出两剑——看了那动作，灵思风的双眼不禁蒙上一层水汽——解决了首领的最后一个保镖，然后叹口气，飞身越过船舷跳上了主甲板。让灵思风气恼的是，行李箱也吭哧吭哧地跟了过去，作为缓冲，它落地时重重地压在一个奴隶贩子身上。箱子的出现让入侵者更加恐慌。先是被一个穿着白裙子、别着鲜花的漂亮姑娘狠狠打了个落花流水，这已经够糟的了，再冒出件旅行用具，又被它绊倒、咬伤，至此男性的尊严简直已经忍无可忍。这对世界上所有的男人来说都不是什么好事。

灵思风从船舷上探出脑袋。

他喃喃地说："真爱显摆。"

一把飞刀砸在他下巴旁边的木头上，又从他耳朵旁反弹开。他只觉得一阵刺痛，于是伸手一摸。这之后灵思风惊恐万状地睁大眼睛，慢慢悠悠地昏了过去。他其实不是个晕血的人，他只是特别受不了看到自己的血。


看不见大学黑色的大门旁是大片的鹅卵石路面，人家给它取名叫萨驮耳广场。此刻，这里的市集正是最热闹的时候。

据说在安卡·摩波，什么东西都可以拿出来卖，只除了啤酒和女人，这两样只租不售。而绝大多数商品在萨驮耳的市场都能买到。许多年过去了，市场的规模越来越大，摊位一个个增加，新来的已经被挤到了大学古老的石墙上，事实上，墙壁正好可以用来展示一卷卷布料和一排排护身符。

谁也没注意到大门朝里打开了。一片寂静轰隆隆地滚出大学，扩散到嘈杂、拥挤的广场上，就仿佛潮汐的第一道微波滴落到带着咸味的沼泽里。事实上那根本不是真正的寂静，而是反噪声发出的巨大轰鸣。寂静不是声音的对立面，它不过是声音缺席的状态罢了。可这却是处于噪声对面的声音，反噪声，它影影绰绰的分贝像飘落的天鹅绒一般窒息了市场上的喧哗。

众人发疯般地四下看，嘴巴像金鱼一样开开合合，也像金鱼一样白白浪费了力气。没过多久，所有人都把脑袋转向了大学的校门。

还有些别的什么同那阵刺耳的静谧一道流了出来。空荡荡的大门旁原本挤满了小摊，眼下它们全都在鹅卵石路面上打着转退开去，货物一路往下掉。它们的主人眼看着它们砸上后一排的小货摊，只好自己先跳出去，毕竟逃命要紧。小货摊毫不留情地横冲直撞，又一个个垒起来，直到一条干干净净、空空荡荡的石头大路横穿过整个广场。

阿托希·长杖在广场上有个摊子，专营富于个性的馅饼，此时他从自己货摊的残骸上探出头来，正好看见巫师们走出大门。

他很了解巫师，或者说直到现在为止他一直自以为很了解巫师。他们是群呆头呆脑的老男孩儿，其实对谁来说都没什么危险，穿着打扮嘛，活像不知多少年以前的旧沙发，但每次他有什么货因为过期想要贱卖，他们总是乐于接手。当然这群人的脾气确实太牛性了些，没有哪个会过日子的家庭主妇愿意忍受。

然而眼前这些巫师可让阿托希开了眼。瞧他们走进萨驮耳广场的姿势，就好像这儿全是自家的地盘。他们脚下闪着蓝色的火花，不知怎么的，似乎还长高了些。

又或者这只是因为他们的仪态起了变化。

对，没错……

阿托希自己也遗传了些魔法的因子。当他看见一群巫师横扫广场的时候，他的基因告诉他，自己的最佳选择就是把刀子和绞肉机都塞进包里出城去，随便什么时候走都行，只要是在接下来的十分钟以内。

最后一个巫师落在自己的同伴后头，一脸嫌恶地四下打量着。

"这儿原来有个喷水池的。"他说，"你们这些人——走开。"

小贩们你看看我，我看看你。巫师说话的语气通常都很专横，这并没有什么稀奇的，但刚才那人的口吻却带着谁都没听过的锋利。它长着关节。

阿托希的眼睛往边上瞟。卖蛤蜊和海星胶冻的摊子也塌了，一位复仇天使刚从里头冒出来，正扒拉着胡子里的各色软体动物，同时啐掉嘴里的醋。此人名叫米皮·羚搏，据说是个能单手砸开牡蛎的狠角色。干这行这么多年，他天天从石头上扯帽贝、在安卡湾跟偌大的鸟蛤搏斗，早练就了通常只会跟地质板块联系在一起的体格，连他起立的动作都更像是把身体打开。

羚搏咚咚咚地冲到那巫师跟前，一根颤抖的手指指向自己货摊的残骸。在残骸附近，半打有胆有识的龙虾正坚定地奔向自由。羚搏嘴边的肌肉像愤怒的鳗鱼一样扭动起来。

他质问道："是你干的？"

"闪开，蠢货。"那巫师道。在阿托希看来，只这四个字就足以让巫师的寿命锐减到一面玻璃钹的水平。

"我恨巫师，"羚搏说，"我真恨巫师。所以我要揍你，明白？"

他胳膊往回收，然后挥出拳头。

巫师扬起眉毛，小贩身边蹿出了黄色的火焰，还伴随着好像丝绸撕裂的声响。羚搏消失了。鹅卵石地面上只剩下他的一双靴子还孤零零地立在原地，几缕轻烟正从鞋里往外冒。

谁也不知道这是为什么，无论爆炸的威力多么大，地上总会留下冒烟的靴子。宇宙里似乎就是会发生这种怪事儿。

阿托希一直在仔细观察，他发现巫师自己好像跟旁人一样吃惊。不过巫师毕竟是巫师，立刻就重振旗鼓，还动作花哨地挥了下法杖。

"你们这些人最好牢牢记住今天的教训，"他说，"谁也别想跟巫师动手，明白？这里会有很多很多变化。怎么，你想干吗？"

最后一句话是对阿托希说的，他原本正打算神不知鬼不觉地开溜。听对方问话，他赶紧抓起自己装馅饼的盘子。

"我不过是在想，或许大人您愿意买块上好的馅饼，"他飞快地说道，"营养极为丰——"

"好好看着，卖馅饼的。"巫师说着伸出一只手，手指比画了个奇特的动作，一块馅饼凭空出现了。

它胖乎乎的，通体金黄，像上了一层美丽的釉。阿托希一眼就看出它里面填满了上等的瘦猪肉，才不像他自己那样常常唬人，在盖子底下弄出许多广阔的空洞，添进上佳的新鲜空气作为盈利空间。这简直就是猪崽们希望自己长大成猪以后可以成为的那种馅饼。

他的心沉了下去。他要破产了，而原因就飘浮在他眼前，还带着奶油馅饼皮呢。

"想尝尝不？"巫师问，"那儿还多着呢。"

"天晓得那儿是哪儿。"阿托希喃喃道。

他的目光越过亮闪闪的面点，落在巫师的脸上。在对方眼中狂热的闪光里，他看见整个世界天翻地覆。

他失魂落魄，转身朝最近的城门走去。

那些个巫师，就好像光杀人还不够似的，他苦哈哈地想。他们还要把人家的生计一块儿抢走。

一桶水泼到灵思风脸上，把他从一个可怕的梦境拉回了人间，梦里一百个戴面具的女人拿着大砍刀想给他理发，而且还剪得很好。做了这样的梦，有些人或许会毫不在意地把它归结为心理学上所谓的阉割焦虑，但灵思风的潜意识一眼就能认出这是恐"被砍成小块小块"症。他跟这东西的确熟得很。

灵思风坐起身。

"你还好吗？"柯尼娜焦急地问。

巫师的目光扫过甲板上的一片狼藉。

"不一定。"他谨慎地说。附近似乎没有奴隶贩子，至少没有站着的。船上的水手倒是能看见好多，全都毕恭毕敬地与柯尼娜保持距离。只有船长站得还算近，脸上挂个大号的傻笑。

"他们走了，"柯尼娜说，"把能拿的都拿了就走了。"

"那些浑蛋，"船长说，"划得太快了！"一只大手"啪"地拍在柯尼娜后背上，疼得她一缩，"就一位女士来说，她打得还真不赖。"他又补充道，"没错。"

灵思风摇摇晃晃地站起来。奴隶贩子的船只正朝远处地平线上的一块污渍一溜欢快地小跑——那肯定就是中轴向的克拉奇了。而他自己完好无损。灵思风开始高兴起来。

船长精神饱满地冲他俩一点头，然后跑去对手下吆喝，喊的都是什么帆啊绳子啊之类的事儿。柯尼娜在行李箱上坐下，箱子似乎也并不反对。

"他说实在太感谢咱们了，所以准备一路把咱们载到阿尔·喀哈里。"

"我还以为当初就是这么定的。"灵思风道，"我看见你给了他钱，还有安排什么的。"

"没错，可他本来打算制服我们，等到了那儿再把我卖去当奴隶。"

"怎么，我就不卖吗？"说完灵思风接着哼了一声，"当然了，巫师的袍子，他哪里敢——"

"呃，事实上，他说你只好白送。"柯尼娜专心致志地拨弄箱盖上一根并不存在的小刺。

"白送？"

"对。呃，有点像卖蔬菜，每卖一个小妾附送巫师一名之类的。对吧？"

"我可看不出这跟蔬菜有什么关系。"

柯尼娜使劲瞪着他看了老半天，可他始终没有爆笑出来，于是她叹口气说："有女人在场的时候，你们巫师干吗老那么紧张？"

面对这样的诬蔑，灵思风扬起了下巴。"多么深刻！"他说，"请你仔细听好——算了，反正，我的意思是，总的来说我跟女人都相处得很好，叫我紧张的只有那些拿剑的女人而已。"他考虑了片刻，又补充道，"说起来，其实所有拿剑的人都叫我紧张。"

柯尼娜持之以恒地扒拉着箱盖上那根虚无的刺。行李箱心满意足地"嘎吱"一声。

"我还知道一件能叫你紧张的事儿。"她喃喃地说。

"嗯？"

"帽子没了。"

"什么？"

"我也没办法，他们抓到什么是什么——"

"那些奴隶贩子居然带着校长帽逃了？"

"少拿这口气跟我说话！我当时又不是在闷头睡大觉——"

灵思风拼命挥舞双手："不不不，别激动，我什么口气也没有——这事儿我得想想……"

"船长说那些人多半会去阿尔·喀哈里。"他听见柯尼娜说，"那儿有个地方，是犯罪分子的聚集地，我们很快就可以——"

"我看不出咱们干吗非要做点什么。"灵思风道，"校长帽想避开大学，而那些奴隶贩子嘛，我猜他们肯定不会顺道去校园里喝杯雪莉酒什么的。"

柯尼娜着实吃了一惊："你准备由着他们把帽子带走？"

"这个嘛，总得有人把它带走不是？我的看法是，为什么非得是我？"

"可你说过它象征着魔法，是所有巫师渴求的目标！你不能就这样抛弃它！"

"你瞧我能不能吧。"灵思风舒舒服服坐好。他觉得吃惊，那是种奇特的感觉：他做了个决定，是他自己的决定，完全属于他，而且没人逼他这么干。有时候他感觉自己的一生窝囊透了，老是有人想要这想要那，然后害他灵思风惹上麻烦。但这一次他做了决定，就这样了。他会在阿尔·喀哈里下船，然后找个法子回家去。世界总会有人拯救的，他祝他们好运。他已经决定了。

他皱起眉头。为什么他没觉得高兴？

因为这该死的决定大错特错，你这傻子。

哈，他想，我脑子里的声音已经够多了。出去。

可我就住这儿。

你意思是说你是我？

你的良心。

哦。

你可不能让人毁了那顶帽子。它代表了……

……得了，我知道……

……代表了历代传承的魔法。被人类掌控的魔法。你总不愿意回到更古的黑暗……

……啥？……

更古……

我想应该是亘古吧？

没错。亘古。退回到亘古之前，回到被纯粹的魔法统治的时代。那时候，整个现实的框架天天都在颤抖，可吓人呢，我可以告诉我。

这些东西我是怎么知道的？

种族记忆。

老天。我也有个这种东西？

这个嘛，一部分吧。

好吧，我说，可为什么是我？

你的灵魂很清楚你是个真正的巫师。"巫师"这两个字就刻在你心上。

"没错，可问题是我老遇到那些很可能想看看我心上到底刻没刻那两个字的人。"灵思风可怜巴巴地说。

"你说啥？"柯尼娜问。

灵思风盯着地平线上的那块污渍，叹了口气。

"不过是自言自语。"他说。

卡叮挑剔地审视着帽子。他绕到桌子的另外一侧，从一个全新的角度瞪大眼睛。最后他说："还不错。八钻是从哪儿搞到的？"

"不过是上等的安卡石而已。"锌尔特道，"骗过你了吧，嗯？"

真是顶呱呱叫的好帽子。事实上，锌尔特不得不承认，它看起来比真的那顶要好太多了。旧的校长帽破破烂烂的，金线失去光泽，七零八落。相形之下，复制品明显大为改观，它非常有型。

卡叮说："我尤其喜欢这蕾丝。"

"可费了好些工夫。"

"干吗不试试用魔法？"卡叮弯弯手指，然后接住了凭空出现的高脚玻璃杯。在小纸伞和水果沙拉底下，杯子里装着某种黏黏的酒精。杯子很酷，酒看起来也相当昂贵。

"没用，"锌尔特道，"就是没法，嗯，弄得合适。每块小圆片我都只好用手往上缝。"他一面说一面拿起帽子盒。

卡叮呛了口酒。"先别把它放进去，"他说着从庶务长手里拿过帽子，"我一直想试试来着——"

他转向庶务长屋里那面大镜子，毕恭毕敬地将帽子扣在自己邋里邋遢的鬈发上。

大法统治的第一天接近尾声，巫师们已经成功地改变了一切，只除了他们自己。

其实每个人都尝试过了，在私底下，当他们以为没人注意的时候。就连锌尔特也悄悄在自己书房里捣鼓了一番。他让自己年轻了二十岁，上身强健有力，完全可以砸烂石头。问题是一旦停止集中精神，他就会松弛下去，变回他熟悉的模样和年纪。这个过程实在是让人不快。人的状态有点像橡皮筋。你越是用力把它绷紧，它弹回来的速度就越快，被它击中的时候也越疼。带刺的铁球、阔剑和带铁钉的大棍子通常都被认为是挺可怕的武器，但比起脑袋被二十年岁月狠狠砸中，它们造成的伤害简直不值一提。

这是因为大法对于原本就带魔力的东西似乎无效。但尽管如此，巫师们还是作出了好些重大改进。比方说卡叮的袍子就完全换成了丝绸加蕾丝，显得雍容华贵、气势如虹、毫无品位，整体效果类似在一大块红色果冻上搭了几个罩椅子的套子。

"挺适合我，你说呢？"卡叮调整了一下帽檐，让它显出一种放浪不羁的样子。

锌尔特没吭声。他望着窗外。

的确是有了些改变。这一天大家都挺忙。

原来的石墙消失了，取而代之的是顶漂亮的栅栏。在栅栏背后，双城闪闪发光，活脱脱一首白色大理石和红色瓦片谱成的赞美诗。安卡河不再是他从小见惯的臭水沟，它变成了玻璃一样透明的闪亮缎带，河水融雪般清澈，其中还有——这点特别应当赞赏——肥肥胖胖的鲤鱼一面撒欢一面张嘴吐泡泡[①]。

要是从空中往下看，安卡·摩波一定炫目极了。它会闪闪发亮，千年的残渣都已经一扫而光。

不知为什么，这却让锌尔特有些不安。他感到自己与这一切格格不入，就好像新衣服穿了觉得痒痒。当然，他的确穿着新衣服，而且它们也确实很痒，可问题不在这儿。新世界棒极了，世界原本就该这样。可是，可是——他真的想要改变吗？又或者他只是想把事情排列组合得更合理些？

"我说，你不觉得这简直就是为我量身定做的？"卡叮道。

锌尔特转过身，一脸茫然。

"啊？"

"这顶帽子，老天。"

"哦，嗯，非常的——合适。"

卡叮叹口气，摘下那巴洛克风格的头饰，然后小心翼翼地把它放回盒子里。"最好现在就送过去。"他说，"他已经开始问起它来了。"

锌尔特说："我还是有点担心，真的帽子到底哪儿去了。"

"就在这儿。"卡叮坚定地说，还用手敲敲盒盖。

"我指的是……呃……真的那顶。"

"这就是真的那顶。"

---

① 当然，安卡·摩波的居民宣称河水其实从来都纯净无比。他们的理论是，任何经过了如此多肾脏过滤的水必定都是非常纯净的。——作者原注

"我指的是——"

"这就是校长帽。"卡叮一字一顿地说，"这你应该很清楚，因为它可是你做的。"

"没错，可——"庶务长一脸可怜相。

"毕竟，你总不会做了顶假货吧，嗯？"

"那倒……呃……说不上——"

"不过是顶帽子。人以为它是什么它就是什么。他们看见校长戴着它，就以为这是原来那顶帽子。从某种角度说，它的确就是校长帽。东西的意义要靠它们的功能来定义，人也一样。当然，这可是魔法的基本原理。"卡叮一个戏剧性的停顿，把帽子盒塞进锌尔特怀里，然后秀出自己的拉丁文，"可以说是Cogitum ergot hatto。"

锌尔特曾经专门研究过各种古老的语言，于是竭尽所能开始瞎蒙。

"'我思，故我帽？'"

"什么？"卡叮率先走下楼梯，向新版大厅前进。

锌尔特再接再厉："'我认为我是顶疯帽子？'"

"还是闭嘴吧，行吗？"

薄雾仍然笼罩着双城，它银色和金色的帷幕被落日的余光染成了血红色。眼下这光芒正透过大厅的窗户泻进屋里。

科银坐在凳子上，法杖横放在他膝盖上。锌尔特突然意识到，每次看见那孩子他都带着法杖。这很奇怪。大多数巫师都把自己的法杖放在床底下，或者架在壁炉的火上。

他不喜欢这根法杖。它是黑的，但并非因为它的颜色如此，更像是因为它本来就是个会移动的洞，通往某个更加令人不快的位面。法杖没长眼睛，却好像在盯着锌尔特，好像它知道他内心最深处的想法——倘若真是这样，那么眼下它倒比他自己知道得还多些。

锌尔特同卡叮一道穿过大厅，他的皮肤一阵刺痛，纯粹的魔法像冲击波般从男孩身上扩散出来。

几十个资历最老的巫师都簇拥在凳子周围，眼睛盯着地板，满脸敬畏。

锌尔特伸长脖子，他看见了——

世界。

黑夜不知怎么被嵌进了地板，而世界就漂浮在这片深潭里。锌尔特意识到这真的是世界，而不是什么幻象或者简单的投影。这一事实带着可怕的确定性，不容置疑。他能看见云的形状以及其他的一切。中轴地冰冻的荒原、衡重大陆、环海、边缘瀑布，全都那么小，颜色好似蜡笔画，却又真真切切……

有人在跟他讲话。

"嗯？"周围的温度仿佛陡然降低，这把他拉回了现实。他惊恐地意识到科银刚刚对自己说了句什么。

"抱歉！"他纠正自己的用语，"只不过这世界……实在太美了……"

"咱们的锌尔特原来是个唯美主义者。"科银道，旁边有一两个巫师懂得这词儿是什么意思，于是发出几声短促的轻笑，"不过说到这个世界，它还有不少改进的空间。我刚才正说，锌尔特，我们放眼看去，到处都是残忍、贪婪和不人道，这说明世界的确被统治得很糟糕。不是吗？"

锌尔特意识到足足两打目光落到自己身上。

"呃。"他说，"那个，你没法改变人性。"

周围一片死寂。

锌尔特迟疑片刻。"对吧？"他说。

"这还得走着瞧。"卡叮道，"不过假如我们改变了世界，人性也会跟着改变的。难道不是吗，兄弟们？"

"我们有双城，"一个巫师道，"我自己就在城里建了座城堡——"

"双城由我们统治，可谁在统治世界？"卡叮道，"外头肯定有好几千个国王、皇帝和部落首领。"

一个巫师道："每一个都只能磕磕绊绊、结结巴巴地读点书。"

"双城的王公倒是读得不错。"锌尔特说。

"现在他什么也读不了。"卡叮说，"说起来，那只蜥蜴哪儿去了？算了，问题是，世界应该被富于智慧的哲人统治。它需要引导。我们花了无数个世纪彼此争斗，但如果我们联合起来……谁知道我们能做些什么？"

人群后头有人喊道："今天是双城，明天是整个世界！"

卡叮点点头。

"明天就是整个世界，然后——"他飞快地做着加法——"星期五就是全宇宙！"

这么一来倒是把周末给空出来了，锌尔特暗想。他记起自己怀里的盒子，于是想把它递给科银。可卡叮溜到他身前，一把夺过盒子，然后以一个花哨的动作把它献给了男孩。

"校长帽。"他说，"你当之无愧是它的主人，我们认为。"

科银拿过帽子。锌尔特第一次看见他脸上掠过一丝迟疑。

"有没有什么正式的仪式？"他问。

卡叮咳嗽几声。

"我——呃，没有，"他说，"不，我认为没有。"他抬头瞟一眼其他几个高阶巫师，大家都摇摇头。"不，我们从来没有什么正式的仪式，除了晚宴。当然，呃，你瞧，这又不是加冕，校长，你明白，校长领导着巫师的兄弟会，他是……"在金色眼睛的光芒底下，卡叮的声音越来越弱，"他是……你瞧……他是……首席，在……彼此平等的……巫师兄弟中……"

法杖自己动了起来，最后直指卡叮，那模样简直让人毛骨悚然。卡叮慌忙后退，而科银似乎又开始倾听他自己脑袋里的声音了。

"不。"最后他说。他的声音带着音域宽广的回声效果，如

123

果你不是巫师，那就非得用好多死贵死贵的音响器材才能办到。

"一定要举行仪式。仪式必不可少，要让所有人都明白现在由巫师说了算。但地点不是这里，我会挑个地方，所有曾经穿过大学校门的巫师都要参加，明白？"

"有些人住得很远。"卡叮小心翼翼地说，"你想把日期定在什么时候呢，因为需要一段时间的行程——"

"他们是巫师！"科银喝道，"眨眼工夫他们就能赶到！我已经给了他们这样的力量！再说，"他的音高回落到比较正常的水平，"大学已经完蛋了。它从来不是魔法真正的家，只不过是禁锢它的牢笼而已。我会另建一个崭新的地方。"

他把新帽子从盒里拿出来，对它露出一个微笑。锌尔特和卡叮屏住了呼吸。

"可是——"

他们回过头去，说话的是魔法传承大师哈喀德里，眼下他正呆立在原地，嘴巴一张一合。

科银扬起眉毛，转身面对他。

老巫师颤抖着声音问："你不会想要关闭大学吧？"

"它已经没有存在的必要了。"科银道，"除了灰尘和旧书，这里什么也没有。它已经被我们抛在了身后。难道不是吗……兄弟们？"

底下是一阵犹犹豫豫的嘟嘟囔囔。巫师们全都无法想象，如果没有了看不见大学的老石墙，生活将会变成什么样子。只不过嘛，真要说起来，灰尘的确是蛮多的，而且那些书也确实很旧了……

"毕竟……兄弟们……过去的几天里，你们中还有谁去过那个光线昏暗的图书馆？如今魔法已经存在于你们体内，而不是囚禁在书页中间。这难道不是件值得欢欣鼓舞的事吗？过去的二十四个钟头里，你们哪一个人所施的魔法——我是说真正的魔法——不比之前的一辈子还多？你们中难道有谁，在内心最深最深的深处，不是真心同意我的看法？"

锌尔特打了个哆嗦。在他内心最深最深的深处，一个内在的锌尔特苏醒了，并且正拼命想要别人听见自己的声音。这个锌尔特突然对过去——仅仅几个钟头之前——的平静生活充满了渴望。当时魔法是那样柔和，穿双旧拖鞋到处闲逛，而且总有时间来杯雪莉酒，半点不像是柄热辣辣的长剑插进你脑子里。再说，最重要的是，它也不杀人。

庶务长吓得魂飞魄散，因为他感到自己的声带已经"砰"一声立正站好，准备要反驳科银，无论他怎样阻止都无济于事。

法杖正试图确定他的位置。他能感觉到它在搜索自己。它会把他蒸发掉，就像可怜的老比立亚斯一样。他咬紧了牙关，可没用。他感到自己的胸腔在起伏，颌骨嘎吱作响，即将打开。

卡叮有些不安地晃动身子，一脚踩上了他的脚背。锌尔特尖叫一声。

"抱歉。"卡叮说。

科银问："有什么问题吗，锌尔特？"

锌尔特单腿蹦弹几下，突然得到了解放。他的脚趾正经历彻骨的痛苦，但他的身体却一阵轻松。在世界的全部历史中，从没有人像他一样，因为一个重达十七块石头的巫师选择了自己的脚背落脚而感激涕零。

他的尖叫似乎打破了先前的咒语。科银叹口气站了起来。

"今天过得还不错。"他说。


凌晨两点，河上升起的薄雾像蛇一样盘踞在安卡·摩波的街道上，但它们盘得很孤单。巫师不喜欢大家午夜之后还到处闲荡，因此谁也没出门。所有人都在咒语的威力下沉睡，只是并不特别安稳。

薄雾来到破月亮中心广场。过去每到晚上，这里的小摊都会挂上帘子，灯火通明。喜好夜游的人在这儿什么都能买到，从装在盘子里的鳗鱼胶冻到各种各样、任君挑选的性病，应有尽有。可如今薄雾只能滴落在一片冰冷的空旷中。

小货摊全没了，取而代之的是闪闪发光的大理石和一尊不知表现哪种精神的雕像，它周围还环绕着带灯光效果的喷泉。寂静像胆固醇一样把整座城紧紧攥在手心里，只有喷泉单调的水声不时打破它的钳制。

黑黢黢的看不见大学也被寂静统治着。只除了——

锌尔特像两条腿的蜘蛛一样潜行在光线暗淡的走廊里。他在大理石柱和拱门之间疾驰——或者至少是飞快地一瘸一拐——终于走到图书馆那两扇令人望而生畏的大门前。他紧张兮兮地瞥一眼自己周围的黑暗，片刻的犹豫之后，他很轻很轻地敲了敲门。

寂静从沉重的木门上喷涌而出。但这并非那奴役了整座城市的寂静，而是一种警觉的、机敏的寂静；是一只猫从梦中醒来，刚刚睁开一只眼睛时的那种寂静。

锌尔特再也没法忍受，于是趴到地上，想从门缝底下往里瞅。

最后，他把嘴巴尽量凑近最下方那条铰链底下的空隙——尽管灰尘很多，倒也能感觉到有风吹过。他压低嗓门道：“我说！嗯，你能听见吗？”

他敢肯定，在门背后的黑暗中，远远的地方，有什么东西动了动。

他又试了试，他的心脏狂跳不止，每跳动一次，他的情绪都要在恐惧和希望之间摇摆一回。

“我说，是我，嗯，锌尔特。你知道？能跟我说话吗，拜托。”

或许有双坚韧的大脚正在门背后轻轻走着，又或者那不过是锌尔特自己的神经在嘎吱作响。他努力吞下哽在嗓子里的紧张，然后再接再厉。

“听着，好吧，可是，听着，他们说要关掉图书馆呢！”

寂静变得更加响亮了。睡梦中的猫支棱起一只耳朵。

“他们干的事儿大错特错！”庶务长推心置腹道。说完他立刻抬手捂住嘴，简直不敢相信自己竟然这样胆大包天。

"对——头？"

那声音轻到了极点，跟蟑螂打嗝儿的动静差不多。

锌尔特突然勇气大增，嘴唇整个贴到了缝隙上。

"你那儿是不是收留着……嗯……王公？"

"对——头。"

"那只小狗狗呢？"

"对——头。"

"哦，好。"

锌尔特展开身体，平躺在舒适的夜色中，手指在冰冷的地板上敲着拍子。

"你也许愿意，嗯，让我也进去？"他试探道。

"对——头！"

锌尔特失望地做了个鬼脸。

"好吧，那能不能……嗯……让我进去几分钟？事情紧急，我们需要讨论一下，男人对男人。"

"对——头。"

"我是说男人对猿人。"

"对——头。"

"我说，那……你可以出来一会儿吗？"

"对——头。"

锌尔特叹口气："这样的忠诚是很好，可你会饿死在里头的。"

"对——头，对——头。"

"还有别的路进来？哪儿？"

"对——头。"

"哦，好吧，随便你。"锌尔特长叹一声。可不知怎的，这场对话竟让他感觉好些了。大学里的每个人似乎都活在梦中，但图书管理员却不一样；在整个世界里，他想要的不过是软软的水果、充足供应的索引卡，以及每个月一两次，能有机会越过王公私人动物园的围墙罢了[①]。也不知道是为什么，可这就是叫锌尔特觉得安心。

"这么说你那儿香蕉什么的都够？"短暂的沉默后，锌尔特继续询问道。

"对——头。"

"别让任何人进去，好吗？嗯，我觉得这点非常非常重要。"

"对——头。"

"很好。"锌尔特站起身来，拍拍膝盖上的灰尘。然后他把嘴对准锁眼，又加上一句："不要相信任何人。"

"对——头。"

图书馆里并非一片漆黑，因为当魔力漏进强大的超自然力所

---

① 没人敢问他在那儿干了什么。——作者原注

在场地时会产生第八色光，所以排得密密麻麻的魔法书正好可以当灯使。尽管光线微弱，倒也足够照亮一排抵住大门的书架。

前王公已经被小心翼翼地转移到图书管理员桌上的一个玻璃瓶里。管理员自己则坐在桌子底下，裹着毯子，将旺福司抱在大腿上。

时不时地，他会吃根香蕉。

与此同时，在看不见大学充满回声的走廊上，锌尔特正一瘸一拐地往回走，目标是自己的卧室。他精神紧张，支棱着一双耳朵，企图捕捉空气中每一点最轻微的响动。也正因为如此，他才听到了那几乎超出听觉范围之外的抽泣声。

那声音在这里显得有些不同寻常。在高阶巫师的住处，走廊里铺着地毯，深夜里能听到各种各样的声音，比如鼾声，比如酒杯碰撞的轻柔声响，再比如荒腔走板的歌儿，偶尔还少不了搞错了咒语的咝咝嗖嗖声。可某人悄悄哭泣的声音实在太过新奇，锌尔特不由自主地朝通向校长套房的走廊蹭了过去。

房门虚掩着。锌尔特告诉自己真的不该这么干；他准备好随时掉头逃走，然后探头往门里瞅了一眼。


灵思风瞪大眼睛。

"这是个什么东西？"他低声问。

"我想是神庙之类的。"柯尼娜道。

灵思风站在人群中，瞪大眼睛往上看，而阿尔·喀哈里的居民则在他周围形成一种人类布朗运动。神庙，他暗想，好吧，它倒是够大、够气派，而且建筑师还用尽了教科书里的每个花招，好让它看起来比实际更大、更气派，同时也让所有看到它的人都清清楚楚地意识到自己与它恰好相反，实在是又小又普通，而且也没有它那么多的拱顶。这正是那种能叫你一辈子也别想忘掉的地方。

可灵思风觉得自己对神殿圣地之类还算有些了解，看看那些高大——当然还有气势磅礴——的墙壁上画的壁画，它们哪里有半点宗教的味道？别的不说，画里的人似乎都玩得挺高兴。几乎可以肯定他们玩得很高兴。对，一定是的。如果他们不高兴那才怪呢。

"他们不是在跳舞吧，啊？"他绝望地抗拒着自己亲眼看到的证据，"或者也许是某种体操？"

柯尼娜在强烈的白日光底下眯起眼睛往上看。

"恐怕不是。"她若有所思地说。

灵思风回过神来，严厉地说道："我觉得，你这样一个年轻女人不该看这种东西。"

柯尼娜朝他微微一笑。"而我觉得这种东西对巫师是明令禁止的。"她甜甜地回敬道，"据说会把你变成瞎子呢。"

灵思风再次扬起脸，预备咬咬牙拿一只眼冒冒险。这种事儿没什么可大惊小怪的，他告诉自己。他们懂什么，外国嘛，总归是外国。这儿的人做事的方式都跟咱不一样。

　　只不过嘛，最后他得出结论，有些事情区别其实也不太大，只不过更有创意些，而且，就眼前的情况判断，频率也高得多。

　　"阿尔·喀哈里的神庙壁画远近闻名。"柯尼娜说。他俩往前走，一群小孩围拢到他们身边，老想卖给灵思风各种东西，还想把自己可爱的亲戚介绍给他。

　　"嗯，这不难理解。"灵思风表示同意，"听着，走开，好吧？不，我不想买你那什么。不，我不想认识她，也不想认识他，或者它，你这讨人厌的小东西。走远些，好吧？"

　　最后那声大吼的目标是几个小孩，因为他们竟然镇定自若地坐在行李箱上，而行李箱则耐心地跟在灵思风身后，虽然步履沉重，却丝毫没有要把他们摇下来的意思。或许它染上了什么毛病吧，巫师这么一想，立刻觉得心情恢复了不少。

　　"你估计这块大陆上一共有多少人？"

　　"不知道。"柯尼娜头也没回，"也许几百万？"

　　"我但凡聪明些，压根儿就不会来。"灵思风深有感触似的说。

　　阿尔·喀哈里是通往神秘的克拉奇大陆的入口。他们到这儿不过几个钟头，灵思风已经叫苦不迭。

　　一座正正经经的城市总该有点雾才对，他暗想，再说人也该待在屋里，而不是把时间都消磨在街上。也不该有这么多沙和热气。还有这里的风……

　　安卡·摩波的气味可谓鼎鼎大名，其个性之强，足以让七尺大汉痛哭流涕。阿尔·喀哈里则有自己的风，它从广袤的沙漠和靠近世界边缘的几块大陆吹来，虽说十分柔和，却从来不会止息。最终它对游客的效果类似用奶酪擦刮土豆，只消过一阵子，它似乎就能磨干净你的皮肤，进而直接搓磨神经。

据柯尼娜灵敏的鼻子判断，这风带着来自大陆心脏的芬芳信息，其中包含着沙漠的寒意、狮子的体臭、丛林里的粪便，还有角马肠胃胀气的味道。

当然，灵思风什么也闻不到。适应性是个妙不可言的东西，大多数摩波人，哪怕五英尺之外有床羽毛床垫着了火，他们也很难闻出什么不对劲。

"接下来去哪儿？"他问，"某个风吹不到的地方？"

"我父亲寻找失落的城市厄厄的时候曾经在喀哈里待过一阵。"柯尼娜道，"我仿佛记得他对浸克的评价很高。那是一种集市。"

"你意思是直接去找个卖二手帽子的摊子吗？"灵思风说，"这想法简直是——"

"我是希望有人袭击我们。这看来是最合理的法子。我父亲说外乡人进去浸克的很少能活着出来，他说，那里头很有些杀人不眨眼的家伙。"

灵思风认真思考了一会儿。

"再跟我说一遍可以吗？"他说，"你说到我们该被人袭击的时候我耳朵里好像嗡嗡的，后面什么都没听见。"

"那个，我们想找到这儿的犯罪分子，对不？"

"说'想'不大准确，"灵思风道，"我多半不会选择这个字眼。"

"那你会怎么说？"

"呃。我认为'不想'两个字倒是可以很好地概括我的看法。"

"可你也同意我们要找回那顶帽子！"

"但不是为了它丢掉性命。"灵思风可怜巴巴地说，"这对谁都没有好处。至少对我没有。"

"我父亲总说死亡不过是睡觉。"柯尼娜道。

"对，帽子告诉我了。"灵思风说，他们转进一条狭窄、拥挤的街道，两侧都是白色的土墙，"可据我看，早上要想起床可是会比较困难。"

"听着，"柯尼娜说，"这事儿不怎么危险。有我跟你一起。"

"对，而你可是满怀期待呢，对不？"灵思风控诉道。柯尼娜把他俩引进一条阴暗的巷子，那群刚刚进入青春期的企业家仍然紧追不舍。

"全怪那见鬼的义传。"

"哦，闭嘴好吧，你只管摆出受气包的样子就成。"

"这倒不难，"灵思风击退一个特别顽强的青年企业家，"我有很丰富的经验。最后再说一遍，我谁也不想买，你这讨厌的小鬼！"

他阴郁的目光扫过周围的墙壁。好吧，至少它们上头没有先前那些让人心神不宁的画儿，但热烘烘的微风仍然在他身边卷起尘土，而他看沙子已经看得烦透了。他想要的是两杯凉快的啤酒，一个冷水澡，再换身衣裳。之后他或许不会感觉更好，但至少能让感受到糟糕时的心情变得愉快些。可这地方多半连啤酒也没有。怪得很，在安卡·摩波那样凉飕飕的城市，大家常喝的饮料是清凉解暑的啤酒，而在这种地方，天空活像是没关门的烤箱，大家却用小杯子喝那黏糊糊的饮料，让你的喉咙像着了火一样。而且这儿的建筑架构也完全不对。还有他们神庙里的那些雕塑也很……嗯……很不得体。这不是巫师该待的地方。当然，这里也有自己土生土长的替代品，比如术士之类的，但显然没有什么正正经经的魔法。

柯尼娜在他跟前悠闲自得地走着，嘴里还哼着小调。

你挺喜欢她的，不是吗？我看得出来。他脑袋里的一个声音说。

哦，该死，灵思风想，不会又是我的良心吧，啊？

这回是你的性欲。这里头可真有点挤，不是吗？从我上次出来到现在，你压根儿没有清理过。

听着，走开行不？我是巫师！巫师听从他们的头脑，而不是他们的心！

可你的腺体全都投我一票。它们还告诉我说，就你的身体而言，你的脑袋是少数派，事实上那一派只有它自己。

当真？可它手里捏的却是决定票。

哈！这只是你的错觉罢了。顺便说一句，你的心跟这事儿半点关系没有，它不过是个维持血液循环的肌肉组织。咱们这么说吧——你挺喜欢她的，不是吗？

那个……灵思风踌躇片刻。对，他想，呃……

跟她在一起挺愉快，呃？她声音也挺好听？

那个，当然……

你还想多跟她接触接触？

这个嘛……灵思风有些吃惊地意识到，没错，他的确很愿意。其实他并不是完全没有同女人打交道的经历，只不过每次都会遇上麻烦，再说谁都知道这事儿对魔法能力大有害处，尽管他不得不承认，他自己的魔法能力原本就跟一把橡胶锤子不相上下，所以倒也害不到哪里去。

这么说来你也没什么可损失的，不是吗？他的性欲极其油滑地插进一个念头。

就在这时，灵思风意识到周围缺失了某些很重要的东西。他花了好几秒钟才想明白缺的是什么。

过去的几分钟里，谁也没有企图向他兜售什么。在阿尔·喀哈里，这大概说明你已经死了。

阴暗、狭长的巷子里只剩下柯尼娜、行李箱和他自己。他能听到远处城市的熙熙攘攘，可在他们周围却只有一种充满期待的寂静。

"他们跑了。"柯尼娜说。

"我们就快遭到袭击了？"

"也许。有三个人一直从房顶上跟踪我们。"

灵思风眯细了眼睛往上瞅，几乎在同一时刻，三个男人轻飘飘地落到他们身前，每一个都穿着宽松的黑色袍子。灵思风的目光四下一扫，发现转角处又多出两个。五个人都拿着长长的弯刀，而且都蒙着半张脸，不过我们基本上可以肯定，他们脸上全挂着邪恶的笑容。

灵思风使劲叩叩行李箱的盖子。

他建议道："杀。"行李箱一动不动地站着，然后吭哧吭哧地走到柯尼娜身边。它有些沾沾自喜的样子，而且似乎还有些难为情，这让灵思风又惊又妒。

"怎么，你个——"他咆哮着踢了它一脚——"你个蠢头蠢脑的手提包。"

他不着痕迹地靠近柯尼娜。姑娘站着没动，脸上挂着若有所思的笑容。

"现在怎么办？"他问，"给他们来个快速冷烫？"

几个男人往前蹭了几步。灵思风发现他们似乎只对柯尼娜感兴趣。

她说："我没有武器。"

"你那传奇的梳子呢？"

"留在船上了。"

"你什么也没有？"

柯尼娜稍微改变位置，尽可能把对手都留在自己的视野之内。

"我还有两个发夹。"她说话时只有嘴角略微扯动。

"好用吗？"

"不知道。从没试过。"

"是你害我们落到这步田地的！"

"放松。我想他们只是打算活捉我们而已。"

"哦，你倒说得轻巧。你又没给人打上'本周特供'的记号。"

行李箱啪啪地把箱盖开合两回，显然对事情的发展方向弄不大明白。一个男人小心翼翼地伸出剑来，往灵思风腰上戳了戳。

"他们想带咱们去个什么地方，明白？"柯尼娜说。她咬紧了牙关。"哦，不。"她低声道。

"现在又怎么了？"

"我做不到。"

"什么？"

柯尼娜把脸埋进手心里。"我没法不加抵抗，任人逮住！我能感到一千个野蛮人祖先都在指责我是叛徒！"她哑着嗓子焦急地说。

"你可真能讲笑话。"

"不，是真的。很快就好。"

灵思风眼前突然一阵模糊，离他们最近的那人立刻瘫倒在地上，嘴里还配着咕咕的音效。然后柯尼娜收回胳膊肘，把它们埋进了身后两人的肚子里。她的左手从灵思风耳边反弹回去，伴随着丝绸撕裂的声响，灵思风身后的人也倒下了。第五个想开溜，结果柯尼娜飞起来一个抱摔，那人的脑袋重重地撞到墙上。

柯尼娜从他身上滚到一边，气喘吁吁地坐起来，眼睛亮闪闪的。

"我不喜欢说这话，可刚才这么一活动让我感觉很不错。"她说，"不用说，这的确是背叛了理发师的优良传统，真是糟糕——噢。"

"没错，"灵思风面色阴郁，"我正寻思你有没有注意到他们来着。"

柯尼娜的目光扫过对面墙下一字排开的弓箭手。他们脸上带着踏实可靠、无动于衷的表情，表明自己是收了人家的钱才出来做事，而且并不介意这事儿是不是涉及杀个把人什么的。

"该上发夹了。"灵思风道。

柯尼娜没动弹。

"父亲总说，当敌人普遍装备投射武器时，直接的正面攻击是毫无意义的。"

灵思风对克恩说话的方式算是相当了解，于是送给她一个不敢置信的表情。

"那个，其实他说的是——"柯尼娜更正道，"别跟豪猪比赛互踢屁股。"

锌尔特没法面对自己的早餐。

他寻思着自己是不是该跟卡叮谈谈，但他疑心老巫师压根儿不会听他讲，也不会相信他。事实上锌尔特甚至不大确定自己是不是相信自己……

不对，其实他确信无疑。而且他还知道，尽管自己会用尽一切办法，却永远别想把它忘掉。

如今住在大学里会遇到不少麻烦，其中之一就是等你一觉醒来，睡时的那栋楼很可能已经完全换了模样。到处都充满无序的魔力，房间于是习惯性地改变形状和位置。魔法在地毯里越积越多，地毯又转而给巫师的魔法充电，以至于哪怕跟人握个手你也能把对方变成个别的什么东西。事实上，累积的魔法已经超出了这一地区的总容量，假如不赶紧想个法子，用不了多久，就连平头百姓也会拥有使用魔法的能力——这念头确实让人不寒而栗。可锌尔特的脑子里已经塞满了各种令人不寒而栗的念头，你简直可以拿它做冰盒，所以他也不准备再为这事儿操心。

然而居住空间的地形地貌并不是唯一的问题。魔法不断涌入造成了很大压力，连食物也受了影响。你从盘子里舀一勺子奶油鱼蛋饭，等你把它放到嘴里的时候，它很可能已经变成了别的什么东西。走运的话你会发现这东西压根儿不能吃；如果你不走运，它会是某种能吃，可你绝不会愿意想象自己正要把它放进嘴里，甚至已经吃下去一半的玩意儿。

昨天深夜，锌尔特在从前放扫帚的壁橱里找到了科银。当然那壁橱如今已经大多了。锌尔特从没听说过飞机棚，否则他就会知道该拿什么跟它做比较，尽管咱们实话实说，很少见到哪个飞机棚拥有大理石地板和许许多多的雕塑。两把扫帚和一只破破烂烂的小水桶丢在一个角落，与周围的环境格格不入。比它们更离谱的是从前的大厅里那几张压坏了的桌子。由于受到魔法潮涌的影响，大厅缩水不少，眼下的体积只仿佛——假如锌尔特曾经见过那东西的话——仿佛一个小小的电话亭；那几张桌子放在这么个地方，简直不伦不类到了极点。

他万分小心地偷偷溜进屋内，在与会的巫师中间找到自己的位置。空气油腻腻的，充满了力量感。

锌尔特在卡叮身旁变出张椅子，然后朝他倾过身子。

"你绝对想不到——"

"安静！"卡叮哑声道，"这太奇妙了！"

科银坐在圆圈中间的凳子上，一手握着法杖，另一只胳膊伸直，手里拿着个鸡蛋一样的白色小东西，它看起来模糊得很。事实上，锌尔特觉得它并非一个从近处看到的小东西。它其实巨大无比，只不过隔得太远，而且被那男孩拿在手里。

"他在干吗？"锌尔特低声问。

"我也不大确定。"卡叮喃喃地说，"就我们的理解所及，他在为魔法创造一个新家。"

一道道五彩的光线在那个模糊的卵形周围闪耀，像遥远的雷暴。亮光从下方照亮了科银专注的面孔，让它仿佛一张面具。

"我可看不出这怎么能把咱们都装下。"庶务长说，"卡叮，昨晚我看见——"

"完成了。"科银说着举起那枚蛋，它里面时不时有亮光闪烁，并且放射出细小的白色日珥。锌尔特觉得它不仅十分遥远，同时还重极了；它根本就是径直穿过了极"重"的领域，然后从另一头钻出来，进入了"铅等于真空"的否定性现实。锌尔特再一次揪住卡叮的袖子。

"卡叮，听着，这很重要，听着，昨晚我不小心瞅见——"

"我真的希望你别再这么着了。"

"可那根法杖，他的法杖，它不是——"

科银站起身来，法杖往墙上一指，立刻出现了一道门。他大步走进门里，让巫师们自己跟上。

他穿过了校长的花园，一直走到安卡河岸边才停下。一群巫师就像追随着彗核的彗尾一样紧随其后。这里长着几株灰白的老柳树，河水顺着一个马蹄形的弯道流过一小片蜻蜓频繁出没的洼地——好吧，河水也许说不上在流，可反正是在动弹。通常大家都顶乐观地管这片洼地叫巫师乐园。夏日的傍晚，假如风朝着河的方向吹，过来散散步倒是很不错。

温暖的银色薄雾仍然垂在城市上空，科银轻柔的脚步一路踏过潮湿的绿草，来到草地中央。他把蛋往上一抛，它在空中画出一道柔和的弧线，然后"吧唧"一声落到地上。

他转向匆忙赶上来的巫师。

"尽量站远些，"他命令道，"随时准备好逃跑。"

那东西已经半埋进土里。他拿八铁法杖一指，一道第八色光从尖端射出，击中了那枚蛋。爆炸的火花在视网膜上留下无数蓝色和紫色的残像。

接着是片刻的沉寂。一打巫师满怀期待地望着那枚蛋。

一阵微风晃动了柳树，其姿态不带丝毫神秘的意味。

别的什么也没发生。

"呃——"锌尔特率先开口。

就在这时，第一阵颤抖开始了。几片树叶落下枝头，远处一只水鸟吓得飞开去。

一开始，那声音并不诉诸听觉，而是由身体感受到一种低沉的呻吟，就好像突然间每个人的脚都变成了耳朵。柳树震动起来，还有一两个巫师也是如此。

蛋周围的泥土开始冒泡泡。

然后爆炸。

大地像柠檬皮一样被剥开。热气腾腾的泥土飞溅起来，巫师们赶紧往树后躲。只有科银、锌尔特和卡叮留在原地，见证那座闪闪发光的白色建筑如何从草地中拔地而起，青草和泥土又怎样从它表面纷纷落下。接着，他们身后又升起几座高塔，空气里长出扶壁，把塔和塔彼此连接起来。

锌尔特发出一声哀鸣，他感到脚下的泥土流走了，取而代之的是点缀着白银的大理石。接着他一个趔趄——地面无情地升起，将三人带到远远高出树顶的地方。

大学的屋顶从他们身旁掠过，又被远远抛在脚下。安卡·摩波像地图般展开，安卡河仿佛被困的小蛇，平原也不过是一团雾蒙蒙的污渍。锌尔特觉得耳朵疼，但他们仍在爬升，一直升到云里。

冲出云层时他们浑身湿透，冷得直哆嗦。周围阳光灼热耀眼，云层往每个方向铺开。此外，附近还有许多塔正拔地而起，在明亮的天穹底下熠熠发光，甚至有些刺眼。

卡叮单膝跪地，姿势怪怪的。他小心翼翼地碰碰地板，然后示意锌尔特照做。

锌尔特摸到的东西比石头更光滑。感觉有点像冰——假使冰略带暖意，而且看上去类似象牙的话。虽然它并不完全透明，却给人一种它其实挺愿意透明的印象。

锌尔特有种强烈的感觉，假如自己闭上眼睛，多半压根儿就摸不到它。

他对上了卡叮的视线。

"别看着，嗯，我，"他说，"我也不知道这是个什么东西。"

他们抬头望向科银，对方道："这是魔法。"

"是的，大人，可它是用什么做的？"卡叮问。

"它就是魔法做的，纯粹的魔法。固化，凝结，每秒钟都在更新。要为大法建造一个新家，你们还能想到什么更好的材质吗？"

法杖闪烁片刻，融化了云层，碟形世界出现在他们脚下。从这么高的地方望过去，你会发现它的确是个碟子，被众神的住处、位于中央的高山"天居"别在天上。你还能看到环海，感觉如此之近，甚至可以一头潜下去。巨大的克拉奇大陆因为透视的缘故被压扁了，而环绕世界的边缘瀑布则是一条闪亮的曲线。

"太大了。"锌尔特的声音几不可闻。他所生活的世界以校门为界，从未向更远处延伸，而他对此也非常满意——在这样大小的世界里日子舒舒服服的。而升上半英里高的空中，站在某种基本并不存在的东西上，这可半点说不上舒坦。

这念头让他大吃一惊。他是个巫师，却在担心魔法。

他十分谨慎地退回到卡叮身边，只听老巫师道："跟我想的不大一样。"

"嗯？"

"从这上头看起来真是小多了，不是吗？"

"那个，我不知道。听着，有件事我必须告诉你——"

"瞧瞧锤顶山。你简直可以伸手摸摸它们。"

他们的目光穿越两百里格的距离，落在远处高耸的山脉上，闪闪发亮的白色山体显得十分寒冷。据说，假如你通过锤顶山的秘密山谷往中轴地方向走，就能在天居脚下那片冰冻的平原找到冰巨人的秘密领地，自从上一次与诸神大战之后，他们一直被囚禁在那里。那时候这些山脉不过是巨大冰海上漂浮的小岛，时至今日冰雪也仍然覆盖着它们。

科银露出他那金色的微笑。

他问："你说什么来着，卡叮？"

"都是因为空气太清亮了，大人。而且它们看起来又那么近那么小。我只是说我简直可以摸到它们——"

科银挥手示意他安静，然后伸出一只胳膊，卷起衣袖，以传统的方式表示自己准备施魔法，绝无花招。他伸出手，再把胳膊收回，手指中间正是一把积雪，半点问题也没有。

两个巫师目瞪口呆地看着白雪融化、滴落地上。

科银哈哈大笑。

"你们就这样惊讶？"他说，"要我从最靠近世界边缘的克鲁尔拿来珍珠吗？或者从大奈夫取来沙子？你们的老魔法能做到哪怕一半吗？"

科银的声音里似乎带上了金属的锋利质感，目光一刻没有离开两个巫师的面孔。

最后卡叮叹了口气，说话时声音十分微弱："不。我的一生都在追寻魔法，可我找到的不过是五颜六色的光线、廉价的小把戏和干瘪的旧书。巫术对这世界没有任何贡献。"

"那么如果我告诉你们我准备解散所有的门会，并且关闭大学，如何？当然了，我所有的高级顾问都会得到相应的身份和地位。"

卡叮的指关节都发白了，可他耸耸肩。

"没什么可说的。"他说，"既然时至正午，一支蜡烛能有什么用处？"

科银转向锌尔特，法杖也随之转身。杖身上的精细雕刻冷冷地打量着锌尔特。其中之一，就是接近法杖顶端的那一个雕刻，模样活像眉毛，实在叫人不快。

"你很安静，锌尔特。难道你不同意吗？"

不。世界上曾经有过大法，然后它放弃大法，转而选择巫术。巫术是人类的魔法，大法是神的，它不属于我们。它有些地方不对劲，只不过我们已经忘记了不对劲的究竟是什么。我喜欢巫术，它不会惊扰这世界，它跟世界很合拍。它很好，我只想当一个巫师而已。

他低头看着自己的脚。

他轻声说："我同意。"

"很好。"科银似乎相当满意。他漫步走到塔的边缘，俯视安卡·摩波。从这么高看下去，眼前的东西仿佛仅仅是双城的地图。艺术之塔也只能勉强达到他们现在高度的十分之一。

"我相信，"他说，"我相信我们应该在下个星期举行仪式，在满月那天。"

"呃，满月还要三个星期呢。"卡叮道。

"下个星期。"科银重复道，"如果我说了将会有满月，那就没什么可争的。"他继续盯着底下大学的模型，然后伸手一指。

"那是什么？"

卡叮探出头去。

"呃。图书馆。没错，是图书馆。呃。"

接下来的沉默太具压迫感，卡叮不禁觉得自己还该再说些什么。无论什么都比这阵沉默来得好。

"那是我们放书的地方，你知道。九万册，不是吗，锌尔特？"

"嗯？哦。是的，我猜大概九万册。"

科银倚在法杖上瞪大了眼睛。

"烧掉。"他说，"全部。"


午夜趾高气扬地把黑色填进看不见大学的走廊中，与此同时，锌尔特偷偷摸摸潜行在校园里，目标是图书馆那无情的大门。当然，比起夜色来，他的姿态显然缺乏自信。他敲敲门，那动作在空荡荡的大楼里激起了那样大的回声，以至于他不得不贴在墙上，等待自己的心跳稍微平复。

过了一阵，他听到仿佛沉甸甸的家具被人移动的声响。

"对——头？"

"是我。"

"对——头？"

"锌尔特。"

"对——头。"

"听着，你得，得赶紧出来！他要烧掉图书馆！"

没有回答。

锌尔特任双膝一软，跪倒在地。

"他干得出来。"他低声道，"他很可能会逼我动手。是那根法杖，嗯，周围发生了什么它全知道，它还知道我知道了它的秘密……拜托帮帮我……"

"对——头？"

"前几天晚上，我往他屋里瞅……那根法杖，那根法杖在发光，它就像座灯塔一样立在房间中央。那男孩在床上哭，我能感觉到它伸出了触手，它在教他，对他低声说着许多可怕的话。然后它发现了我。你得帮帮我，你是唯一一个没被——"

锌尔特停下来。他脸上的表情僵住了。他很慢很慢地转过身，但并非出于自愿，而是因为有东西在转他。

他知道大学里空空如也。所有巫师都已经搬去了新塔，在那边就连最低等的学生都有豪华的套间可住，条件甚至胜过从前最高级的巫师。

几英尺之外，法杖悬在空中，一团微弱的八色光包裹着它。

锌尔特小心翼翼地站起身，后背贴着石墙，眼睛一眨不眨地盯着那东西。他顺着墙壁一点一点地往旁边蹭，直到来到走廊尽头。在转角的地方，他注意到法杖并没有追上来，却一直在沿中轴转动，将他置于监视之下。

他发出一声短促的尖叫，撩起袍子下摆撒腿就跑。

法杖在他跟前。他带着惯性滑行一段距离，然后停下来站住，拼命喘气。

"你吓唬不了我。"他一面撒着弥天大谎，一面扭过头，大步朝另一个方向走去，同时捻个响指，唤来一束火把。火把放射出漂亮的白色火焰，只有边缘的八色光泄露了它的真正来源。

法杖再次出现在锌尔特面前。火把的光芒被吸进咝咝蒸腾的白色火焰里，接着，那团稀薄的火焰猛地一闪，"砰"的一声消失了。

锌尔特等待着，蓝色的残像让他流出了眼泪，可法杖还没走，仿佛又并不打算乘胜追击。巫师的视力渐渐恢复，他觉得自己左手边似乎有道比周围更暗的阴影，那是通向厨房的楼梯。

他一头冲过去，全凭感觉跃下阶梯，结果在他意料之外——他竟重重跌落在高低不平的石板上。一点点月光透过远处的栅栏渗进来。他知道，在那上头的什么地方，有一扇通向外面世界的大门。

锌尔特的脚踝痛得厉害，他微微有些踉跄，呼吸声在耳朵里轰鸣，就好像他的整个脑袋都伸进了贝壳里。他往前跑，仿佛在穿越一片无边无际、暗无天日的沙漠。

脚下有东西叮当作响。如今这里自然不会有老鼠，但厨房最近已经废弃不用了——大学的厨子是整个世界最棒的，可现在任何巫师都能用魔法变出自己想要的食物，远超人类厨艺可能达到的水平。铜制的大平底锅被人遗忘在墙上，光芒已经有些暗淡。在巨大的烟囱底下，灶台里只剩下了冰冷的灰烬……

法杖横在后门前，仿佛是根门闩。锌尔特踉踉跄跄地走到离它几英尺的地方，它迅速直立起来悬在空中，浑身散发着平静的恶意。然后它开始向他滑行过来，动作很是顺溜。

锌尔特往后退，脚在油腻腻的石板上打滑，大腿"砰"的一声撞上什么东西，让他不由一声惊呼。他伸手往后一摸，发现那不过是块菜板。

他的手绝望地摸索着菜板伤痕累累的表面，结果竟让他找到把剁在木头上的砍肉刀。连锌尔特自己也不敢相信居然会有这样的运气，如同人类本身一样古老的本能驱使他的手指握紧了刀柄。

他喘不上气，他没有了耐心，他缺少空间和时间，并且被吓得几乎连魂也飞了。

所以当法杖飘到他跟前时，他一把拔出砍刀，使出全身所有力气一挥……

然后又犹豫了。他身体里的每个巫师细胞都在叫嚣，反对他摧毁如此强大的力量，即使到这地步它或许仍然可以利用，可以为他所用……

而法杖趁机转过来，直指巫师。

与此同时，几条走道之外，图书管理员背靠图书馆大门站着，眼睛则注视着掠过地板的蓝白两色闪光。他听到了远处纯粹的能量在噼啪作响，那声音从一开始便很低沉，最后音高更是一降再降，连前爪抱头趴在地上的旺福司都别想听到。

接着是一声微弱的、寻常的"叮咚"，很像是一把熔化、扭曲的金属砍肉刀落在石板上的声音。

声音不大，却让接下来的寂静仿佛雪崩一般轰然而至。

图书管理员把这寂静当斗篷，将自己裹起来。他抬眼盯着一排一排的书，每一本都在各自魔法的光辉里微微颤动着。一架架书都往下①看着他。它们也都听见了。他能感觉到。

猩猩像泥塑般一动不动站了几分钟，然后似乎下了决心。他手脚并用走回自己的书桌前，东翻西找老半天，掏出一个挂满钥匙、老沉老沉的钥匙链。然后他回到房间中央，字正腔圆地说了一句："对——头。"

书架上的魔法书纷纷把身子往前倾。他确信自己已经吸引了它们全部的注意力。


"这是什么地方？"柯尼娜问。

灵思风四下看看，然后大胆设想。

他们还在阿尔·喀哈里的中心地带，他能听到它发出的嗡嗡

---

① 或者说上，再或者斜上。看不见大学图书馆的布局是地形学上的噩梦，这里储存了太多的魔法，仅仅是它们的存在就能把位面和重力扭曲成一盘意大利面，足以让那个自称图形艺术家的埃舍尔躺下，或者也可能是躺侧。——作者原注

声从墙壁后头传来。然而在拥挤的城市中间，怎么竟会有人清理出好大一片空地，又在四周建起围墙，造出极度浪漫而自然的花园。花园的真实感跟一只糖猪不相上下。

"看来好像有谁在内城搞了块边长五英里的地，再用塔和墙围起来的样子。"他胡诌道。

"多么古怪的想法。"柯尼娜说。

"这个嘛，这儿的有些宗教——那个，等你死的时候，你知道，他们认为你会去类似的花园，里面有各种各样的音乐，和……和……"他沮丧地接下去，"冰冻果子露，和……和年轻女人。"

柯尼娜四下打量，花园墙内有一片绝美的绿色，此外还有孔雀、式样繁复的拱门以及轻声作响的喷泉。一打女人斜倚在榻上，回看着她，脸上全无表情。一支不知藏在哪里的弦乐队正在演奏复杂至极的克拉奇音乐卟轰乐。

"我可没死，"她说，"这种事儿我敢打赌我是会记得的。再说了，这也不是我想象里的天堂。"她以挑剔的目光瞅瞅那些女人，又补充道，"不知道是谁给她们做的头发？"

有人拿剑尖戳戳她的腰，于是他俩行动起来，沿着装饰华美的小径，朝橄榄树丛中一个带拱顶的小亭子走去。柯尼娜臭着一张脸。

"再说了，我也不喜欢冰冻果子露。"

灵思风没接茬儿。他正忙着审视自己的内心，并且对自己的所见非常不满。他有种可怕的感觉，他恋爱了。

他确信自己拥有所有的症状。手掌汗津津，肚子里一阵阵发热，胸口的皮肤也仿佛被换成了紧绷的橡皮筋。每次柯尼娜讲话，他都觉得有人在往他脊椎里灌滚烫的钢水。

他低头瞥眼行李箱，箱子在他身边咚咚地走着，一副听天由命的神情。灵思风认出了相似的症状。

"怎么，你也是？"他道。

大概只是阳光洒在行李箱盖子上造成的错觉，可有一秒钟时间，它似乎真比平常更红了些。

不过，当然了，智慧梨木跟自己的主人之间的确存在着某种古怪的精神联系……灵思风摇摇头。无论如何，还是他的理论更好，正可以解释为什么最近箱子转了性，不像平时那么凶神恶煞了。

"没希望的。"他说，"我是说，她是女人，而你是……呃……你是——"他停下片刻，"那个，不管你是什么吧，你总是属于木头那一边的，永远没希望。人是会说话的。"

他扭头瞪着身后穿黑袍的卫兵。

"看什么看！"他喝问道。

行李箱不声不响地靠到柯尼娜身边，它跟得太近，害她一不小心碰了脚踝。

"走开点儿。"她厉声道，然后又踢了箱子一脚，不过这次是故意的。

如果说行李箱确实有表情的话，眼下它就是一脸遭到背叛的震惊。

前方的亭子有个洋葱形状的拱顶，由四根柱子支撑着，镶了无数宝石，极为华丽。亭子里堆满软垫，垫子上躺着个胖乎乎的中年男人，三个年轻女人环绕在他身边。他穿着一件金线混织的紫色袍子。据灵思风观察，这些人很好地说明了一个道理：六个小锅盖和几码薄纱还真能起到不小的作用，只不过——他打了个哆嗦——作用似乎还略有不够。

那人似乎在写着什么。他抬头瞟他们一眼。

"我猜你们大概想不出什么跟'汝'特别押韵的字眼吧？"他满脸不高兴地问。

灵思风和柯尼娜交换了一个眼神。

"锄？"灵思风道，"树？"

"猪？"柯尼娜勉强摆出热切的神情。

那人犹豫一下。"猪我倒还喜欢，"他说，"猪具有很丰富的可能性。事实上，猪说不定……说不定会很合用。顺便，请拉个垫子来坐下，再来点冰冻果子露。你们干吗那样站着？"

"主要是这些绳子。"柯尼娜道。

"我对冷冰冰的钢铁有些过敏。"灵思风补充道。

"是啊，真让人厌烦。"胖子说着拍了拍手，他手指头上套了那么多戒指，以至于击掌的音效更类似于金属碰撞的"叮当"。两个卫兵迈着轻快的步子走上前来，切断绳子，然后整支队伍都消失得无影无踪。然而灵思风强烈地感觉到足足一打黑眼睛正从周围的树丛中监视着自己。动物的本能告诉他，虽然眼下他身边仿佛只有这个男人和柯尼娜，可一旦他做出什么略带攻击性的动作，世界立刻会变成一个尖利而痛苦的地方。他努力让自己散发出完全祥和、友好的气息，同时绞尽脑汁找话说。

"那个，"他环顾悬在周围的锦缎、嵌满红宝石的柱子和绣着金线的垫子，"这地方装饰得真不错。非常的——"他拼命搜索一个合适的形容——"那个，就仿佛，罕见的元素造就的奇迹。"

"鄙人一向以简洁为目标。"那人嘴里叹息着，手上仍然运笔如飞，"你们为什么来这儿？当然，大家同为诗神缪斯的学生，能相互结识总是让人高兴的。"

"我们是被人带过来的。"柯尼娜说。

"拿剑的人。"灵思风补充道。

"都是些可爱的家伙，他们的确喜欢常常练习。你想来一个吗？"

他朝一个姑娘捻个响指。

"不，呃，现在还是算了。"灵思风开口拒绝，可对方已经端起一盘金棕色的长条食物递给他，动作端庄极了。他尝了一根，味道很不错，甜甜的，脆脆的，还带丝蜂蜜的香气。他又拿了两根。

"打扰一下，"柯尼娜道，"你到底是谁？这儿又是哪儿？"

"我名叫柯瑞索，阿尔·喀哈里的沙里发，"胖子回答道，"而这儿是我的荒野。鄙人也只是尽力而为。"

灵思风嘴里含着蜂蜜棒，大声咳嗽起来。

"不会是'富比柯瑞索'里那个柯瑞索吧？"他问。

"那是我亲爱的父亲。而我，事实上，还要更富些。恐怕钱太多的时候，简洁就变得难以企及。鄙人只能尽力而为。"他长叹一声。

"你可以试试把钱送人。"柯尼娜说。

他又叹了口气："那并不容易，你知道。不，鄙人只能试着用许多的钱去完成极少的事。"

"不，不，可我说，"灵思风吐出些蜂蜜棒的渣，"听人说，我意思是，看在老天的份上，你碰到的每一样东西都会变成金子。"

"那上厕所可就有些麻烦了。"柯尼娜高高兴兴地说，"抱歉。"

"人总会听到关于自己的这类故事。"柯瑞索装出一副什么也没听过的模样，"真让人厌烦。就好像钱财有什么重要似的。真正的财富只存在于文学的宝库中。"

"我听说的那个柯瑞索，"柯尼娜慢吞吞地说，"领导着一群，嗯，一群疯狂的杀手。据说他是暗杀之祖，整个中轴向的克拉奇人人都害怕。没有不敬的意思。"

"啊,没错,亲爱的父亲。"小柯瑞索道,"哈锡锡姆[1],多么新奇的主意,但效率其实不算太高,所以我们转而雇用萨格[2]了。"

"啊,这个名字来自一个宗教派别。"柯尼娜接口道。

柯瑞索久久地看了她一眼。"不,"他慢慢说道,"我不这样认为。我想我们当初给他们取这个名字,是因为他们把人家的脸塞进人家脑袋里的样子。可怕极了,真的。"

他拿起自己一直在写的羊皮纸,"我寻求一种智力的生活,所以才让人把城市的中心改造成了荒野。这对保持脑力的灵活大有裨益,鄙人也只是尽力而为。给你们读读我的新作好吗?"

"星座?"灵思风摸不着头脑。

柯瑞索猛地伸出一只胖乎乎的手,声情并茂地朗诵起来:

掩隐着夏宫的树

一壶酒、一块面包、一点粉蒸羊肉

加小胡瓜、烤孔雀舌、烤羊肉串、冰镇的

果子露、小车上的各种糖果

以及,汝

---

[1] 哈锡锡姆的名字来自他们享用的大量麻药哈锡锡。在各种各样恐怖的杀手中间,他们是独一无二的。因为他们不但致命,同时每每看着自己手里可怕的匕首,发现光线在上头画出富于趣味的图形后,他们常常会咯咯笑起来,有时实在笑得过了头,还会一头栽倒。——作者原注

[2] 萨格,原文为thugs,thugs原意为打手、暴徒、恶棍。——编者注

　在荒野，在我身边歌唱

　而荒野就是——


他停下来，若有所思地拿起笔。

"现在想来，"他说，"或许猪也不是特别合适——"

灵思风放眼四下一扫。精心修剪的绿树、仔细排列的石头，外加周围的高墙，其中一个"汝"对他眨巴眨巴眼睛。

"这里是荒野？"他问。

"我相信我的造景园丁融合了所有最重要的要素。他们花了不知道多久时间才让所有小溪都足够蜿蜒。我得到很可靠的情报说，它们包含着苍凉的壮丽和令人惊讶的自然美。"

"还有蝎子。"灵思风又拿了根蜂蜜棒。

"这我可说不准，"诗人道，"蝎子在我听着缺乏诗意。根据传统的诗歌理论，野蜜蜂和飞蝗似乎更合适些，尽管我对昆虫从来都欠缺足够的兴趣。"

"我觉得大家在野外吃的那东西是槐树①的果实。"柯尼娜道，"父亲总说它的味道蛮不错。"

"不是昆虫吗？"柯瑞索问。

"我觉得不是。"柯尼娜回答道。

沙里发冲灵思风点点头。"那你不如把它们都吃掉。"他

---

① 不幸的是，locust既代表蝗虫也代表槐树，所以沙里发大人追求诗意的旅程才会遭遇暂时的挫折。——译者注

说，"嚼起来嘎吱嘎吱的讨厌东西，真看不出为什么要吃它。"

"我不想显得不识好歹，"柯尼娜盖过灵思风拼命咳嗽的声音，"可你为什么让人把我们带到这儿来？"

"这个问题提得很好。"柯瑞索茫然地看了她好几秒钟，仿佛正在努力回忆造成这一问题的原因。

"你真的是个特别富有魅力的年轻女人。"他说，"或许你正好会弹扬琴？"

"它带几个刃？"柯尼娜问。

"可惜。"沙里发道，"我让人专门进口了一把呢。"

"父亲教过我吹口哨。"她主动说。

柯瑞索的嘴唇无声地嚅动，琢磨着这种乐器。

"没用，"他说，"不合适。不过还是谢谢你。"他再次若有所思地瞧她一眼，"你知道，你真的美极了。有没有人告诉过你，你的脖子仿佛一座象牙塔？"

"从来没有。"柯尼娜道。

"可惜。"柯瑞索在垫子中间摸了半天，找出个小铃铛摇起来。

过了一会儿，亭子背后走出一个面色阴郁的高个子。一看就知道这个人特别会钻营，甚至能钻过螺丝起子钻出来的小眼儿，连腰都不必弯。他眼里有种神情，足以让寻常的穷凶极恶之徒灰心丧气，踮着脚尖开溜。

这个人，你很可能会说，身上简直写满了大维齐尔[①]这几个字。他肯定喜欢欺诈寡妇，还常常哄骗容易上当的年轻人说有个洞里藏满珠宝，好趁机把人家关起来。干起这种事，全世界也找不出谁能当他的老师。要论不法勾当，他多半能写出一整本书——或者更可能的是，他会去偷上一本别人已经写好的书。

他裹着头巾，头巾里伸出个帽子尖。当然他还留着稀疏的长胡子。

"啊，阿必姆。"柯瑞索道。

"大人？"

"我的大维齐尔。"沙里发说。

——早料到了——灵思风暗想。

"这些人，我们为什么要叫人把他们带来？"

维齐尔卷卷自己的胡子，多半又在心里取消了足足一打抵押品的回赎权。

"那顶帽子，大人。"他说，"那顶帽子，假如你还记得。"

"啊，没错。好极了。我们把它放哪儿了来着？"

"等等，"灵思风一脸焦急地打断两人的谈话，"这帽子……该不会是顶破破烂烂的尖帽子，上头还有好多好多东西的？好多蕾丝什么的，还有，还有——"他迟疑片刻——"没人

---

① vizier，维齐尔，奥斯曼帝国中苏丹的代表、代理人。大维齐尔自然权力更大。——译者注

戴过它吧，啊？"

"它特别警告过我们不要这样做，"柯瑞索道，"所以阿必姆当然就找了个奴隶试试看。他说帽子让他头痛。"

"它还告诉我们说你们很快就到。"大维齐尔对灵思风略一鞠躬，"于是我——我是说沙里发大人——觉得，关于这件奇妙的工艺品，你们或许可以告诉我们更多情况？"

有一种语气叫作疑问，大维齐尔的语气就是疑问。不过他的话里带了一点点锋利的棱角，表明假如不能很快了解到更多有关帽子的情况，他心里还计划好了各式各样的活动，在这些活动中将进一步出现例如"红热"和"匕首"一类的字眼。当然了，所有大维齐尔都是这么讲话的，这是他们特定的风格。这世界上很可能有所专门培养大维齐尔的学校呢。

"老天，你们找到它真是太好了。"灵思风道，"那帽子是啊啊啊啊啊——"

"能再讲一次吗？"阿必姆示意两个潜伏在附近的卫兵上前来，"有些地方我没听清，就是在那位年轻的女士——"他朝柯尼娜鞠一躬——"一胳膊肘拐到你耳朵之后的部分。"

"我认为，"柯尼娜语气彬彬有礼，但态度毫不妥协，"你最好带我们去看看它。"

五分钟之后他们来到了沙里发的宝库，帽子从自己栖身的桌子上说：总算来了，怎么这样磨蹭？

此时此刻，灵思风和柯尼娜很可能就要沦为谋杀的牺牲品，科银正要对哆哆嗦嗦的巫师们发表一番关于背叛的训诫，而碟形世界则即将陷入魔法的独裁统治。正是在这样的时刻，我们认为很应该提一提关于诗歌与灵感的话题。

比方说沙里发吧，他刚刚在自己精致可爱的小荒野里翻弄一页页诗作，此刻正修改一首以如下两句作为开头的小诗：

起来！因为初露的晨曦已经

丢下了那吓走星星的调羹。

这时他会长叹一声，因为那些滚烫炙热的词句，尽管在他想象中肆意燃烧，却好像总是不能完全照他的心意跃然纸上。

事实上，它们永远也不会。

可悲的是，这种事情随时随地都在发生。

在多元宇宙各个维度的众多世界里，有一个事实是众所周知并且世所公认的，即大多数真正伟大的发现都要归功于瞬间的灵感。当然，起先肯定少不了许多劳心费力的基础性研究，但真正把事情搞定的却是，比方说，从树上落下来的一个苹果，又或者沸腾的水壶以及没过澡盆边缘的洗澡水。观察到这些现象的人脑袋里"咔嗒"一声，然后一切就都明白了。有一种流行的说法是，我们之所以能发现DNA的结构，完全是因为当时那位科学家的大脑正好处于适宜的接收温度，又恰恰在那一瞬间看到了旋转楼梯。假使他用的是电梯，那么整个基因科学都会大大不同了。

这常常被人们形容为妙不可言。他们错了。这是个悲剧。灵感的小粒子随时飘荡在整个宇宙里，它们穿过密度最大的物质，就好像中微子穿过棉花糖做的干草堆，绝大多数都错过了目标。

更糟糕的是，那些正好被击中大脑的又绝大多数是错误的目标。

举个例子吧，有个挺古怪的梦是这样的：一英里高的火箭发射架上挂着个铅做的油炸面包圈儿，在合适的脑子里这将催化出重力阻遏性电力发生法（其产生的能源价钱便宜、取之不尽而且完全无污染，需要它的那个世界为此已经寻寻觅觅许多年，并且因为求之不得而陷入了残忍恐怖又毫无意义的战争），结果如此重要的梦却被一只迷迷糊糊的小鸭子给做了。

关于一群白马奔驰于野生风信子之间的那个梦也撞上了同样的坏运气。它本来能让一个苦苦挣扎的作曲家写出名作《飞翔的上帝》，把慰藉与救赎带给无数人，结果这位作曲家不巧得了疱疹卧床不起，灵感于是落到了附近一只青蛙头上，而这一位显然缺乏几项必不可少的条件，对于旋律的艺术很难有什么重大贡献。

许许多多个文明都发现了这一令人震惊的浪费，于是纷纷设法阻止它的发生。其中绝大多数涉及富于异国风情的草药或兴奋素，好把大脑调节到正确的波长。其过程很让人愉快，但却不很合法，并且也鲜少成功。

于是我们的柯瑞索，虽然在梦里得到一首好诗的灵感，本该可以吟咏生命和宇宙的奥妙，以及它们如何透过葡萄酒的杯底而更增光辉，但事实上他却什么也干不了，因为他写诗的才能同一只土狼一样高明。

为什么众神任由这类事情继续发生？这至今还是个谜。

原本倒也有一种灵感能把这问题解释得既明晰又准确，只不过接收到它的家伙——那只雌性的蓝冠山雀——从来没能很好地把这个主题清晰地表达出来，哪怕它已经费尽力气在牛奶瓶上敲了好多串密码。又由于某种奇异的巧合，一个为这谜题度过好些不眠之夜的哲学家却在某天早晨有了个绝妙的点子，让他可以轻而易举地拾掇好鸟食台上的花生米。

而这正好把我们带到了关于魔法的话题。

遥远的星际空间中，一小颗灵感粒子正在黑黢黢的深渊里急速前进，对自己未来的命运全不知情。这样也好，因为它的命运是击中灵思风脑子里的一小块地方，而时间就在几个钟头之后。

无论从哪个角度看，这样的命运都相当悲苦，然而这颗粒子生前造孽不少，活该遭此报应，所以它还要面临进一步的困难：灵思风脑子里，掌管创造力的淋巴结小得不可理喻，这个它必须从好几百光年之外击中的目标，大小只相当于一颗干瘪的葡萄干。对于一粒小小的亚原子，生活有时候真是很艰难。

不过，假使它能成功，灵思风就会得到一个十分严肃的哲学观点。假使它失败了，那么附近的一块砖就会领悟到一则它完全没法处理的真理。

在阿尔·喀哈里的中心，除了荒原，剩下的地方几乎全被沙里发的宫殿占据了。这座拥有无数拱门、圆顶和柱子的宫殿，传说中一般称其为洛克西。跟柯瑞索扯上关系的事儿大都成了神话，它也不例外。据说这儿的房间数目惊人，没人数得清到底有多少。灵思风当然更不知道自己是在几号房。

"是魔法，对不？"大维齐尔阿必姆问。

他戳戳灵思风的肋骨。

"你是巫师。"他说，"告诉我它有什么能力。"

"你怎么知道我是巫师？"灵思风绝望地问。

"你帽子上写着。"大维齐尔道。

"啊。"

"而且你跟它搭的同一艘船。我的手下瞧见你了。"

"沙里发还雇奴隶贩子？"柯尼娜厉声质问，"这听起来可不怎么简洁！"

"哦，雇奴隶贩子的是我。我毕竟是维齐尔，"阿必姆道，"如果不干这种勾当人家才会吃惊呢。"

他若有所思地凝视着柯尼娜，然后朝两个卫兵点点头。

"如今这位沙里发看事情的眼光比较文学化，"他说，"而我呢，恰恰相反。带她去后宫。"他翻个白眼，气鼓鼓地长叹一声，"我敢肯定，她在那儿唯一的命运就是烦闷，或者再加上喉咙痛。"

他转向灵思风。

"什么也别说，"他说，"双手别动弹。别企图用任何魔法发动突然袭击。我有奇妙又强大的护身符保护。"

"我说先等等——"灵思风还没说完，只听柯尼娜道："好吧，我一直挺好奇后宫到底是什么模样。"

灵思风的嘴巴开开合合，只是听不到声音。最后他终于挤出句："当真？"

她朝他耸耸眉毛。这很可能是某种暗号之类，灵思风觉得自己应该理解才对，可惜此刻各种奇特的激情正在他体内躁动。它们没能真的让他勇敢起来，却让他非常愤怒。如果快进的话，他眼睛背后的那场对话大致是这样的：

呃。

谁？

你的良心。我觉得很糟。我说，他们要把她弄到后宫去。

把她弄过去总比把我弄过去好吧。灵思风想，不过他自己似乎也有些不大确定。

做点什么！

卫兵太多了！他们会杀了我！

杀了你又怎么，又不是世界末日。

对我可不就是。灵思风阴沉沉地想。

但想想看，你下辈子会感觉多么棒啊——

听着，闭嘴好吗？我已经受够了。

阿必姆上前几步，好奇地打量着灵思风。

"你在跟谁讲话？"他问。

"我警告你，"灵思风咬牙切齿地说，"我有个长腿的魔法箱子，它对袭击我的人可是毫不留情，只消我一句话——"

"真让人印象深刻。"阿必姆道，"它是隐形的吗？"

灵思风冒险往身后一瞅。

"我进来的时候它明明还在来着。"他蔫了。

若说哪儿也看不见行李箱那是不对的。有个地方能看见行李箱，只不过那地方并非灵思风附近的什么地方而已。

阿必姆绕着被帽子占据的桌子走了一圈，动作不紧不慢，手指还卷着自己的胡须。

"我再问你一次，"他说，"此物究竟有什么力量？我能感觉得到，你必须详细告诉我。"

"你干吗不问它？"灵思风道。

"它不肯说。"

"那，你干吗想知道？"

阿必姆哈哈大笑，声音不怎么好听。就好像有人曾经耐心地把笑是什么解释给他听，不知讲了多少遍，可他又从没听谁真正笑过。

"你是巫师，"他说，"魔法的核心就是力量。我自己对魔法也有些兴趣。我有天分，你知道。"大维齐尔使劲挺直了腰板，"哦，没错。可你们的大学他们竟不肯收我。他们说我精神状况不稳定，你能相信吗？"

"不。"灵思风真心诚意地说。在他看来，看不见大学的巫师脑子里多少都会搭错几根筋，阿必姆正是当巫师的好材料。

阿必姆鼓励似的对他微微一笑。

灵思风瞟了眼帽子，它没吱声。他的目光回到大维齐尔身上。刚才的大笑已经很古怪了，可现在的微笑却能让它显得像鸟鸣一样清脆好听。大维齐尔的微笑简直像是从示意图上学来的。

"就算几匹野马也别想拽动我来帮你的忙。"灵思风道。

"啊，"大维齐尔说，"你发出了挑战。"他朝距离最近的卫兵招招手。

"咱们的马厩里有野马没有？"

"有的，大人，脾气很不好呢。"

"激怒其中四匹，带到顺时向的院子去。哦，还有，再来几截锁链。"

"这就去办，大人。"

"呃，我说……"灵思风道。

"怎么？"阿必姆说。

"那个，如果你非要这么讲的话……"

"你有什么话要说吗？"

"这是校长帽，如果你一定要知道的话。"灵思风说，"它是魔法的标志。"

"很强大吗？"

灵思风打个哆嗦。"登峰造极。"他说。

"为什么管它叫校长帽？"

"校长是资历最老的巫师，你知道，是巫师的首领。不过，我说——"

阿必姆拿起帽子在手里翻来覆去地摆弄着。

"这就好像，比方说，那个职位的象征？"

"完全正确，不过我说，如果你准备戴上它，我最好先提醒你——"

闭嘴。

阿必姆往后一跳，帽子掉到地板上。

这巫师什么也不懂。让他走开。我们得协商协商。

维齐尔低头盯着环绕帽子的第八色闪光。

"协商？跟一件配饰？"

我能带来很多好处，只要戴在合适的头上。

灵思风惊骇莫名。我们已经说过，他侦察危险的本能通常只能在某些小型啮齿类动物身上看到，而现在这本能正在死命砸他的脑壳，希望能逃出去，跑到什么地方躲起来。

"别听它的！"他喊道。

把我戴上。帽子哄人的声音仿佛一个老头子，讲话时还含了满嘴的毛毡。

假如世上真有专门培养维齐尔的学校，阿必姆肯定是班里头名。

"咱们先谈谈。"他说着朝卫兵点点头，又指指灵思风。

"把他带走，扔到蜘蛛箱里。"他说。

"哦，不，在这一切之上难道还要加上蜘蛛！"灵思风呻吟道。

卫队长上前一步，毕恭毕敬地抬手碰碰额头。

"蜘蛛用完了，主人。"他说。

"哦。"大维齐尔一时有些茫然，"那样的话，把他锁在虎笼里。"

卫兵努力无视身旁突然爆发的抽泣，他迟疑着回话说："老虎身子不大好，主人。折腾了一整晚。"

"那就把这哼哼唧唧的胆小鬼丢进永恒的大火里！"

灵思风已经跪倒在地，两个卫兵正好可以在他头顶上打眼风。

"啊。这事儿我们需要提前一点点时间通知，主人——"

"好把它重新点起来，你知道。"

大维齐尔的拳头重重地砸在桌上。卫队长眼睛猛地一亮。

"还有蛇坑，主人。"他说。别的卫兵也纷纷点头。蛇坑总是有的。

四个脑袋转向灵思风，巫师站起来拍拍膝盖上的沙子。

"你对蛇是什么感觉？"其中一个卫兵问。

"蛇？不怎么喜欢——"

"就蛇坑。"阿必姆道。

"对。就蛇坑。"卫兵们齐声赞同。

"我是说，其实有些蛇还不错啦——"不等灵思风说完，两个卫兵已经抓住了他的胳膊。

事实上坑里只有一条蛇，执拗地蜷在光线暗淡的角落。它小心谨慎、疑虑重重地观察着灵思风，这可能是因为灵思风让它联想到猫鼬。

"嗨，"最后它说，"你是巫师吗？"

就蛇语来说，这比通常的"咝咝"显然是一大飞跃，但灵思风情绪过于低落，没力气发挥好奇心，于是只简简单单地回答道："帽子上写着呢，你不识字吗？"

"事实上，我懂十七门语言，自学的。"

"当真？"

"我用的是函授教程。不过我一般尽量避免阅读，不合我的身份。"

"我猜也是。"的确，灵思风从没听过哪条蛇如此有文化。

"声音也一样，我恐怕，"蛇补充道，"我其实不该跟你说话的，至少不是这么说。我猜我该试着哼哼几声。事实上我认为我应该试着杀死你。"

"我可拥有奇特的力量哦。"灵思风道。这不能算是撒谎，他暗想。作为一个巫师，对任何形式的魔法几乎都完全无能为力，这也确实是够奇特的。再说跟蛇撒个谎有什么要紧。

"老天。好吧，那我猜你是不会在这里待很久了。"

"嗯？"

"我猜你会利用悬浮术，随时都可能像箭一样从这儿飞出去。"

灵思风抬头看看蛇坑那足足十五英尺的高墙，他揉揉自己身上的瘀青。

"有这个可能。"他谨慎地说。

"那样的话，带我一起出去你也不会介意吧，对不？"

"呃？"

"这要求是有些过分，我知道，可这坑实在有点……那个，它是个坑。"

"带上你？但你是蛇，这是你的坑。你本来就该待在这儿，等人过来。我是说，这些事儿我清楚得很。"

蛇的背后有片阴影伸展开，然后站了起来。

"不管对方是谁，这话都太伤人了。"它说。

那人影上前几步，走进光线里。

那是个年轻人，比灵思风高。灵思风当然是坐着的，可就算他站直了那男孩也照样高过他。

如果我们说他消瘦，那就会错过一个使用"骨瘦如柴"的绝佳机会。看他的模样，其祖先里很可能有烤面包架和折叠椅的成分，而这事之所以如此明显，关键还在他的衣服。

灵思风又瞅了一眼。

他刚刚没看错。

眼前的男孩一头直发，穿着打扮几乎是野蛮人英雄的标准配备——几条镶铁钉的皮带子，毛皮大靴，一个不大的皮革口袋，外加大量粉刺。这一切都没什么可奇怪的，在安卡·摩波的大街上，穿成这样的冒险家你随时都能看到二十来个，只不过你绝对再找不出哪一个会穿着——

年轻人顺着灵思风的目光往下瞄了一眼，然后耸耸肩。

"没办法，"他说，"我跟妈妈保证过。"

"羊毛内衣？"


那晚，阿尔·喀哈里怪事层出不穷。首先，某种似乎是银色的东西从海上涌进来，让城里的学者好不费解。但这还不是最怪的。接着又有一小股一小股纯粹的魔法好像静电一样从各种东西的边边角角释放出来。但这仍然不是最怪的。

城市边缘有家小酒馆，永不停息的大风时时穿过每一扇没装玻璃的窗户，把沙漠的气息带进店里。怪事之最径直走进这家店，一屁股坐到了地板正中央。

客人们盯着它看了一会儿，边看还边抿着自己那加了沙漠奥辣克的咖啡。这种饮料用仙人掌汁和蝎子的毒液制成，是整个多元宇宙毒性最强的酒精饮品。不过，沙漠的游牧民喝它并非为了麻痹神经，而是为了稍稍缓和克拉奇咖啡的效果。

不是因为那种咖啡可以铺在房顶当防水材料，不是因为它能像滚烫的球穿透半融的黄油一样穿透未经特训的胃壁。它的效果比这更恐怖。

它让你反迷乱①。

沙漠的骄子们满脸疑惑，纷纷瞟一眼顶针大小的咖啡杯，怀疑里面的奥辣克是不是加多了。他们全都看见那东西了吗？对此加以评论会不会显得很傻？作为一个眼神冷酷的大漠之子，假使你还想维持哪怕一丁点儿威信，这种事是绝对必须考虑周全的。如果你伸出一根颤巍巍的手指说："看哪，一口箱子刚刚迈着上百条小短腿走进来了，真不可思议不是吗？"那人家准会说你娘娘腔到了极点，而这样的评语很可能要了你的命。

酒客们努力避免对上彼此的眼睛。行李箱已经一路滑到房间远端的墙边，那里摆着一排装满奥辣克的罐子。行李箱站定的方式很独特，不知怎么的，那神态竟比它到处溜达的模样更让人害怕。

终于有个人开口了："我觉得它是想喝一杯。"

接下来是一阵漫长的沉默，然后，另一个人以象棋大师下杀着时的精确性接口道："哪个想？"

其余的酒客都面无表情地盯着自己杯里的液体。

---

① 在真正的魔法世界里，每样东西都拥有一个对立面。比如反光线，它跟黑暗完全不是一码事，因为黑暗不过是没有光线，而反光线则是需要你穿过黑暗再从另一头钻出来才能看到的东西。同理，反迷乱的状态并不是清醒。跟反迷乱比，清醒就好像在棉花里洗澡。反迷乱却会剥去一切幻想，剥去日常生活中所有的粉红色雾气，让人头一次清清楚楚地去看、去思考。然后，等他们尖叫一阵之后，他们就会永远牢记绝不能这样喝咖啡，免得把自己搞得这么反迷乱了。——作者原注

一只蜥蜴穿过湿漉漉的天花板，脚步啪嗒啪嗒直响；除此之外，屋里好半天都静悄悄的。

最先开口的那个酒客回答道："哦，沙漠中的兄弟啊，我指的正是那刚刚走到你身后的魔鬼呢。"

本届的大漠淡定大赛冠军得主露出一个漠然的微笑，直到他感觉有什么东西拽了拽自己的袍子。笑容留在了原地，只不过他的脸似乎并不想跟它扯上任何关系。

行李箱觉得自己在爱情上遭到了背叛，于是同任何深明事理的人类一样，决定喝个酩酊大醉。它没钱，也没法用嘴巴提出请求。尽管有这许多不便，行李箱却总能轻而易举地让人明白自己的意思。

酒馆的老板度过了一个非常漫长并且极其孤单的夜晚。他整晚不停地往一只小碟子里倒奥辣克，直到行李箱穿墙而出。它的步子很难说得上稳当。

沙漠静悄悄的。通常它并非如此。通常这里充满了蟋蟀的叽叽声、蚊子的嗡嗡声，还有渐渐凉下来的沙子上掠食者飞过时轻柔的嗖嗖声。但今晚却挺安静，一种沉甸甸的、忙忙碌碌的安静。听得出来，那是一打沙漠居民正收拾帐篷准备赶紧走人。

"我跟母亲保证过。"那男孩说，"我会感冒，你明白。"

"或许你该试试，那个，稍微多穿点棉衣什么的？"

"哦，那可不行。所有这些皮的东西都是非穿不可的。"

"要我说这倒很难说是所有。"灵思风道，"数量太少，说不上什么所有。干吗非得穿它？"

"当然是为了让大家知道我是个野蛮人英雄。"

灵思风背靠在蛇坑臭气熏天的墙壁上，瞪大眼睛看着那男孩。对方的双眼仿佛两粒煮熟的葡萄，黄色的头发蓬蓬松松，一张脸活像战场，交战双方是作为原住民的雀斑和强大的侵略军粉刺。

灵思风蛮喜欢这样的时刻。它们让他相信他自己其实没疯没傻，因为如果他是疯子，那对于他遇到的某些人就简直没有词儿可以形容了。

"野蛮人英雄。"他喃喃道。

"是这样的吧，对不？所有这些皮革可是很花钱的。"

"没错，不过，我说——你叫什么名字，小伙子？"

"奈吉尔——"

"我说，奈吉尔——"

"毁灭者奈吉尔。"奈吉尔补充道。

"我说，奈吉尔——"

"毁灭者奈吉尔——"

"好吧，毁灭者——"灵思风绝望地说。

"食品杂货商兔巴忒之子——"

"啥？"

"你一定得是谁谁的儿子才成。"奈吉尔解释道，"这儿什么地方写着呢——"他半转过身去，在一个脏兮兮的毛皮袋子里翻了老半天，终于掏出本破破烂烂、邋邋遢遢的小书。

"这儿有一部分是教你选名字的。"他喃喃地说。

"那你怎么又会到了蛇坑里？"

"我本想偷柯瑞索的财宝，谁知哮喘发作。"奈吉尔还在翻着发出清脆声音的书页。

灵思风低头看看那条蛇，对方仍在努力避免引起注意。它在蛇坑里日子过得挺悠闲的，而且对麻烦有着敏锐的嗅觉，它可不准备跟任何人过不去。它勇敢地与灵思风对视，而且还耸了耸肩——作为没长肩膀的爬行动物，这招确实挺了不起。

"你当野蛮人英雄有多长时间了？"

"才刚开始呢。我从小就想干这个，你知道，所以我就想，或许我可以边做边学什么的。"奈吉尔睁大了一双近视眼瞅着灵思风，"这样也成的，对不？"

灵思风热心劝告："不管从哪种角度讲，这都是一种挺绝望的生活。"

奈吉尔阴沉地回答道："你有没有想过，今后五十年每天卖吃的会是什么样？"

灵思风想了想。

他问："包括莴苣在内？"

"哦，那是当然的。"奈吉尔把那本神秘的书塞回包里，开始打量蛇坑的墙壁。

灵思风叹了口气。他喜欢莴苣，它们是那样沉闷，沉闷到不可思议。他花了好多年寻寻觅觅，却始终达不到沉闷的境界。每当他以为自己差不多就要把它抓到手了，他的生活中就会突然充满几乎令人绝望的刺激。眼下竟然有人自愿放弃五十年沉闷无聊的时光，这念头简直让他浑身无力。五十年啊，他琢磨着，准能把单调乏味上升为一种艺术。有多少事他可以压根儿不去碰啊。

"你知道什么关于灯芯的笑话吗？"他在沙地上找了个舒服的位置坐下。

"恐怕不知道。"奈吉尔一面敲敲石板，一面很礼貌地回答道。

"我知道好几百，全都特别滑稽。比方说，你知道换根灯芯需要多少只巨怪吗？"

"这块板子是活动的。"奈吉尔说，"瞧，就像是门。来帮把手。"

他起劲推起来，胳膊上的二头肌鼓得好像戳在铅笔上的豌豆。

"我猜这准是什么秘密通道。"他补充道，"来啊，使点魔法行不？它卡住了。"

"你不想听完刚才的笑话吗？"灵思风心里难过。这底下又干燥又暖和，不算那条蛇的话，没有任何迫在眉睫的危险，再说那条蛇还努力表现出人畜无害的样子呢。有些人永远不知道满足。

"我想眼下还是不听了。"奈吉尔道，"我想我更希望得到一点点魔法上的协助。"

"这个我不大在行，"灵思风说，"从来没弄明白过。你瞧，那事儿可不简单，你以为只要伸出根手指然后念声'喀呛'——"

紧接着就是一声巨响，很像是有一道第八色大闪电冲进了厚厚的石板，把它击得粉碎，变成上千块白热的霰弹。事实也的确如此。

过了一会儿，奈吉尔缓缓站起身，扑灭衣服上燃起的几处火花。

"没错。"他听上去像是下定决心绝不肯丧失自制力，"嗯，很好。我们只需要等它凉一凉，对吧？然后我们，然后我们，我们就可以出发了。"

他清清喉咙。

"呐。"灵思风说。他眼睛一眨不眨地瞪着自己的指尖，胳膊伸得很直，显示出他为自己手臂的长度感到非常遗憾。

奈吉尔朝冒着浓烟的洞里瞅瞅。

"像是通往某个房间。"他说。

"呐。"

"你先请。"奈吉尔轻轻推推灵思风。

巫师跌跌撞撞地往前，头撞在石头上，不过他本人似乎无知无觉，径直反弹进了洞里。

奈吉尔拍拍墙壁，然后皱起眉头。"你感觉到了吗？"他问，"石头怎么在颤动？"

"呐。"

"你还好吗？"

"呐。"

奈吉尔把耳朵贴在墙上。"有种很奇怪的声音，"他说，"有点像嗡嗡声。"他头顶的灰浆上，一小撮灰尘晃晃身子取得自由，开始向下飘落。

很快，两块重量大得多的石头也从蛇坑的墙上解放出来，跳着舞砸进沙子里。

灵思风已经开始顺着通道跌跌撞撞地往里走，一路都在低声惊呼，同时完全无视周围的飞石——有些石头离他不过几寸之遥，有些则携着几斤的重量砸他个正着。

假使他足够清醒，能够稍微注意一下周遭的情况，他立刻就会明白这是怎么回事。空气带上了油腻的质感，闻起来好像燃烧的锡，每个边边角角都覆盖着淡淡的彩虹。附近什么地方，魔法力场正在逐步形成，而且规模不小，它正设法站稳脚跟。

如果这时候旁边正好有个巫师，哪怕是像灵思风一样无能的巫师，此人都会变得好像灯塔一样显眼。

奈吉尔踉跄着从轰隆隆翻滚沸腾的灰尘中冲出来，一头撞上了灵思风。巫师正呆呆立在另一个山洞中间，身上环绕着一圈由第八色光形成的光环。

灵思风看起来糟透了。这时候假如柯瑞索在场，很可能会留意到他闪亮的眼睛和翻飞的头发。

他看起来好像是刚刚塞了一嘴巴松果体，又拿一品脱肾上腺素把它们送下了肚子。瞧他那模样，不单单是嗑药嗑高了，简直已经高到登峰造极，足以为洲际电视中转信号。

巫师头上的每根头发都直立着，不断放射火花。就连他的皮肤也仿佛想弃他而去似的。他的眼睛好像在横向旋转；他张开嘴，牙齿上爆出薄荷味的火星。他走过的地方，石头要么熔化，要么长出耳朵，再不然就变成某种满身紫色鳞片的小东西飞开去。

"我说，"奈吉尔道，"你还好吧？"

"呐。"灵思风回答道，这个音节立刻变成了一大块油炸面包圈。

"你看起来可不怎么好。"在如今这种情况下，奈吉尔的观察力可算是相当敏锐、不同寻常。

"呐。"

"干吗不试试把咱们弄出去？"奈吉尔一面提议，一面明智地扑倒在地上。

灵思风点点头，动作僵硬，活像提线木偶。他将自己荷枪实弹的手指对准天花板，后者仿佛喷灯底下的冰激凌一样融化了。

轰隆隆的声音依然没有停止，令人不安的声波传遍了整座宫殿。有个挺有趣的事实，宇宙人都知道：某些频率能引起恐慌，某些频率能引起叫人难堪的大小便失禁，但眼下石头这种哆嗦法，共振的频率却能把现实融化，让它从角落开溜。

奈吉尔望着滴滴答答的天花板，然后小心翼翼地尝了一口。

"酸橙蛋奶沙司。"他说着又补充道，"我猜梯子是没希望了，嗯？"

从灵思风那可怜巴巴的指尖冒出了更多火焰，汇成一架几乎完美无瑕的自动扶梯，只不过嘛，铺着鳄鱼皮的电梯，整个宇宙里大概也找不出第二架了。

奈吉尔抓住微微打转的巫师一跃而上。

幸运的是他们很快到了顶，因为不久后魔法就突然消失了，之前毫无征兆。

宫殿正中央冒出一座白色高塔，像冲破人行道的蘑菇一样顶碎了宫殿的房顶。它比阿尔·喀哈里的任何建筑都要高。

塔的底层两扇门打开着，巨大无比，门里一打巫师鱼贯而出，每一个都趾高气扬、不可一世。灵思风仿佛认出了其中几张面孔，他们曾在大学的讲台上打结巴，或者从校园里瞅着外头的世界，表情从来都顶和蔼不过。这里面没有一个青面獠牙的穷凶极恶之徒，然而他们的神情中却有某些共通的东西，足以吓坏敏感的神经。

奈吉尔撤回到近旁的一堵墙背后，发现自己正好对上灵思风那双担惊受怕的眼睛。

"嘿，那不是魔法吗？！"

"我知道，"灵思风道，"它不对劲！"

奈吉尔抬眼瞅瞅闪闪发光的高塔。

"可——"

"感觉就是不对劲。"灵思风说，"别问我为什么。"

沙里发的半打卫兵从一扇拱门底下蜂拥而出，朝巫师们猛扑过去。他们战斗的缄默让这急促的攻势显得加倍恐怖，他们的兵刃在阳光下熠熠生辉。然后两个巫师转过身，伸出手——

奈吉尔转开眼睛。

"呃，嗯。"他说。

几把弯刀落在鹅卵石地面上。

灵思风说："依我看我们应该非常非常安静地走开。"

"可你难道没瞧见，他们刚刚把那些人都变成了什么？"

"死人。"灵思风回答道，"我知道。我不准备去想它。"

奈吉尔觉得自己这辈子都会想着它，特别是起风的夜晚。被魔法杀死的意义就在于，比起——就说钢铁吧——比起钢铁，魔法更有创意；它能为你提供各种各样新鲜有趣的死法，而奈吉尔没法不去想自己刚刚看到的那些尸体的形状，虽然它们只存在了一瞬间，很快就被仁慈的八色火焰吞噬了。

"我以为巫师不是那样的。"他一面跑一面对灵思风说，"我以为，呃，我以为他们不是那么令人害怕，而是更傻乎乎的。有点像小丑一样的角色。"

"那刚才的事儿你就一笑而过好了。"灵思风喃喃地说。

"可他们就那么把人杀了，事先甚至没有——"

"真希望你别老提这茬儿了。我自己也看见了。"

奈吉尔后退一步。他眯细了眼睛。

"你也是巫师。"他控诉道。

"不是那种。"灵思风不耐烦地说。

"那你是哪种？"

"不杀人的那种。"

"他们看着那些人的眼神，就好像那些人根本无关紧要——"奈吉尔摇摇头，"最糟的就是这个。"

"对。"

灵思风把这个音节像一截树干似的重重丢下来，截断了奈吉尔的思绪。男孩打了个寒战，但至少他闭上了嘴巴。灵思风竟然有些可怜他了，这实在不同寻常——通常他都觉得自己所有的可怜都应该留给自己。

他问："你这是第一次看见杀人？"

"嗯。"

"你当野蛮人英雄到底多久了？"

"呃……今年是哪年？"

灵思风躲在转角处往另一条道上瞅瞅，不过宫殿里剩下的人都在惊慌失措，没工夫理会他俩。

"也就是说一直在外头漂泊？"他静静地说道，"以至于忘记了时间？我能理解。今年是土狼年。"

"哦。这样的话，大概——"奈吉尔的嘴唇无声地嚅动着——"大概三天。听着，"他很快补充道，"他们怎么能那样杀人，连想也不想的？"

"不知道。"灵思风的语气显示他自己倒是正在想着。

"我是说，哪怕是大维齐尔叫人把我扔进蛇坑那次，他看起来至少对我挺上心。"

"这很好。大家都该多上点心。"

"我是说，他甚至还哈哈大笑呢。"

"啊，还很有幽默感。"

灵思风觉得自己能清清楚楚地看见未来，就像从悬崖上落下的人能清清楚楚地看到地面，而且这其中的原因也并无不同。于是当奈吉尔说"他们就那样伸出手指，甚至完全没有——"时，灵思风一声断喝："能不能拜托你闭上嘴？你觉得我会是什么感觉？我也是巫师！"

"对，没错，所以你该没什么可担心的。"奈吉尔嘟囔道。

那一拳并不重，因为哪怕怒发冲冠的时候灵思风的肌肉也不过像是木薯粉，但它从侧面打中了奈吉尔的脑袋，并且尽管内在的能量不足，却胜在完全出乎意料，以至于竟成功地把对方击倒在地。

"没错，我就是巫师。"灵思风哑哑地说，"魔法完全不灵光的巫师！我能活到今天，全因为自己不够重要，排不上给人干掉的资格！要是所有的巫师都被人恨被人怕，你觉得我还能撑多久？"

"你也太傻了！"

哪怕奈吉尔给他一拳头，灵思风也不会比现在更吃惊。

"什么？"

"笨蛋！脱下那件傻袍子，丢掉那顶蠢帽子，谁还会知道你是巫师！"

灵思风的嘴开开合合好几回，非常完美地再现了金鱼企图理解踢踏舞时的神态。

"脱下这袍子？"他问。

"当然。所有这些俗气的小圆片，实在太明显了些。"奈吉尔费力地站起身来。

"丢掉帽子？"

"你得承认，戴着个写了'巫帅'两个字的东西到处走，根本就是在昭告天下。"

灵思风对着他忧心忡忡地咧开嘴。

"抱歉，"他说，"我没怎么明白你意思——"

"只管丢掉它们。这够简单了，对吧？只需要把它们丢地上，然后你就可以变成……变成，嗯，随便什么。反正不是巫师。"

之后是一阵沉默，唯一的动静只有远处打斗的声音。

"呃，"灵思风摇摇头，"你说到那儿我就糊涂了……"

"老天爷，这有什么可糊涂的！"

"……不大肯定我弄清了你的意思……"灵思风喃喃地说

着，脸上汗津津的一片死灰。

"你可以不再当巫师，就这么简单。"

灵思风的嘴唇无声地嚅动，把整句话一个字一个字地重复出来，然后又放在一起通读了一遍。

"啥？"他说。然后他又说："哦。"

"明白了？还要不要再试一次？"

灵思风阴沉地点点头。

"我想是你不明白。巫师不是你当的什么，你要么是要么不是。假使我不是巫师，我就什么也不是了。"他摘下帽子，紧张兮兮地抚弄着帽尖上那颗松松垮垮的星星，害得更多廉价的小圆片跟帽子分道扬镳。

"我是说，我帽子上还写着'巫师'两个字呢。"他说，"这非常重要——"

他停下来瞪着自己的帽子。

"帽子。"灵思风恍恍惚惚地念了一句。就在刚才，某个纠缠不清的念头把它的鼻子贴上了他心灵的窗户。

"是顶好帽子。"奈吉尔感到自己应当说点什么。

"帽子，"灵思风重复一遍，然后喊道，"那顶帽子！我们得拿上'那顶'帽子！"

"帽子就在你手上。"奈吉尔向他指出。

"不是这顶，另外一顶。还有柯尼娜！"

他顺脚沿着一条道走了几步，然后又蹭回原地。

他问："你觉得他们会在哪儿？"

"谁？"

"我得找到一顶魔法帽子。还有个姑娘。"

"为什么？"

"解释起来没准儿会很困难。我认为其中很可能牵涉到尖叫什么的。"

奈吉尔基本上没下巴，不过他还是努力把自己仅有的那点货色抬得老高。

他厉声喝问："有姑娘需要营救？"

灵思风迟疑片刻。"多半有人会需要营救，"他承认，"说不定就是她。或者至少是在她附近。"

"你怎么不早说？这就对了，我等的就是这个。这才是英雄主义的意义。咱们走！"

又是一声巨响，还有很多人在嚷嚷。

"去哪儿？"

"哪儿都行！"

所谓英雄通常都有种能力，他们可以在快要坍塌而且自己又完全不熟悉的宫殿里疯跑，救出所有人，然后赶在整个地方炸上天或者沉下沼泽之前逃出来。这次也不例外，奈吉尔和灵思风光顾的地方包括厨房、各式各样的接见大厅、马厩（两次）以及在灵思风看来足有好几英里长的走道。

时不时还会有一身黑衣的守卫从他们身旁匆匆跑过，连瞄都懒得瞄他们一眼。

"这太可笑了，"奈吉尔说，"咱们干吗不跟谁打听打听？你还好吧？"

旁边正好有根柱子，上头雕刻着让人脸红的图案。灵思风靠上去，呼哧呼哧喘个不停。

"你可以抓个守卫来严刑拷打。"他大口吸气。奈吉尔给了一个奇怪的眼神。

"在这儿等着。"奈吉尔漫无目的地往前走，直到发现一个专心致志洗劫橱柜的仆人。

"打扰一下，"他说，"往后宫怎么走？"

那人头也不回地回答道："第三扇门左转。"

"好。"

奈吉尔原路返回，把情况告诉灵思风。

"嗯，不过你有没有对他严刑拷打？"

"没。"

"这可算不上野蛮，不是吗？"

"那个，我正在努力呢。"奈吉尔道，"我是说，我连'谢谢'都没讲。"

三十秒钟之后，他们掀开沉甸甸的珠帘，进入到沙里发的后宫之中。

这里的金色笼子关着羽毛艳丽、歌声动听的鸟儿，这里有流水潺潺的喷泉，这里有一盆盆稀罕的兰花，还有哼着歌的小鸟穿梭其间，仿佛夺目的宝石。此外，这里还有约摸二十个年轻女人静静地挤在一起，身上的衣服足够……呃……够大概半打人穿。

可这一切都入不了灵思风的法眼。倒不是说好几十平方码的大腿和美臀（其色调从粉红到深夜的漆黑无所不包）没有让他的雄性因子产生几股特定的潮汐，但它们全都被来势更加汹涌许多的惊慌吞没了，因为灵思风眼见着四个守卫转向了自己，手拿弯刀，眼里闪着凶光。

灵思风毫不迟疑，立刻后退一步。

"你先请，朋友。"他说。

"好！"

奈吉尔拔出剑来握在身前，因为太用力，两只胳膊都在打战。

接下来的几秒钟是彻头彻尾的寂静，每个人都等着看接下来会发生什么。然后奈吉尔发出了战斗的呐喊，那声音将永远留在灵思风脑子里，直到他生命的最后一刻。

"呃，嗯，"奈吉尔说，"不好意思……"

"好像有点可惜。"一个小个子巫师道。

其他人没吭声。这确实可惜，他们人人都能听到内疚张开大嗓门呼天抢地。可灵魂的化学反应就是这么奇妙，内疚反而让他们更加自高自大、鲁莽冲动。

"哦，闭上嘴成吗？"开口呵斥的是这群人临时的头领，他名叫字纳多·斯哥捺，但今晚的空气中飘着某种东西，暗示说我们没必要记住这人的名字。空气黑黢黢、沉甸甸的，里头到处是鬼魂。

我们不能说看不见大学里空空荡荡，这里只是没有人而已。

被派来烧掉图书馆的六个巫师，他们自然是不怕鬼魂的。这些人体内都充满魔法，走路时简直嗡嗡作响。他们的袍子比古往今来任何一位校长穿过的都要华丽，他们的尖帽子比古往今来的一切帽子都要更尖，而他们之所以会挤得那样紧，纯粹只是巧合罢了。

个头最小的巫师道："这儿可真黑。"

"现在是午夜，"斯哥捺厉声说，"而这地方唯一危险的也只有咱。不是吗，伙计们？"

回答这一问题的是一片含含糊糊的嘟囔。大家对斯哥捺全都又敬又怕，因为有传闻说此人经常练习朝向光明面的积极思维方式。

"而且咱也不怕几本破书，对不，伙计们？"他冲个子最小的巫师瞪起眼睛，严厉地追问道："你不怕的，对吧？"

巫师慌忙否认："我？哦。不，当然不。它们不过是纸罢了，就像他说的。"

"这就是了，很好。"

另一个巫师道："总共有九万本呢。"

"我总听说它们根本看不到头，"另一个说，"全都在各个维度里，我听说，就好像那什么，咱们看见的不过是最顶上的一点点。你知道，而那东西其实大部分都淹在水里——"

"河马？"

"鳄鱼？"

"大海？"

"听着，你们所有人，全都闭嘴！"斯哥捺吼道。然后他迟疑了一下，黑暗像羽毛一样充盈在空气中，仿佛吸走了他的声音。

他努力振作起来一点点。

"那好。"他朝图书馆那两扇极不友好的大门转过身去。

他抬起双手，手指画出几个复杂的图案——它们似乎穿过了彼此，那景象能害人眼疼。顷刻间大门就变成了锯木屑。

寂静一波波涌来，窒息了木片落地的声响。

大门彻底毁了，这是毫无疑问的。门框上四根可怜巴巴的铰链颤巍巍地垂下来，废墟里还能看到一大堆破凳子破书架。就连斯哥捺自己都暗暗吃惊。

"那，"他说，"就这么简单。瞧见了？我什么事儿也没有。对吧？"

作为回答，巫师的靴子都在地上磨叽起来。门后的黑暗描绘出魔力辐射那难以辨认的刺眼亮光，这是因为在强大的魔法力场中，可能性分子的速度超过了现实。

"那么现在，"斯哥捺高高兴兴地说，"谁想承担放火的光荣任务？"

十秒钟的沉默过后他说："这样的话我就自己来了。真的，我简直像在对牛弹琴呢。"

他大踏步走进门里，然后飞快地冲向图书馆中心，那上方有块玻璃穹顶，夜晚会透下星光。（当然，对于这里的精确地形，一直存在着相当的争议。高浓度的魔法会扭曲时空，因此图书馆很可能连边缘都没有，更不必说什么中心了。）

他伸长两只胳膊。

"那，瞧见了？什么事儿也没有。现在都进来。"

其他巫师纷纷从惨遭蹂躏的拱顶下经过，不过动作极其犹疑，时刻准备采取规避动作。

"好。"斯哥捺显得满意了些，"现在，每个人都照指示带了火柴吧？魔法的火焰是没用的，对于这些书来说，所以我想要每个人——"

"那儿有什么东西动了。"个头最小的巫师道。

斯哥捺眨眨眼。

"什么？"

"拱顶旁边有什么东西动了，"巫师试着解释，"我看见的。"

斯哥捺眯着眼望望头顶乱糟糟的阴影，然后决定拿出一点权威。

"胡说八道！"他呵斥一声，又掏出一捆气味难闻的黄色火柴，"现在，我想要你们都来把书堆——"

"我确实看见的，你知道。"小个子巫师闷闷不乐地说。

"好吧，你看见了什么？"

"呃，我也不能完全——"

"你不知道，对吧？"斯哥捺喝道。

"我看见某种——"

"你根本不知道那是什么！"斯哥捺固执己见，"你看见的只不过是影子。想破坏我的权威，是这样吧？"斯哥捺迟疑片刻，眼神迷离起来。"我很平静，"他念道，"一切尽在掌握之中。我不会让任何——"

"那的确是——"

"听着，矮鬼，马上把嘴闭紧，明白？"

在此期间，另一个巫师一直抬眼盯着上头看，好掩饰自己的尴尬。突然间，他好像窒息似的咳嗽起来。

"呃，斯哥捺……"

"刚才的话对你也一样适用！"斯哥捺用力挺直身板，然后夸张地把火柴一挥。

"正如我所说，"他说，"我想要你们擦亮火柴，然后——我猜我得演示一下火柴是怎么个点法，因为这儿有个什么都不懂的矮鬼——而且这儿可还是我说了算，你给我听好。老天爷，看着，你拿上一根火柴——"

他擦亮一根火柴，黑暗绽放成一团硫黄的白光，图书管理员像下凡的天兵一样坠落到他身上。

他们都认识图书管理员。这种"认识"既确定无疑却又含糊不清，就好像你认识墙壁、地板以及生活大舞台上所有微不足道却又必不可少的背景。他们很少想起他，真想到时，他的形象无非好像一声温柔的、移动的叹息。他时常坐在桌下修理书本，或者在书架间搜索偷偷抽烟的家伙。任何愚蠢到以身试法的巫师都会看到一只皱巴巴的柔软大手伸过来，没收了自制的烟卷，之前全无任何预兆。但图书管理员从来不会大惊小怪吵吵闹闹，他只会对这整个不幸的事件露出非常受伤、极其难过的表情，然后把烟吞下肚里。

而如今，那个揪着斯哥捺耳朵企图拧下他脑袋的却是一场尖叫的噩梦，他嘴唇往后缩，露出了长长的黄色獠牙。

惊恐万状的巫师们转身开跑，可不知怎的，过道都已经被书架堵死，由此引发了好几起碰撞事件。个头最小的巫师发出一声短促的尖叫，飞快地滚到一张堆满地图的桌子底下。他双手捂紧耳朵，企图隔绝兄弟们妄图逃跑的可怕声响。

终于周围只剩下一片寂静，但这是种很特别的寂静，铺天盖地，仿佛有什么东西在偷偷行动，而且很可能是在四下搜索。完全是出于恐惧，小个子巫师吃下了自己的帽子尖。

那个静悄悄的东西抓住他一条腿，把他拖了出来，动作轻柔却又不失坚定。他紧紧闭着眼睛，嘴里稀里糊涂地吐出几个音节，然而可怕的尖牙并没有咬上他的喉咙，于是他飞快地偷瞄了一眼。

图书管理员一脸若有所思，正拎着他后颈在离地一英尺的地方晃晃悠悠，刚好避开了一只老态龙钟的卷毛小猎犬。那小东西似乎正在努力回忆该怎样咬人的脚踝。

"呃——"巫师张开嘴，然后就被从门框扔了出去，线路很平，最后是地面阻住了他的跌势。

片刻之后，他身旁的一个影子道："那，又一个，好吧。有谁看见那傻蛋加混账斯哥捺了没？"

他另一侧的一个影子回答道："我觉得我的脖子断了。"

"谁在说话？"

"那个傻蛋加混账。"一个影子恶狠狠地说。

"哦，抱歉，斯哥捺。"

斯哥捺站起身来，魔法的光晕勾勒出他全身的线条。他举起双手，整个人都因为愤怒而发抖。

"我要叫那返祖的可怜虫知道，对进化链条上的高等人必须恭敬——"他咆哮道。

"抓住他，伙计们！"

于是斯哥捺重新回到了地上，身上还沉甸甸地加上了五个巫师的重量。

"抱歉，可——"

"你知道如果你用了魔法——"

"在图书馆附近用魔法，那里头已经有那么多魔法了——"

"只要出半点岔子就要产生临界物质，然后——"

"'砰'！跟世界说拜拜！"

斯哥捡龇起牙。坐在他身上的巫师们立刻达成一致——暂时先别起身比较明智。

最后斯哥捡说："好，你们说得对，谢谢。我不该那样发脾气，那蒙蔽了我的判断力，冷静至关重要。你们完全正确，谢谢你们，下去吧。"

他们壮起胆子挪开屁股。斯哥捡站起身。

"那只猴子，"他说，"已经吃过了它的最后一根香蕉。给我拿——"

"呃——猩猩，斯哥捡。"小个子巫师忍不住纠正他，"那是只猩猩，你瞧。不是猴子……"

他在对方的目光下委顿下去。

"谁在乎？猩猩，猴子，有什么区别？"斯哥捡道，"有什么区别，动物学家先生？"

"我不知道，斯哥捡。"巫师温顺地说，"我想这涉及分类学什么的。"

"闭嘴。"

"好的，斯哥捡。"

"你这恶心的小矮子。"斯哥捡说。

他转过身，用锯条一样平静的声音补充道："我完全能控制自己的情绪。我的头脑像一头秃顶的猛犸象一样冷静，我的智力彻底控制着我的行为。刚才你们谁坐我头上的？不，我一定不生气。我没生气，我的思维是积极的，我的身体与精神都在正常运转——你们有谁想发表不同意见吗？"

众巫师异口同声："没有，斯哥捺。"

"那就去给我弄十二桶汽油，点火的东西越多越好！那只猩猩死定了！"

在图书馆那高高的房顶，在猫头鹰、蝙蝠和其他小动物的家园，只听铁链"咔嗒"一声，接着一面玻璃被恭恭敬敬地敲破了。

"他们看起来好像并不怎么担心。"奈吉尔觉得受了冒犯。

"怎么说呢？"灵思风道，"如果有人准备记录史上最伟大的战斗呐喊，'呃，嗯，不好意思'肯定不会是其中之一。"

他站到一边。"我跟他不是一路的。"他告诉一个合不拢嘴的卫兵，说话时满脸真诚，"我刚刚才遇到他，在那什么，对，蛇坑。"他呵呵笑了两声，"这种事老落在我头上。"

卫兵们压根儿没把他看在眼里。

"呃，嗯。"他说。

"好吧。"他说。

他蹭回奈吉尔身边。

"那把剑你使得还行吗？"

奈吉尔紧紧盯住卫兵，同时从包里翻出一本书递给灵思风。

"我已经读完整个第三章了。"他说，"上头还有插图呢。"

灵思风翻开皱皱巴巴的书页。书被翻过太多太多次，磨损得不成样子，但在曾经很可能是封面的那一页上有张挺次的木版画，主角是个肌肉发达的男人，两条胳膊活像两大口袋足球。他站在画上，脸上挂着得意洋洋的微笑，慵懒的美女和被宰杀的敌人一直没到他的膝盖。

在他周围有段说明：只虚断断七天我就能把你变城一个蛮卒英雄！底下用稍小些的字体署了名字：夜蛮人克恩[①]。灵思风有些怀疑。他认识克恩，那老男孩虽然勉强也算能读，却从来不懂写，直到现在签名的时候还用一个X代替，就连这也还常常拼错。不过话又说回来，任何行当，哪怕是出版业，只要有利可图，对他都很有吸引力。

灵思风再瞧眼插图，然后又看看奈吉尔。

"七天？"

"那个，我这人念书的速度有点儿慢。"

"啊。"灵思风说。

"而且我也没去理第六章，因为我跟母亲保证过只靠武力抢劫战利品，直到找到属于我的那个姑娘。"

"就是这本书教会了你怎么做个英雄？"

"哦，没错。这书很好。"奈吉尔忧心忡忡地看了他一眼，"是本好书对吧？可花了不少钱呢。"

---

[①] 此书出自野蛮人英雄克恩之笔，克恩说话牙齿漏风，且文化水平不高，经常吐词不清，书写也多错别字。——编者注

"那个，呃……我想，那你最好继续吧。"

奈吉尔挺直了他的——因为没有更合适的字眼，所以我们姑且就说肩膀吧——然后又把剑挥了一挥。

"你们四个最好当心一点，"他说，"否则……稍等。"他从灵思风手里拿过书飞快地翻起来，很快找到了自己需要的东西，"没错，否则'命运的寒风就会吹过你们的森森白骨，地狱的兵团会将你们的灵魂窒息在硫酸里'，没错。你们觉得这些……抱歉稍等……苹果……你们觉得这些苹果怎么样？"

回答他的是金属的和弦——四个卫兵同时拔出剑来，动作整齐划一。

奈吉尔的剑化作一团模糊的光影，它在他身前画出一个复杂的"8"字形，从他胳膊上转过去，又在他背后从一只手换到另一只手，接着它仿佛绕着他的胸口转了两圈，然后像一条鲑鱼似的冲了出去。

几位女士同时鼓起掌来。就连卫兵似乎也被镇住了。

"这叫作三重逆戟刺加额外反转。"奈吉尔骄傲地说，"打碎了好多镜子才学会的。瞧，他们都停下来了。"

"我猜他们从没见过这样的招式。"灵思风的声音很微弱，他用眼睛目测自己与大门的距离。

"我猜也是。"

"特别是最后那部分，就是剑插进天花板那块儿。"

奈吉尔抬头往上看看。

"真怪，"他说，"在家里它就老这样。也不知道我是哪里做错了。"

"我可说不上来。"

"老天，我真对不起你。"奈吉尔说。卫兵们似乎意识到余兴节目已经结束，纷纷围拢来准备下手。

"别太责怪你自己——"灵思风道。这边奈吉尔伸手想把剑弄下来，可惜没能成功。

"谢谢你。"

"换了我，我也会为你这么做的。"

灵思风琢磨着下一步该怎么走。事实上他琢磨了下几步。可大门离得实在太远了，再说嘛，听起来外头的情况也并不比这里更有益于健康。

只有一条路可走了。他必须试试魔法。

他抬起一只手，两个守卫应声跌倒。他抬起另一只手，剩下的两个也倒了。

他刚开始思索这一现象，柯尼娜已经跨过横在地上的卫兵走到他身前，一面还漫不经心地揉着双手，动作极其优雅。

"我还以为你永远不会出现了。"她说，"你这位朋友是谁？"

上文已经提到过，行李箱极少流露感情，至少极少流露比盲目的愤恨温和的感情，因此现在，当它一觉醒来，发现自己身处阿尔·喀哈里城外好几英里一条干涸的河床中，腿朝天仰躺在盖子上的时候，我们很难确定它到底是什么感觉。

破晓刚刚几分钟，可空气已经仿佛熔炉的呼吸一般炙热。摇摇晃晃好一阵之后，行李箱总算让大多数脚都指向了正确的方向。它站在原地，以慢动作跳出复杂的快步舞，沙子很烫，落地的腿自然越少越好。

它没迷路。它永远都知道自己的确切方位。它永远都在此地。

只不过其他的一切似乎都暂时迷失了方向。

经过一段时间的深思熟虑，行李箱掉转方向，用极其缓慢的速度撞上了一块大石头。

它后退几步坐下，很有些迷惑。它感到自己肚里仿佛被塞满了热乎乎的羽毛，同时它也隐约体会到阴影和凉爽的饮料恐怕会对自己很有益处。

在几次不成功的尝试之后，它走上了附近的一座沙丘，这里视野开阔，让它可以看到另外好几百个沙丘。

箱子的木头心脏深处十分困扰，它被摈弃了。人家要它走开，它被拒绝了。它还灌了好多奥辣克，分量足以毒死一个小国家的全部国民。

如果说一件旅行用品真有什么必不可少的需求，那就是一个主人。于是行李箱跌跌撞撞地迈开步子，它走在滚烫的沙子上，心中充满希望。

"恐怕没时间相互介绍了。"灵思风正说着，远处有部分宫殿"砰"的一声坍塌下去，他们脚下的地板也跟着发生了共振，"我们应该赶紧——"

他发现自己是在自说自话。

奈吉尔松开了剑柄。

柯尼娜跨步上前。

"哦，不。"灵思风道，然而已经太迟了。世界突然分裂成了两个部分——一部分包含着奈吉尔和柯尼娜，另一部分包含着剩下的一切。两人之间的空气噼啪作响，而且很可能，在他们那边，交响乐正从远方飘来，知更鸟正在啁啁啾啾，可爱的粉红色云朵正飞快地从空中飘过，此外还有其他一切应景的东西。这种事情发生的时候，区区几座坍塌的宫殿压根儿别想吸引人家的注意。

"好吧，或许咱们还是该简单介绍一下。"灵思风绝望地说，"奈吉尔——"

"毁灭者奈吉尔——"奈吉尔一脸如梦似幻的神情。

"好吧，毁灭者奈吉尔，"灵思风说着又补充道，"兔巴忒之——"

"勇者兔巴忒之子。"奈吉尔说。灵思风瞪了瞪眼，然后耸耸肩。

"好吧，管他是谁。"他只能让步，"反正，这是柯尼娜。真巧，因为你肯定很想知道她父亲就是呃呃呃。"

柯尼娜没有回头，只是伸出一只手轻轻抓住了灵思风的脸。只要她的手指略微施加少许压力，就能把他的脑袋变成一颗保龄球。

"当然我很可能搞错了。"等她把手拿开，他立刻补充说明，"谁知道呢？谁在乎？这有什么要紧的？"

那两人压根儿就没听见。

"我还是去看看能不能找到那顶帽子，嗯？"他说。

"好主意。"柯尼娜喃喃地说。

"我猜我会被人杀死，不过我并不介意。"灵思风说。

"好极了。"奈吉尔道。

"我想根本不会有人发现我不见了。"灵思风说。

"行，行。"柯尼娜道。

"我会被砍成一小块一小块的，我估计。"灵思风往门口挪动，速度堪比垂死的蜗牛。

柯尼娜眨眨眼。

"什么帽子？"她问，然后，"哦，那顶帽子。"

"我猜你俩大概不会愿意帮个忙什么的？"灵思风试探道。

在柯尼娜和奈吉尔的私人空间里，知更鸟回到巢里，可爱的粉红色云朵随风飘走，交响乐队收拾好东西准备偷偷溜到哪个夜总会赶场。现实一点点重新出现。

柯尼娜勉强把倾慕的目光从奈吉尔心醉神迷的脸上收回来，她的视线转向灵思风，并且稍微降了点温。

她轻快地迈过两人之间的距离，一把抓住巫师的胳膊。

"听着，"她说，"你不会告诉他我的真实身份对吧？你知道男孩子总有些傻念头，再说——嗯，反正，如果你说了我会亲手折断你的每一根——"

"我肯定没那闲工夫，"灵思风说，"因为我还要在你的帮助下寻找帽子什么的。虽然我实在想象不出你到底看中了他哪一点。"巫师傲慢地补充道。

"他人挺好。我似乎很难遇到什么好人。"

"哦，这个嘛——"

"他在看我们！"

"那又怎么样？你总不会是怕他吧，嗯？"

"要是他跟我说话怎么办？"

灵思风一脸茫然。他再次体会到那熟悉的感觉：人类经验中有好多领域，自己实在是被它们远远地抛在了身后——假如领域真能把人抛在身后的话。或许是他把它们抛开了。他耸耸肩。

"你怎么会乖乖让人把你带到后宫来了？"他问。

"我一直很好奇这里头是什么样。"

短暂的停顿。"然后呢？"灵思风问。

"嗯，我们全都坐着，过了一会儿沙里发走进来，然后他叫我过去，说既然我是新来的，今天就该轮到我，然后，然后你一辈子都猜不到他想叫我干吗。那些姑娘说他感兴趣的就只有这个。"

"呃。"

"你还好吧？"

"很好，很好。"灵思风喃喃道。

"你的脸突然整个都变得红通通的。"

"没事，我很好，很好。"

"他叫我给他讲故事。"

"关于什么的？"灵思风一脸怀疑。

"别的姑娘说他比较喜欢跟兔子有关的那些。"

"啊，兔子。"

"毛茸茸的小白兔。可我只会讲小时候父亲教我的那些，恐怕它们都不是很合适。"

"兔子太少？"

"胳膊和腿倒是很多，全是被砍掉的。"柯尼娜叹了口气，"所以你一定不能告诉他我的身份，你明白吗？我就是没法适应正常的生活。"

"在后宫里讲故事可说不上什么见鬼的正常，"灵思风道，"我敢说，永远也流行不起来。"

"他又在看我们了！"柯尼娜一把抓住灵思风的胳膊。

他挣脱她的手。"哦，看在老天爷的份上。"他一面说一面跑向站在他们对面的奈吉尔，对方立刻抓住了他的另一只胳膊。

"你没告诉她我的事吧？"他质问道，"那我这辈子可都抬不起头来了，要是你告诉她我才刚刚开始学当——"

"没没没。她只不过想让你帮我们个忙，也算是任务吧。"

奈吉尔眼里闪出金光。

"你是指靠燕？"他问。

"啥？"

"书上写着呢。要想成为真正的英雄，它说你就得立下誓言，历尽千辛万苦，接受靠燕。"

灵思风皱起眉头："是一种鸟吗？"

"我觉得它更像是一种责任，或者诸如此类的。"奈吉尔说，不过他也一样显得缺乏自信。

"我听着倒更像是鸟，"灵思风说，"我敢肯定我曾经在动物寓言集里读到过。大块头，不能飞，长着粉红色的大脚。"他的耳朵开始消化自己刚刚从他嘴里听到的信息，他的脸上流露出茫然的神气。

五秒钟之后他们已经出了房间，留四个躺在地上的卫兵，后宫的女士们则安安稳稳地讲起故事来。


在阿尔·喀哈里城外，边缘向的那片沙漠一直因传说和谎话而声名赫赫。它被特索托河一分为二，迂回在棕色的地表上，仿佛一大段湿漉漉的描写，沙丘就是它的标点符号。每一个沙丘上都覆盖着被太阳烤焦的木头，绝大多数木头又是那种长着牙的木头；当上游传来水花溅起的声音，绝大多数木头都懒洋洋地睁开了一只眼，还突然长出了腿。一打皮肤干燥的原木滑进了浑浊的水里。河水立刻涌上来淹没了它们。除了几道无足轻重的涟漪，深色的河水依然平静。

行李箱慢吞吞地顺水往下划。河水让它感觉好了些。它在舒缓的水流中轻轻打转。几个神秘的漩涡以它为目标，迅速赶过来。

涟漪汇合了。

行李箱一挣，它的盖子"啪"地打开。它发出一声短暂而绝望的嘎吱，然后迅速被水淹没。

特索托河巧克力色的河水恢复了平静——这一手它们已经熟练极了。


大法之塔矗立在阿尔·喀哈里上方，仿佛一朵美丽的大蘑菇。这种蘑菇书上挺常见，一般都跟骷髅头加骨头的标志同时出现。

沙里发的卫兵进行了英勇的抵抗，塔底于是出现了许许多多没头没脑的青蛙和蝾螈。这些还是走运的，它们至少有胳膊有腿，大多数重要器官也仍然留在肚子里。整座城市都被强行纳入大法的传说，由它管制。

在最靠近塔基的地方，不少建筑已经变成了明晃晃的白色大理石，巫师们对这种材料显然情有独钟。

我们的三人小组从宫墙上的一个洞往外瞅。

"很不错嘛，"柯尼娜挑剔地说，"你的那些巫师倒比我想象的要厉害些。"

"那不是我的巫师。"灵思风道，"谁知道他们是谁的巫师。这事儿太诡异了。我认识的那些巫师，没一个能把一块砖垒到另一块上。"

"我不喜欢让巫师统治所有人。"奈吉尔道，"当然，作为一个英雄，我历来从世界观的高度反对魔法。总有一天，"他的眼神突然有些呆滞，好像正在回忆过去读到的什么东西，"总有一天魔法将从大地表面彻底消失，而英雄之子将……将——反正，到时候我们就都可以实际点儿了。"他草草收场。

"书里读到的，嗯？"灵思风酸溜溜地说，"里头还有靠燕没有？"

"他说的没什么错。"柯尼娜道，"我对巫师半点意见没有，可他们确实没啥用处。只不过是一点点装饰。直到现在。"

灵思风摘下自己的帽子。它破破烂烂、污迹斑斑，还盖满了石头的粉尘。帽身有些地方已经扯坏了，帽尖上有几道划痕，那颗星星上的金属小圆片不住地往下掉，活像是花粉。然而在所有的污垢底下，你仍然可以勉强看清"巫帅"两个字。

"瞧见这个没？"他涨红了脸，"你们瞧见了没？嗯？它说明了什么？"

"说明你常写错别字？"奈吉尔道。

"什么？不！它说明我是个巫师，就这样！在法杖背后待了二十年，并且以此为荣！我在大学熬够了日子，我通过了——我经历了几十次考试！要是把我读过的所有咒语一个个垒起来，它们会……它会……你们就会看到好多好多咒语！"

"没错，可是——"柯尼娜抗议道。

"可是啥？"

"可是这些东西你其实并不怎么拿手，对吧？"

灵思风瞪着她，努力思索应该怎样应对。与此同时，他脑子里开启了一小块接收区，一颗灵感粒子从大气层呼啸而下，尽管它的路径被上亿随机事件扭曲、不断发生偏离，却恰好一头扎进了正确的位置。

"才能只能界定你的作为。"他说，"它并不能定义你的本质。我是说在内心深处，只要你知道了自己是谁，什么也难不倒你。"

他又想了想，然后补充道："所以大法师才这么强大。关键是要了解真正的自己。"

接下来是一阵富于哲理的沉默。

"灵思风？"柯尼娜温和地说。

"嗯？"灵思风仍然在奇怪，这些字眼是怎么钻进自己脑子里来的。

"你真的是个傻瓜。你知道吗？"

"你们全都站好了，不准动。"

大维齐尔阿必姆从一道损毁的拱顶底下走出来。他头上戴着校长帽。


滚烫的太阳炙烤着沙漠。四周没有丝毫动静，只有空气在微微闪烁，烫得仿佛偷来的火山，干得好像骷髅头。

在一块石头底下那烤箱般的阴影里，一只蛇怪正躺在地上喘气，腐蚀性的黄色黏液嗒嗒地滴下来。它的耳朵探测到上百只小腿儿跟跟跄跄走过沙丘的声音，这微弱的咚咚声已经持续了五分钟。这一迹象似乎表明，晚餐正在路上。

它眨巴眨巴自己传奇的眼睛，舒展开足足二十英尺饥饿的身躯。它在沙上游弋的模样仿佛流动的死亡。

行李箱跌跌撞撞地停下来，恶狠狠地张开了盖子。蛇怪发出咝咝声，但却显得信心不足，因为它还从没见过会走路的箱子，尤其这一位的盖子上还插满了鳄鱼牙齿。另外，它身上还粘着一块块坚韧的皮革，就好像刚刚在手提包工厂跟谁干了一架。蛇怪不会讲话，可就算它能开口，它也没法解释自己此时此刻的感觉：为什么它竟会觉得一口箱子在瞪着自己？

好吧，爬行动物暗自嘀咕，既然你想这么着，我奉陪。

它对行李箱施展出自己钻头一样的目光，这目光能通过敌人的眼球射进它脑子里，从内部把它扯得粉碎，这目光能撕裂灵魂之窗上脆弱的纱窗，能——

蛇怪意识到有什么地方出了大岔子。就在它圆盘一样的眼睛背后，一种全新的、令人不快的感觉缓缓升起。开始的时候很细小，就好像后背上的痒痒，刚好出现在那个无论怎么扭来扭去都挠不到的部位，然后它慢慢长大，终于变成了体内第二个红热的太阳。

蛇怪感到一种可怕的冲动，难以抗拒，无从抵挡，它想要眨眼。

它接下来的举动十分不明智。

它眨了眨眼。


"他在通过帽子说话。"灵思风道。

"呃？"奈吉尔渐渐意识到，野蛮人英雄的世界并非自己想象中那样简单明了。对于从前那个奈吉尔来说，最激动人心的事情也不过是码放萝卜罢了。

"你是说那顶帽子在通过他说话吧？"柯尼娜也开始后退，人在恐惧面前常有这种反应。

"呃？"

"我不会伤害你们。你们曾经派过用场。"阿必姆张开两只手往前走，"但你们说得没错。阿必姆以为戴上我以后，他就能获得力量。当然了，事实上正好相反。此人的头脑实在诡诈机灵，简直叫人吃惊。"

"所以你就试了试他的脑袋，看大小是不是合适？"灵思风打了个哆嗦。他自己也曾经戴过那顶帽子，但很显然，他的脑袋并不合适。阿必姆倒是很叫帽子中意，所以他的眼睛才变成了没有色彩的死灰。他皮肤苍白，走路时身体仿佛挂在脑袋上似的。

奈吉尔已经掏出自己的书，正拼命翻着。

"你干吗？"柯尼娜问。她的目光一刻也没离开过那可怕的人影。

"我正在查询《各地怪物名录》。"奈吉尔道，"你觉得这会是不死族吗？它们可难杀了，你需要大蒜，还有——"

"这东西书上找不到的，"灵思风缓缓说道，"这是——这是顶吸血鬼帽。"

"当然，它也可能是僵尸。"奈吉尔的手指顺着书页往下滑，"这上头说你需要黑胡椒和海盐，但是——"

"你是要跟这些鬼东西干架，又不是要把它们煮了吃。"柯尼娜道。

"这是一个可以为我所用的头脑。"帽子说，"现在我可以反击了，我要把所有的巫师集合起来。这个世界只能容下一种魔法，而我就是它的象征。大法师，当心了！"

"哦，不。"灵思风低声道。

"巫术在过去的二十个世纪里学会了不少东西，大法这个暴发户是可以战胜的。你们三个跟上。"

这不是请求，这甚至不是命令，它有点像是预报。帽子的声音直接进入三人的后脑，压根儿懒得理会他们的意识。灵思风的双腿自作主张行动起来。

柯尼娜和奈吉尔也在前进，动作突兀笨拙，活像人偶，表明他们也一样被看不见的绳子牵着。

"为什么'哦，不'？"柯尼娜问，"我是说，原则性的'哦，不'我能理解，但这一次有什么特别的理由吗？"

"一旦抓住机会我们就得赶紧逃跑。"灵思风说。

"对目的地你有没有什么想法？"

"多半没什么要紧。反正都死定了。"

"为什么？"奈吉尔问。

"这个嘛，"灵思风回答道，"听说过魔法师大战吗？"

碟形世界上有不少东西都源于魔法师大战。智慧梨木就是其中之一。

最初的那棵树很可能完全没有任何特别之处。它整日畅饮地下水，饱餐阳光，过着神般的日子，对外界完全无知无觉。然后魔法师大战在它附近爆发，猛然把它的基因推进到一种洞察力极端敏锐的状态。

其实魔法师大战留给它的还有一副臭脾气。但无论如何，智慧梨木还算是走运的。

过去，位于碟形世界背景里的魔法曾经十分强盛，从不放过任何一个冲入世界的机会。那时所有的巫师都像大法师一样强大，他们在每个山顶都建起自己的高塔。如果说世上有一样东西能让强大的巫师忍无可忍，那就是另一个巫师。巫师的外交本能很简单：咒到对方发亮，再把他扔进黑暗里。

于是结局只可能是一个词儿，好吧，两个，三个。

全面的，魔法，战争。

而且很显然，巫师之间也不可能有什么同盟、派别、交易，他们没有慈悲心，也从不肯罢手。天空被扭曲，海洋在沸腾。火球尖厉的呼啸把黑夜变成了白昼，但这并没有什么关系，因为接下来的黑烟又把白昼变回了黑夜。大地起起伏伏活像是蜜月里的鸭绒被，空间的材质也被打上了多维的绳结，猛地撞上了时间之河岸边的大石头。举个例子吧，当时流行一个咒语，"皮勒佩之时间压缩"，有次它竟然导致了新物种的诞生。一种巨型爬行动物被创造出来，在大约五分钟之内进化、扩张、繁盛然后毁灭，除了埋在地里的骨头什么也没剩下，彻底误导了后来的无数代人。那时候树游泳，鱼走路，大山溜达到商店里买香烟；那时候存在是如此反复无常，以至对于性情谨慎的人，早起第一件事就是数数自己今天总共长了多少条胳膊和腿。

而这，事实上，就是问题所在。所有的巫师实力都大致相当，再说反正他们也住在很能抵御咒语攻击的高塔里，也就是说大多数魔法攻击都被反弹回来，落到普通人身上，尽管这些人不过是想在大地上（或者至少暂时还是大地的地方）讨个生活，老老实实地过完自己那平凡的（虽然是相当短暂的）一生。

然而战斗仍然如火如荼，破坏着宇宙秩序的结构，削弱了现实的围墙，很可能会将摇摇欲坠的时空整个推入地堡空间的黑暗之中……

根据有一个版本的故事，这时众神介入了，但神其实很少插手人类的事务，除非他们能从里头找到乐子。另一个版本——也是巫师们自己讲述并且写进他们书里的那个——说所有巫师主动聚在一起，为了整个人类的缘故友好地解决了彼此的争端。大家一般都接受这一说法，尽管从本质上讲它发生的可能性就跟用铅做成救生圈一样大。

真相很难被钉在纸上。在历史的浴缸里，真相比肥皂还滑溜，想要找到它的难度也大得多……

"那后来到底怎么回事？"柯尼娜问。

"这无关紧要，"灵思风一脸忧伤，"关键是这一切都会重新来过。我能感觉得到，我有这种才能。世界里流进了太多魔法，会有一场可怕的战争，很快就会发生。这次碟子太老，受不住了。一切都已经磨损得太脆弱。死亡、黑暗和毁灭正扑面而来。末日近了。"

"死神四处游走。"奈吉尔热心地补充道。

"什么？"灵思风被打断了思路，不由有些气恼。

"我说的是，死神四处游走。"奈吉尔说。

"他到处走我倒无所谓，"灵思风说，"那些反正都是外国人。我担心的是死神跑到这儿来。"

"那不过是个隐喻。"柯尼娜说。

"你们就只知道这样而已。我见过他。"

"他什么样？"奈吉尔问。

"这么说吧——"

"嗯？"

"他不需要理发师。"

太阳就像钉在天上的喷灯，而在沙子与红热的灰烬之间，唯一的区别只不过是颜色而已。

行李箱迈着缓慢而沉重的步子，晃晃悠悠地穿过滚烫的沙丘。箱盖上，几道黄色的黏液正迅速变干。

不远处有块锥形的岩石，表面的形状和温度都类似一块耐火砖。一只客迈拉①停在上头，正监视着一个孤身跋涉的长方体。客迈拉是极为罕见的濒危物种，而眼前这只也不会为改善这一状况作出任何贡献。

它仔细地判断时机，爪子一蹬，展开强韧的翅膀，朝自己的猎物猛扑下去。

客迈拉的捕食技巧通常是这样的：一个俯冲，从猎物头顶低空掠过，用自己热辣辣的呼吸把对方稍微烤一烤，再转过身以一口尖牙撕裂自己的晚餐。喷火那部分它倒是完成了，但接下来的事情有些出乎意料。它的经验告诉它，自己此时应该面对一个惊慌失措、呆若木鸡的牺牲品，结果它却发现自己跌落地上，面前那个被烤焦的行李箱正火冒三丈地冲过来。

行李箱唯一的情绪就是愤怒。它头痛了好几个钟头，这期间全世界似乎都企图对它发动攻击。它受够了。

---

① 想知道客迈拉到底什么样，我们可以参阅碟形世界中崔伏戈那著名的动物寓言集《非自然动物》："它长着三条美人鱼的腿，乌龟的头发，飞鸟的牙齿，以及蛇的翅膀。另外这怪兽的呼吸仿佛熔炉，体温跟风暴里的橡胶气球差不多。当然了，这些都只是我的一家之言。"——作者原注

　　行李箱把倒霉的客迈拉踩成了沙地上油腻腻的一堆，然后停下半晌，好像是在思考自己的未来。很显然，不属于任何人比它原先想象的还要困难得多。它隐隐记起为别人服务的好时光，那时候它还拥有属于它自己的衣柜呢。

　　它很慢很慢地转过身，不时停下来张开盖子，假如它有鼻子的话，那动作倒好像是在嗅着空气里的什么味道。而如果它有心的话，它似乎终于下定了决心。


　　校长帽和戴帽子的人也在大踏步前进，他们坚定地走在大法之塔底下。这里曾经是举世闻名的洛克西，如今只剩下一片瓦砾。三个不情不愿的随从拖拖拉拉地落在后面。

　　塔底有门。看不见大学的大门通常敞开着，这里的门却关得很紧。它们仿佛在发光。

　　"你们三个能站在这儿实在是三生有幸。"帽子透过阿必姆松垮垮的嘴巴说道，"就在这一刻，巫术不再逃跑，"他睥了灵思风一眼，"它将开始反击。你们会永远记得这一刻，直到生命终结。"

　　"你是说，直到午饭那时候？"灵思风有气无力地问。

　　"仔细看好了。"阿必姆说着伸出两只手。

　　"只要一有机会，"灵思风对奈吉尔窃窃私语，"我们就逃，明白？"

　　"往哪儿？"

"从哪儿。"灵思风道，"重要的是从哪儿。"

"我不信任这个人。"奈吉尔说，"我尽量避免单凭第一印象去判断一个人，但我绝对相信他没安好心。"

"他让人把你扔进了蛇坑里！"

"或许当时我就应该有所觉察。"

大维齐尔开始嘟嘟囔囔。灵思风寥寥无几的才能里正好包含了语言天赋，可就连他也没听出对方说的是什么，不过听起来它仿佛是专门为这样的嘟囔而设计的。语言仿佛镰刀一般从众人脚踝的高度盘旋而出，阴暗、血红、冷酷无情。它们在空中制造出复杂的漩涡，然后轻轻往高塔的门飘去。

被它们碰触的白色大理石变成黑色，然后化为粉末。

等到残渣飘落地上，一个巫师走出门来，上上下下打量了阿必姆一番。

灵思风早已习惯了巫师们花哨的打扮，但眼前这位实在不同凡响。他的袍子里塞了无数衬垫，各种奇妙的褶皱仿佛雉堞和扶墙，看样子极有可能出自一位建筑师之手。与衣服配套的帽子也很不一般，活像是结婚蛋糕同圣诞树亲密接触的后代。

在巴洛克式的高领与金线镶边的帽檐之间有个小小的缺口，从里头往外瞅的那张脸实在叫人失望。它显然以为一小撮邋邋遢遢的胡子能改善自己的形象。它想错了。

"那该死的是我们的大门！"它说，"你会后悔的！"

阿必姆双手环抱在胸前。

这似乎让对方更加火冒三丈。巫师猛地抬起胳膊，把手从袖子上的蕾丝花边里解放出来，然后透过袖口送出一道尖啸的火光。

火光正中阿必姆的胸口，化作一团白热的光芒反弹开。片刻之后，蓝色的残影渐渐消失，灵思风发现阿必姆毫发无伤。

阿必姆的对手则手忙脚乱，急着扑灭自己衣服上的小火花。完事之后巫师抬起头，眼里闪着凶光。

"你似乎还不明白，"巫师哑着嗓子道，"现在你遇上的可是大法。你没法对抗大法。"

"我能使用大法。"阿必姆说。

巫师咆哮着掷出一颗火球，它飞向阿必姆，眼看离那讨人厌的微笑仅仅几英寸之遥，却提前爆炸了。

巫师脸上露出大惑不解的神气。他再接再厉，从无限中召唤来一道道滚烫的蓝色魔法，直击阿必姆的心脏。阿必姆挥手把它们通通挡开。

"你的选择很简单。"他说，"你可以加入我，或者死。"

就在这时，灵思风注意到自己耳边有种规律的刮擦声，声音有着叫人不快的金属质地。

他半转过身，再一次体验到了时间放慢脚步时那种很不舒服的刺痛感。

死神正拿磨刀石打磨镰刀的刀刃，他停下来朝灵思风点点头，类似于专业人士之间的招呼。

他把一根指骨放在嘴唇上，或者更准确地说，放在如果他有嘴唇就会是他嘴唇的那个地方。

所有巫师都能看见死神，只不过他们倒不一定愿意有这荣幸。

灵思风耳朵里"砰"的一声，死神消失了。

阿必姆和他的对手被一圈凌乱的魔法环绕着，阿必姆显然没有受到任何影响。灵思风飘回活人的世界，正好看见他伸手抓住巫师那缺乏品位的衣领。

"你打不过我，"阿必姆用帽子的声音说，"我用了两千年时间练习如何让力量为我所用。我可以从你身上汲取力量。臣服于我，否则你连后悔的时间都不会有。"

巫师拼命挣扎，而且很不幸地，他任由自尊心战胜了谨慎。

"绝不！"他说。

"死。"阿必姆建议道。

灵思风这辈子见过不少怪事，其中大多数都是被逼无奈才看的，但他还从没看过有人真的被魔法杀死。

巫师不杀普通人，因为：第一，他们很少注意到普通人的存在；第二，这被认为是一种缺乏体育精神的举动；第三，这样一来做饭种庄稼之类的事该交给谁来打理呢？而用魔法杀死自己的巫师兄弟则几乎没有可能，因为任何小心谨慎的巫师都会用无数防护咒语把自己一层层包裹起来，没有一刻放松[1]。年轻巫师在看

---

[1] 当然，巫师之间经常用跟魔法没关系的普通手段对搏，但这是完全允许的，而且被暗杀对于巫师来说根本就属于自然死亡。——作者原注

不见大学学到的第一件事——除了厕所的位置和自己挂衣服的挂钩在哪儿之外——就是他必须随时随地保护好自己。

有些人觉得这简直是偏执到了极点，可他们想错了。偏执狂只不过以为所有人都想干掉自己，而巫师们则很清楚这就是事实。

眼前这个小巫师，他的精神防御约等于三英尺厚的回火钢，如今这防御像喷灯下的黄油一样，融化成条条小溪，消失得无影无踪。

假如真有语言能形容巫师接下来几秒钟的遭遇，这语言肯定是被禁锢在看不见大学图书馆某本发疯的大辞典里。至于说究竟有什么落进了灵思风的眼睛，这恐怕还是留给大家自行想象比较好。不过嘛，那样痛苦扭曲的情状，如果你真能想象出来，那大家肯定应该给你穿上那套有名的白色帆布罩衫，还不能忘了加长的袖子。

"如是所有敌人都将毁灭。"阿必姆说。

他抬起脸看向塔的高处。

"我发出挑战。"他说，"根据魔法传承，不敢接受的人都必须追随我。"

接下来，由于好多人都伸长了耳朵，所以出现了一阵漫长、沉重的停顿。过了许久塔顶才终于传来一个声音，它有些迟疑似的喊道："根据魔法传承的哪个章节来着？"

"我就是传承的象征。"

远处传来一阵窃窃私语，然后刚才的声音又喊道："传承已经死了。大法高于——"

这句话以尖叫结尾，因为阿必姆抬起左手，往说话人的方向放射出一道细细的绿色光芒。正中目标，分毫不差。

差不多就在这时候，灵思风意识到自己的四肢又听使唤了。帽子暂时对他们失去了兴趣。他瞄了眼身旁的柯尼娜。刹那间他们已经达成无言的共识，两人各抓住奈吉尔的一只胳膊转身就跑，直到有好几堵墙把他们同高塔隔开。灵思风一面跑一面等着什么东西砸中自己的脖子，比如整个世界之类的。

三人终于瘫倒在瓦砾里，呼哧呼哧直喘气。

"你们没必要这么干。"奈吉尔嘟囔道，"我正在作准备呢，准备好好收拾他。要是你们老这么——"

他们身后传来爆炸声，五颜六色的火焰从头顶呼啸而过，在建筑物上溅起无数火花。接下来的声音类似于从一个小瓶子里拔出一个硕大的软木塞，再往后还有洪亮的大笑，可惜听不出什么喜悦之意。地面颤动起来。

"怎么回事？"柯尼娜问。

"魔法师大战。"灵思风道。

"是好事吗？"

"不。"

"不过你肯定希望巫术能胜出吧？"奈吉尔问。

灵思风耸耸肩，头顶有一大团什么东西发出鹧鸪叫似的声响，他看也不看，直接埋下了头。

"我还从没见过巫师打架。"奈吉尔说着开始在瓦砾中扑腾。他准备站起来，结果被柯尼娜抓住一条腿，于是发出一声尖叫。

"我觉得这可不是什么好主意。"她说，"灵思风？"

巫师一脸阴郁地摇摇头。他捡起一块鹅卵石抛到残垣断壁之上。它变成了一把蓝色的小茶壶，然后落地摔了个粉身碎骨。

"咒语之间会相互作用，"他说，"谁也不知道它们会干出什么来。"

"我们躲在这些墙后头还算安全？"

灵思风高兴了些："真的？"

"我是在问你。"

"哦。不。恐怕没什么用。这些不过是平常的石头。只要有合适的咒语……呸。"

"呸！"

"没错。"

"我们要不要继续逃？"

"值得一试。"

他们冲到另一堵依然矗立的墙壁背后。几秒钟之后，一颗熊熊燃烧的黄色火球刚好落到他们之前落脚的地方，把大地变成了一堆挺恐怖的东西。高塔周围的区域空气闪闪发光，仿佛龙卷风过境。

"我们需要制订计划。"奈吉尔说。

"我们可以试试继续跑。"灵思风道。

"那不能解决任何问题!"

"大多数问题它都能解决。"灵思风说。

"我们得走多远才能安全?"柯尼娜问。

灵思风冒险把墙壁打量一番。

"很有趣的哲学命题。"他说,"我走了很远,但从没安全过。"

柯尼娜叹口气,目光扫过身旁的一堆碎石。她又看了它一眼。这儿有什么不大对劲,可她就是理不清头绪。

"我可以攻他们个出其不意。"奈吉尔恍恍惚惚地说。他盯着柯尼娜的后背,满眼渴望。

"没用的。"灵思风说,"什么东西对魔法都没用,只除了更厉害的魔法。而唯一能打败更厉害的魔法的又只有比那还厉害的魔法。就这样一直到……"

"呕?"奈吉尔帮他说完。

"过去就是这么着。"灵思风道,"好几千年,直到一个都——"

"你们知不知道这堆石头到底有什么古怪?"柯尼娜问。

灵思风瞟了石头一眼,他眯细眼睛。

"那什么,你是说除了长着腿之外?"

他们花了好几分钟才把沙里发挖出来。他仍然紧紧攥着一只酒瓶，不过已经快见底了。他朝他们眨眨眼，似乎对这些人还有些印象。

"够劲，"他说，然后，在费了些力气之后，"这酒，感觉……"他继续道，"就好像房子塌在我身上了似的。"

"它确实塌了。"灵思风道。

"啊，原来如此。"尝试过好几次之后，柯瑞索的注意力终于成功地集中到柯尼娜身上，他的身子直往后晃。"哎呀，"他说，"又是这位年轻的女士。非常不错。"

"我说——"奈吉尔插进话来。

"你的头发，"沙里发的上身慢慢晃回来，"就好像、好像放牧在杰卜拉山一侧的一群山羊。"

"听我说——"

"你的胸脯就好像、好像……"沙里发左右晃了晃，又飞快地瞟了眼空酒瓶，神色很忧伤，"就好像传说中黎明花园里镶满宝石的西瓜。"

柯尼娜睁大了眼睛："当真？"

"毋……"沙里发道，"庸置疑。镶宝石的西瓜我一眼就能认出来。水边草地那耀眼的白光一如你的大腿，它是那么的——"

"呃，嗯，打扰一下——"奈吉尔带着精心预备的恶意清了清喉咙。

柯瑞索朝他所在的方向晃过去。

"嗯？"他说。

"在我的故乡，"奈吉尔冷酷地说，"没人这样对女士讲话。"

奈吉尔站到柯尼娜跟前，一副保护人的派头，姿态笨拙可笑。柯尼娜长叹一声。没错，她暗想，半点不假。

"事实上，"他使劲往外翘起下巴，只可惜它看起来仍然像个酒窝，"我真想好好——"

"跟您聊聊。"灵思风踏步上前，"呃，先生，大人，我们需要出去。我猜您不会正好知道路吧？"

"几千个房间，"沙里发道，"这里有，你知道，我好些年没出过门了。"他打个嗝儿，"亘古以来，亘古。一辈子也没出过门，事实上。"他脸上突然一片空白，显示他正在构思，"时间的鸟儿只有……呃，一点点路要走啊，瞧啊！鸟儿已经起立了。"

"准是只靠燕。"灵思风喃喃地说。

柯瑞索朝他晃过去："事情都是阿必姆在管，你知道。管事可难了。"

"他现在，"灵思风说，"可管得不怎么样。"

"你知道，我们也有点想出去。"柯尼娜还在翻来覆去地想着关于山羊的那一句。

"而且我还有这个靠燕。"奈吉尔瞪着灵思风道。

柯瑞索拍拍他的胳膊。

"这很好，"他说，"每个人都该养个宠物。"

"那你会不会碰巧知道你这儿有没有马厩什么的……"灵思风循循善诱。

"上百个。"柯瑞索说，"我拥有世界上最好的……顶呱呱……好的马。"他皱起眉头，"反正他们是这么说的。"

"但你不会碰巧知道它们在哪儿吧？"

"这倒没有。"沙里发承认。不知哪里喷出来的魔法把附近的一堵墙变成了砒霜蛋白酥皮。

灵思风转身准备离开："我觉得咱们还不如待在蛇坑里。"

柯瑞索再次把悲伤的目光投向空酒瓶。

"我知道哪儿能找到飞毯。"他说。

"不，"灵思风高举双手保护自己，"绝不，想都别——"

"我祖父留下来的——"

"真正的飞毯吗？"奈吉尔问。

"听着，"灵思风万分紧张，"我单单听到高字也头晕。"

"哦，很，"沙里发轻声打着酒嗝儿，"真的，图案特别漂亮。"他眯着眼瞟眼酒瓶，然后叹了口气。"一种可爱的蓝色。"他补充道。

"你不会刚好知道它在哪儿吧？"柯尼娜问话时轻声慢气，就好像对方是随时可能受惊逃跑的野生动物，需要蹑手蹑脚才能靠近。

"在宝库。我知道怎么去那儿。我富得很，你们知道，至少他们是这么说的。"沙里发压低了嗓门，企图对柯尼娜眨巴眨巴眼睛，最后终于成功地把两只眼睛一起开闭几次。"我们可以坐在上面，"他身上开始冒汗，"你可以给我讲个故事……"

灵思风试着在咬紧牙关的同时放声尖叫。

他的脚踝已经出汗了。

"我才不要坐什么飞毯！"他嗞嗞地说，"我害怕地面！"

"你是说怕高吧。"柯尼娜道，"别傻了。"

"我说的是啥我自己清楚！最后要你命的是地面不是高！"

阿尔·喀哈里的战斗仿佛一片锤头状的云，在它翻腾汹涌的深处能听见古怪的形状，看见奇特的声音。脱靶的魔法时不时会烧到城里。在它们降落的地方，事情变得有些……有些不同。

鳄鱼神奥夫勒是这座城市的保护神，如今它的神庙变成了一个糖做的丑东西，总共五个维度。但这并没有什么关系，因为有一大群蚂蚁正把它当饭吃。

此情此景无异于对失控的社会动乱发出了深刻批判，可惜几乎无人欣赏，因为大多数人都在逃命。他们在肥沃的大地上鱼贯而行。有些人选择了坐船，但这一逃脱方式很快就被摒弃了，因为港口的大多数地方都变成了沼泽，另外不知为什么，竟还冒出两头粉红色的小象筑起窝来。

惊慌失措的道路底下是排水沟，两旁长满芦苇，行李箱正在里头游泳。它前方不远处，一堆小鳄鱼、大鳄龟和老鼠蜂拥出水，争先恐后地逃到岸上。推动它们的动物本能尽管只表现为模糊的感觉，但却准确到了极点。

行李箱的盖子保持着一种阴沉而坚定的表情。它对这世界没什么要求，只除了其他所有生命形态的彻底毁灭，但眼下它最最需要的却是它的主人。

沙里发的宝库很容易识别——这房间实在空得吓人。门挂在铰链上，木条封死的壁龛也被撬开。许许多多被人砸烂的箱子扔得到处都是。这景象让灵思风突然有些内疚，他花了大约两秒钟，寻思行李箱到底去了哪里。

房间里出现了一阵充满敬意的沉默。每次某人损失大把金钱的时候总会有这样的时刻。奈吉尔晃到一旁，戳戳附近的箱子，妄想根据第十一章的指示找到暗格。

柯尼娜弯腰捡起一小块铜币。

"真可怕。"最后灵思风说，"一个没有宝物的宝库。"

沙里发站起来，一脸灿烂的笑容。"不用担心。"他说。

"可你的钱全被偷了！"柯尼娜道。

"是那些仆人，我猜，"柯瑞索说，"太不忠诚。"

灵思风给他一个奇怪的眼神："你不担心？"

"不怎么担心。我本来也花不了多少钱。我一直很好奇，不知道当穷人是什么感觉。"

"现在你有大把机会可以尝试了。"

"需要特殊培训吗？"

"大可不必，"灵思风说，"当着当着自然就会了。"远远地传来爆炸声，一部分天花板变成了果冻。

"呃，嗯，打扰一下，"奈吉尔说，"刚才提到的飞毯……"

"没错，"柯尼娜道，"飞毯。"

柯瑞索朝他们露出一个略带醉意的亲切微笑。

"啊，没错，飞毯。沙漠黎明中那有着粉色臀部的珍宝啊，按一下你身后那尊雕像的鼻子。"

柯尼娜红着脸，遵照指示走到鳄鱼神奥夫勒的绿色大雕像前，完成了那很有些亵渎性的动作。

什么也没有发生。隐藏的隔间坚持不肯出现。

"呃，试试左手。"

她试着拧了一下。柯瑞索挠挠头。

"或许是右手也说不定……"

柯尼娜厉声道："如果我是你，一定用心把这些事儿记记清楚。"刚刚的一招仍然没有奏效，"已经没剩多少我愿意碰的部分了。"

"那边那个是什么？"灵思风问。

"如果那不是尾巴看我怎么收拾你。"说着柯尼娜踢了它一脚。

远处传来金属的呻吟，就好像有只平底锅受了伤。雕像开始颤动，紧接着墙里有什么东西大声地咚咚响。鳄鱼神奥夫勒沉甸甸地挪到一旁，他背后是一条通道。

"祖父修的，用来安置那些比较有趣的财宝。"柯瑞索道，"他非常……"他搜肠刮肚琢磨半晌，"足智多谋。"

"如果你们以为我会进去这种地方——"灵思风说道。

"站开，"奈吉尔骄傲地说，"我先走。"

"里头可能有机关……"柯尼娜有些疑心，她瞥了沙里发一眼。

"哦，很可能的，我天堂的瞪羚啊。"他说，"六岁之后我就没再进去过。有几块地板最好别踩，我记得。"

"别担心。"奈吉尔瞅瞅漆黑的通道，"相信不会有什么陷阱能逃过我的眼睛。"

"在这方面经验挺丰富，嗯？"灵思风酸溜溜地说。

"这个嘛，第十四章我从头到尾都能背，还带插图呢。"奈吉尔一头扎进阴影里。

他们等了好几分钟。当时的情形大致可以称作一片惊恐的死寂，只有通道里会不时传来砰砰声和压抑的哼哼声。终于，奈吉尔的声音从远处一路回荡到洞口。

"里头什么也没有，真的，"他说，"我全试过了。石头全都很稳定，肯定是全卡住了什么的。"

灵思风和柯尼娜交换了一个眼色。

"他对机关压根儿一窍不通。"她说，"我五岁的时候父亲曾经在一条道上装满了陷阱，要我从头走到尾，只为了教我——"

"他走到底了，对吧？"灵思风问。

有动静。声音仿佛湿漉漉的手指拖过玻璃，只不过放大了十亿倍。地板也抖起来。

"反正我们也没别的法子。"他一头扎进了通道，其他人随即跟上。很多了解灵思风的人都把他看成是两条腿的金丝雀①，随便哪个矿工都会愿意带他下矿坑。一般都认为，假如灵思风仍然直立不倒，也没有逃之夭夭，那么希望总还是有的。

"真有意思。"柯瑞索道，"我，盗取我自己的宝物。如果我抓住我自己，我可以叫人把我丢进蛇坑里。"

"不过你可以求你自己大发慈悲。"柯尼娜疑神疑鬼地瞟着盖满灰尘的石刻。

"哦，不。我想我会给我一个教训，让我不敢再犯。"

他们头顶"咔嗒"一声，一小块石板滑开，锈迹斑斑的金属钩子摇摇晃晃地缓缓降下。一根棍子嘎吱嘎吱地从墙上弹出来，敲了敲灵思风的肩膀。巫师飞快地转过身，先前的钩子趁机在他后背贴上一张黄色的告示，然后又缩回天花板。

"它干了什么？它干了什么？"灵思风一面尖叫一面试图阅读自己的肩胛骨。

---

① 好吧。反正大致意思你们明白就行了。——作者原注

"上面写着，踢我。"柯尼娜说。

在呆若木鸡的巫师身旁，一块墙面往上滑起。在一组复杂的金属关节后头，一只穿着靴子的大脚有气无力地晃动几下，然后从膝盖处完全断开了。

三人默默地看着它。最后柯尼娜评论道："看得出来，这是个乖张的对手。"

灵思风小心翼翼地揭下告示，松手让它飘落在地。柯尼娜推开他昂首阔步往前走，一脸谨慎的愤怒。一只金属手从弹簧上伸出来，挺友好地朝她晃晃，可她并不跟对方握手，反而顺着它蜕皮的电线找到了一个大玻璃罐子，里边是一对已经腐蚀的电极。

"你祖父挺有幽默感？"她问。

"哦，是的，总喜欢找机会好好乐乐。"柯瑞索道。

"哦，好极了。"柯尼娜小心翼翼地戳了戳一块石板。在灵思风看来，它跟它的同胞压根儿毫无区别。什么地方的弹簧可怜巴巴地哼哼了几声，一根掉了毛的羽毛掸子哆哆嗦嗦地从墙里伸出来，高度正好跟人的胳肢窝相当。

"我真想认识认识这位前沙里发，"柯尼娜咬牙切齿地说，"不过不是为了跟他握手。你最好帮我搭个马扎，巫师。"

"抱歉？"

柯尼娜指指正前方半开的石门，满脸的不耐烦。

"我想瞧瞧那上头。"她说，"你只需要把两只手握在一起让我可以站在上头，明白？你怎么竟能没用到这种地步？"

"有用总是让我惹上麻烦。"灵思风嘟囔道。柯尼娜温暖的身体摩擦着他的鼻子，巫师努力无视它。

他能听到她稳稳站到了门上。

"不出所料。"她说。

"是什么？悬空的可怕利矛？"

"不是。"

"尖利的栅栏，随时准备刺穿——"

"是只桶。"柯尼娜冷冷地说。她推了它一下。

"什么？里边是不是装着滚烫的、剧毒的——？"

"石灰水。只不过是放了很久很久、已经凝固的石灰水。"柯尼娜跳下来。

"不愧是祖父，"柯瑞索道，"永远不会无聊。"

"哼，我可受够了。"柯尼娜指着通道的尽头，语气坚定，"跟上，你们俩。"

他们来到离出口大约三英尺的地方，灵思风突然觉得头顶上的空气动了。柯尼娜在他腰上使劲一推，把他送进了通道后头的房间。他落地时就势一滚，有什么东西刮了刮他的脚，与此同时，一声巨响震耳欲聋。

整个天花板，也就是四英尺厚的一块大石头，落到了通道里。

灵思风爬过滚滚灰尘，然后伸出一根哆哆嗦嗦的手指，摸清了刻在石板一侧的字迹。

"接着笑啊。"他念道。

灵思风坐回地上。

"不愧是祖父，"柯瑞索高高兴兴地说，"永远这样——"

他接收到了柯尼娜的视线，发现它像一根铅管似的强健有力，于是聪明地闭上了嘴巴。

奈吉尔出现在烟雾中，不停地咳嗽。

"我说，怎么回事？"他问，"大家都还好吗？我过去的时候它可没这样。"

灵思风搜肠刮肚地琢磨了半天，结果他能想出的最佳应答不过是："当真？"

高高的天花板附近有几扇贴上木条的窗户，光线从缝隙透进房间里。唯一的出路就是穿过堵住通道的几百吨石头，或者换种说法——这也是灵思风个人偏爱的说法——他们毫无疑问是给困住了。他稍微放松下来。

至少飞毯的问题解决了。它被卷成一捆，放在屋子正中一块升起的石板上。在它旁边是一盏很有光泽的小油灯，以及——灵思风伸长脖子才总算把它看清楚——一枚小小的金戒指。他呻吟起来，三样东西上都笼罩着一圈微弱的第八色光，显示它们都带着魔力。

柯尼娜把飞毯铺开，几样小东西滚落到地上，包括一条黄铜鲱鱼，一只木头耳朵，几片正方形的大金属片和一个铅盒子，盒子里装着块肥皂泡的化石。

"这些到底是啥？"奈吉尔问。

"这个嘛，"灵思风回答道，"在企图吃掉那张飞毯之前，它们多半都是蛾子。"

"老天。"

"这就是你们这些人从来都没明白的地方。"灵思风一脸疲惫地说，"你们以为魔法是可以随便拿起来用的东西，就好像、好像——"

"萝卜？"奈吉尔道。

"酒瓶？"沙里发说。

"那之类的。"灵思风也不大确定，不过他还是成功地振作起精神，继续往下讲，"然而事实上、事实上——"

"不是那样？"

"更像只酒瓶？"沙里发满怀希望地问。

"魔法会反过来利用人类。"灵思风急急忙忙往下讲，"它对你的影响就像你对它的一样多，那之类的。带魔法的东西，你摆弄它，它也会影响你。我觉得我最好先警告你们一声。"

"就像一只酒瓶，"柯瑞索说，"那种会把你、把你——"

"把你喝下去的那种。"灵思风帮他补全，"所以你要做的第一件事就是把油灯和戒指都放下，而且看在老天的份上千万别跟什么东西摩擦。"

"我祖父用它们创造了家族的财富。"柯瑞索一脸惆怅，"他的坏叔叔把他锁在一个山洞里，你们知道，他得靠手边的东西撑下去。而他手上什么也没有，只除了一张飞毯、一盏魔法油灯、一枚魔法戒指和满满一洞各种珠宝。"

"多么艰辛的成功之路啊。"灵思风道。

柯尼娜把飞毯摊开在地板上。它蓝色的背景上绣着错综复杂的图案，那是几条金龙，几条极尽繁复的金龙。它们有着长长的胡子、耳朵和翅膀，而且似乎都被凝固在变形的瞬间，表明完成这件作品的织布机显然不止通常的三个维度。但这还不是最糟的，最糟的是假如你老盯着它看，那图案就会变成金色背景上的蓝龙，而且有种感觉会偷偷潜入你心底，让你觉得千万不能再这样企图同时看到两种龙，否则自己的脑子一定会从耳朵里流出去。

又一声爆炸，整个建筑再次摇晃起来。灵思风很费了点力气，终于把目光从飞毯上转开。

"这是怎么用的？"他问。

柯瑞索耸耸肩。"我从没用过。"他说，"我猜只需要说'上'和'下'什么的就成。"

"说'穿墙而过'怎么样？"灵思风道。

三个人同时抬头，看看那些又高又黑关键还很硬的墙。

"我们可以试试坐上去，然后说'起'，"奈吉尔献计献策，"然后，在我们撞上天花板之前，我们可以说，呃，说'停'。"他琢磨半晌，接着又补充道，"假如口令真是这样的话。"

"或者'落'，"灵思风说，"或者'下降''俯冲''掉''沉'，又或者'坠'。"

"'栽'。"柯尼娜沉着脸建议道。

"当然，"奈吉尔说，"既然附近飘着这么多原始的魔力，你也可以试试利用一下。"

"啊——"灵思风说，然后他又说，"嗯——"

"你帽子上写着'巫帅'呢。"柯瑞索道。

"谁都可以往帽子上写字，"柯尼娜说，"可别看到什么信什么。"

"嘿，我说等等。"灵思风急了。

他们等了等。

他们又继续多等了等。

"听着，这事儿比你们想象的要难得多。"最后灵思风说。

"我怎么说的来着？"柯尼娜道，"来吧，咱们还是用指甲把灰浆挖穿好了。"

灵思风挥手示意她噤声。他摘下帽子，刻意吹了吹星星上的尘土，又重新把帽子戴上，他整整帽檐，卷起袖子，弯弯手指，接着便开始惊慌失措。

由于没有什么更好的行动方案，他往后靠到石墙上。

它在震动。并不是被什么东西晃动的感觉，更像是从内部传出的脉动。

这挺像是在大法师抵达之前，他在大学感受到的颤抖。很显然，有什么事让石头非常不快。

他顺着墙壁往前蹭，把耳朵贴到下一块石头上。这是块楔形的石头，比较小，专门切割成可以嵌进墙壁一角的形状。它不是

什么惹眼的大块头，在石头里它属于羽量级，为了整堵墙的利益
耐心细致地辛勤工作。它也同样在颤动。

"嘘！"柯尼娜要大家安静。

"我什么也没听见。"奈吉尔大声说。奈吉尔就是这种人，
假如你说"现在别看"，他立马就会转过头来，活像唱片机转盘
上的猫头鹰。这种人，如果你指给他看，比方说，看他们身边
那朵稀罕的藏红花，他们就会懵懵懂懂地转过身，一脚踏下去，
制造出一声凄惨的"吧唧"。如果他们在广袤的沙漠里走丢了，
那也很容易找：你只需要放点易碎的小东西在地上，比如一个挺
珍贵的古董杯子，在你家传了几代人的那种，等听到东西碎掉的
声音赶紧跑过去就成。

扯远了。

"问题就在这儿啊！不是打仗吗？"

天花板上的灰浆倾泻到灵思风的帽子上，活像一道小瀑布。

"有什么东西在捣鼓石头，"他平静地说，"它们想挣脱出
去。"

"它们中有不少就悬在咱们头顶上。"柯瑞索同大家分享自
己观察到的结果。

从他们头顶传来嘎吱嘎吱的碾磨声，接着一道日光射进了
房间里。灵思风发现这道光线并没有伴随着立刻被石头压死的命
运，不禁大吃一惊。头顶的硅化物又是一声嘎吱，洞口也跟着扩
大。石头纷纷松动掉落，而且是往上落。

"我认为，"灵思风说，"眼下飞毯值得一试。"

他身旁的墙壁像狗一样抖抖身子，然后分道扬镳。它飞走时，墙上的装饰狠狠砸了灵思风几下。

四个人一齐跳上蓝色和金色的飞毯。在他们四周，飞翔的石块掀起一阵暴风骤雨。

"我们必须离开这儿。"奈吉尔的观察力依然敏锐。

"抓紧，"灵思风道，"我来说口令——"

"想都别想，"柯尼娜一面厉声阻止一面在他身边跪下，"我来说，我不相信你。"

"可你又——"

"闭嘴。"柯尼娜说着拍拍飞毯。

"飞毯——起。"她命令道。

片刻的停顿。

"上。"

"或许它听不懂这门语言。"奈吉尔说。

"升。飘。飞。"

"也有可能，比方说，它只对某个特定的声音有反应——"

"闭，上，嘴。"

"你已经试过上了。"奈吉尔道，"试试攀登。"

"或者飞翔。"柯瑞索道。好几吨石板呼啸而过，离他的脑袋不过一英寸。

"如果这些是正确的口令它肯定已经飞起来了，不是吗？"

柯尼娜道。飞行的石头互相碰撞，让空气中充满了粉尘。柯尼娜一拳砸在飞毯上。

"开动，你这该死的踏脚垫！嗷！"

墙上的一片飞檐削到了她的肩膀。她气呼呼地揉揉瘀痕，然后朝灵思风转过身去。巫师正坐在飞毯上，膝盖抵着下巴，帽子拉下来遮住眼睛。

"为什么没用？"她问。

"你得说出正确的口令。"他说。

"它不明白我说的语言？"

"语言跟这完全没有关系。你忽略了一些最基本的东西。"

"嗯？"

"嗯什么？"灵思风嗤之以鼻。

"听着，现在可不是自尊心膨胀的时候！"

"你接着试，别在意我。"

"叫它飞起来！"

灵思风把帽子拉得更低些。

"拜托！"柯尼娜道。

帽子升起来一点点。

"我们都会感激不尽的。"奈吉尔道。

"没错，没错。"柯瑞索说。

帽子又升起来一点点。"你们当真确定？"灵思风问。

"是的！"

灵思风清清嗓子。

"下。"他命令道。

飞毯从地上飘起，满怀期待地悬浮在尘土之上几英尺的地方。

"为什么——"柯尼娜刚说出几个字便被奈吉尔打断了。

"巫师们掌握着古老的知识，这很可能就是原因。"他说，"很可能这张飞毯中了个靠燕，所以永远都要干与命令相反的事。你能让它再飞高些吗？"

"能，但我不准备这么干。"灵思风说。飞毯缓缓往前飘。这种时候总是这么巧，飞毯刚飞走，一块弹起来的石雕就滚过了它先前所在的位置。

片刻之后他们已经飞出房间，把石头风暴甩在身后。

宫殿正把自己扯碎，而碎片又像倒转的火山喷发一般集中往天上飞去。大法之塔已经完全消失了，但石头却都在蹦弹，一齐往它曾经所在的位置冲过去……

"他们在建另一座塔！"奈吉尔道。

"而且用的还是我的宫殿。"柯瑞索说。

"帽子赢了，"灵思风道，"所以它才开始修自己的塔。这就好像自然反应。巫师过去总喜欢在自己周围建塔，就好像那些……那些躺在河底的是叫什么来着？"

"青蛙。"

"石头。"

"失败的歹徒。"

"石蛾，我想说的是，"灵思风道，"当巫师决定战斗的时候，他所做的第一件事从来都是修一座塔。"

"它很大。"奈吉尔说。

灵思风闷闷不乐地点点头。

"咱们往哪儿去？"柯尼娜问。

灵思风耸耸肩。

"别的地方。"他说。

宫殿的外围就飘在他们脚下。他们经过时它刚好开始颤动，小砖块转着圈融入了新塔周围的飞石中间。

终于，柯尼娜开口了："好吧。你是怎么让它飞起来的？它真的会干跟命令相反的事吗？"

"不。我只不过是对诸如层流与空间结构之类的基本细节比较上心罢了。"

"没听懂。"她承认。

"想要我使用非巫师术语吗？"

"对。"

"你把它铺地上的时候上下放颠倒了。"灵思风说。

柯尼娜纹丝不动地呆坐了一阵，然后她说："我得承认，坐着其实还挺舒服。我这还是第一次搭飞毯呢。"

"我也是第一次飞飞毯。"灵思风含含糊糊地说。

"你做得很好。"

"谢谢。"

"你说你怕高的。"

"怕得要死。"

"倒是看不出来。"

"我没去想它。"

灵思风转身看看背后的塔。过去的一分钟里它又变大了许多，塔顶绽放出错综复杂的角楼和城垛。密密麻麻的瓦片盘旋在它头顶，然后一片片呼啸而下，像列队轰炸的陶瓷蜜蜂一样叮叮当当地各归各位。塔的高度简直不可思议——假如没有噼啪作响的魔法，塔底的石头肯定早给压碎了。

好吧，有组织巫术差不多就到此为止了。两千年和平利用魔法的历史化为乌有，塔楼重新竖立起来，再加上这么多原始魔法到处乱窜，总有什么东西免不了要大受其害——很可能就是宇宙。太多魔法可以把时间和空间吸附到自己身边，而这，对于已经习惯了前因先于后果的人来说可不是什么好消息。

然而这些事情当然是没法解释给他的同伴们听的。他们似乎怎么也闹不明白这一切意味着什么，更确切地说，他们怎么也闹不清末日是什么意思。他们怀着一种可怕的妄想，以为自己总能做点什么。他们似乎已经下定决心要让世界照自己的意愿运行，或者至少努力到死。而努力到死的问题就在于，你会在努力时死翘翘。

巫师们彼此之间的关系就像装在同一条口袋里的猫一样友好，所以才需要大学，好让他们基本上可以和平共处。现在大家都露出了爪子，谁要想来调停准会给挠个遍体鳞伤。这已经不是碟形世界习以为常的那种柔弱的、有点傻乎乎的魔法，这是魔法大战，白热化的、灼热的战争。

灵思风对预言并不在行，事实上他连当前都看不大明白，但他非常肯定，在很近很近的将来，差不多三十秒吧，保准儿会有人说："咱们肯定能做点什么的对吧？"这让他觉得非常疲惫。

沙漠在他们脚下退却，落日的余晖将它照亮。

"今晚似乎没什么星星，"奈吉尔说，"或许它们吓得不敢出来了。"

灵思风抬起头。高空中有一片朦胧的银色。

"是因为有纯粹的魔法停在大气层外面，"他说，"它已经饱和了。"

二十七、二十八、二……

"咱们肯定能——"柯尼娜张开嘴。

"咱们不能。"灵思风直截了当地否决了对方，声音里只略带了那么一丁点儿得意，"巫师会战斗到只剩下最后一个胜利者为止。其他人什么也干不了。"

"我可以来杯酒。"柯瑞索说，"或许我们可以在哪儿停一下，让我买家小酒馆？"

"用什么买？"奈吉尔问，"你变穷了，记得不？"

"穷我倒不介意，"沙里发说，"神志清醒才让我觉得有些困难。"

柯尼娜轻轻戳了戳灵思风的肋骨。

"是你在控制这东西的方向吗？"

"不是。"

"那它这是去哪儿？"

奈吉尔往底下瞅瞅。

"看起来，"他说，"它正往中轴地方向去，往环海。"

"肯定有谁在指挥它。"

嗨。灵思风脑袋里钻出一个友好的声音。

你不会又是我的良心吧，嗯？灵思风想。

我感觉糟透了。

那个吗，很抱歉，灵思风想，不过这些没一样是我的错。我不过是这些糟心事儿的牺牲品。我可看不出我为什么要为它负责。

没错，但你可以做点什么。

比方说？

你可以消灭大法师。然后这一切都会土崩瓦解。

我半点机会也没有。

那么你可以死于尝试，这大概比任由魔法大战爆发要来得好。

"听着，请你现在就闭嘴好吧？"灵思风道。

"你说什么？"

"哦，抱歉。自言自语。"

"我觉得，"柯尼娜说，"咱们最好还是降落吧。"

他们朝沙漠与大海的交汇处滑过去。那是片月牙形的海滩，沙里有无数细小的贝壳碎片，在正常的光线底下它会白得炫目，但在一天中的这个时候却呈现出原始的血红色。一排排浮木堆积在高潮线上，被浪花雕琢，被阳光漂白，活像古老的鱼类化石，又或者宇宙里最大的花艺用品柜台。除了海浪，一切都纹丝不动。周围倒还有几块石头，不过它们烫得像耐火砖，无论软体动物还是海藻都不肯在此驻扎。

就连大海看上去也毫无生气。假如任何两栖动物的原型爬上这样一片沙滩，它保准会立马打道回府，还会告诉自己所有的亲戚说，长出腿脚上岸这种事，还是干脆忘掉算了，不值当。这里的空气就好像在袜子里煮过。

即便如此，奈吉尔仍然坚持要点上一堆火。

"这样气氛会比较友好。"他说，"再说了，没准儿会有怪兽呢。"

柯尼娜瞥了眼油腻腻的小浪花。看它们滚上沙滩的模样，仿佛是有点想逃出大海，但越狱的热情又并不很高。

"就这儿？"

"那可说不准。"

灵思风沿着海岸线闲溜达，有时他会心不在焉地捡块石头扔进海里。有一两块被扔了回来。

过了一阵，柯尼娜生起了火。用来生火的木头非常干燥，不含丝毫水分，盐分倒是达到了饱和。在四溅的火星底下，蓝色和绿色的火焰腾腾地往上蹿。巫师过来坐在舞动的阴影里，背靠一堆发白的木头，散发出浓烈的阴郁之气。最后连柯瑞索也不再抱怨口渴，乖乖地闭上了嘴巴。

午夜刚过，柯尼娜从梦中惊醒。地平线上有一弯新月，冰冷的薄雾笼罩了沙滩。柯瑞索仰面躺在地上打着鼾。奈吉尔么，理论上讲应该在值夜，不过眼下他也睡得正香。

柯尼娜纹丝不动地躺在原地，用全部感官搜索那将自己惊醒的东西。

终于，她再次听到了那个声音。那是种踌躇而微弱的叮当声，在大海沉闷的音响下几乎不可闻。

她站起来，或者更准确地说，她像没骨头的海蜇一般滑到竖直状态，然后又轻轻从奈吉尔手里拿走了他的剑，整个过程没有遭遇任何抵抗。她穿过薄雾，空气中连一点额外的漩涡都没有产生。

篝火往自己身下的灰烬中沉得更深了些。片刻之后柯尼娜回到火堆旁，把剩下的两个人摇醒。

"啥？啥？"

"我觉得你们该来看看，"她嗞嗞地说，"我觉得这可能很重要。"

"我只不过把眼睛闭了一秒钟——"奈吉尔抗议道。

"别管那个了。跟我来。"

柯瑞索眯起眼，打量着他们的临时营地。

"那个巫师哪儿去了？"

"你会看到的。别弄出响动，说不定会很危险。"

他们跌跌撞撞地跟在她后头，穿过齐膝深的水汽往大海走去。

最后奈吉尔问："为什么会危险——"

"嘘！听见了吗？"

奈吉尔竖起耳朵。

"是那种好像铃声的声音？"

"瞧……"

灵思风呆愣愣地走在沙滩上，双手抱着一大块圆形的石头。他一言不发地走过他们身边，眼睛始终直视前方。

他们跟在他身后走过冰冷的沙滩，一直来到沙丘中间一块光秃秃的平地。他停下脚步把石头一扔，动作仍然像晒衣架一样优雅。石头落地时"叮当"一声响。

地上已经有一大圈石头。大多数都没能垒起来。

三人蹲伏在地，仔细观察。

"他睡着了？"柯瑞索问。

柯尼娜点点头。

"他想干吗？"

"我觉得他是想造塔。"

灵思风摇摇晃晃地走回石头中央，异常仔细地把一块石头垒在空气上。石头掉了下去。

"看来这事儿他可不怎么在行。"奈吉尔道。

"真让人伤心。"柯瑞索说。

"或许我们该把他叫醒。"柯尼娜说，"可我听人说过，如果你叫醒梦游的人，他们的腿会掉下来还是怎么的。你们怎么想？"

"说不定会有危险，对巫师来说。"奈吉尔道。

他们调整姿势，努力在冰冷的沙地上待得更舒服些。

"真可悲，不是吗？"柯瑞索说，"他又不是什么货真价实的巫师。"

柯尼娜和奈吉尔努力回避对方的目光。最后男孩咳嗽一声道："我也不是什么货真价实的野蛮人英雄，你知道。或许你已经注意到了。"

他们注视着灵思风辛勤劳作的身影，过了一会儿柯尼娜说："真要说的话，我觉得自己在理发方面也有些欠缺。"

两人都目不转睛地盯着梦游的人，脑袋里各自转着自己的心事，面皮因为相同的难堪涨得通红。

柯瑞索清清嗓子。

"好吧，不瞒你们说，"他说，"我有时也察觉到自己的诗作还存在许多不足。"

灵思风小心翼翼地拿起一块大石头，企图把它垒到一块鹅卵石上。它落到地上，但他似乎对结果很满意。

"作为诗人，"柯尼娜字斟句酌地问，"对眼下的情形你会怎么说？"

柯瑞索满不自在地动了动。"生活真是个……可笑的老东西。"他说。

"相当合适。"

奈吉尔躺下来。他凝视着模模糊糊的星星，又突然坐得笔直。

"你们看见没？"他大声问。

"什么？"

"就像一道闪光，就像——"

在中轴向的地平线上，一朵五彩的花静静绽放。它迅速扩张，涵盖了寻常光谱上的所有色调，最后闪烁出耀眼的八色光。消失前它还把自己蚀刻在了他们的眼球上。

片刻之后，远处传来轰隆隆的声响。

"某种魔法武器。"柯尼娜眨眨眼。一阵暖风卷起薄雾，推着它飘过他们身旁。

"见鬼，"奈吉尔站起身来，"我要去叫醒他，哪怕最后必须抬着他走。"

他正要伸手去拍灵思风的肩膀，突然有什么东西从高处掠过他们头顶，发出的声音活像是一只鹅吸进了笑气。那东西消失在他们背后的沙漠里，接着传来一种能让假牙打哆嗦的声响，外加一道绿色的闪光和一声"砰"。

"我来叫醒他，"柯尼娜说，"你去把飞毯拿过来。"

她爬进石头圈里，轻轻拉住巫师的胳膊。柯尼娜唤醒梦游症患者的方式极其科学，我们原本有幸目睹一次教科书式的演示，只可惜灵思风手里的石头刚好掉在了他脚背上。

他睁开眼睛。

"我在哪儿？"他问。

"海滩上。你一直在……呃……在做梦。"

灵思风依次朝雾气、天空、那圈石头、柯尼娜、那圈石头眨眨眼，最后他的目光回到天上。

"发生了什么事？"他问。

"魔法烟花吧，大概。"

"哦。这么说已经开始了。"

他摇摇晃晃、跌跌撞撞地出了石圈，朝快要熄灭的火堆前进。柯尼娜把他那跟跟跄跄的步态看在眼里，觉得他或许并没有完全醒过来。他走了几步，似乎突然想起了什么。

他低头看看自己的脚，然后说了句："嗷——"

就在他快走到火堆前的时候，之前一个咒语的冲击波终于扩散到他们身边。咒语的目标本是二十里之外的阿尔·喀哈里，所以来到他们跟前时波阵面已经弥散得很厉害了，对事物的性质几乎没有产生任何影响。它带着微弱的吮吸声冲过沙丘，顷刻间篝火闪出红色和绿色，奈吉尔的一只凉鞋变成了一只烦躁的小獾，沙里发的头巾里则飞出了一只鸽子。

然后它便过去了，一路燃向大海。

"这是什么？"奈吉尔踢了那只獾一下，小家伙正在嗅他的脚。

"呃？"灵思风道。

"这个！"

"哦，这个啊，"灵思风说，"不过是咒语的余波。阿尔·喀哈里的塔多半被打中了。"

"它肯定很厉害，竟然能影响到我们。"

"很可能。"

"嘿，以前那可是我的宫殿。"柯瑞索没精打采地说，"我是说，我知道它是一份很大的产业，但它也是我的一切。"

"抱歉。"

"城里还有人呢！"

"他们多半没什么事儿。"灵思风说。

"太好了。"

"无论他们现在是什么。"

"啥？"

柯尼娜抓住他的胳膊。"别对他大喊大叫，"她说，"他现在根本不是他自己。"

"啊，"柯瑞索阴沉地说，"这倒是一种进步。"

"我说，这样讲话可不大公平。"奈吉尔抗议道，"我是说，是他把我带出了蛇坑，而且他还知道许许多多——"

"没错，巫师总害你惹上只有他们才能害你惹上的麻烦，然后又帮你搞定它。这一点他们特别拿手。"柯瑞索说，"然后他们还指望你感恩戴德呢。"

"哦，我觉得——"

"这话早该有人讲了。"柯瑞索气呼呼地挥舞着双手。纷乱的天空中又一道咒语飞过，暂时照亮了他的身影。

"瞧瞧!"他厉声道,"哦,他的用意是很好的。他们的用意都很好。他们大概以为碟形世界该由自己统治,这样一切都会好得多。相信我,这种决心要为世界做好事的人,他们最可怕了。巫师!说到底,他们究竟能派上什么用场?我的意思是,有哪个巫师干过什么值得一提的事儿?你能说出哪怕一样来吗?"

"我觉得这话有点太残忍。"柯尼娜说。不过她的声音里带着一丝波动,暗示在这个问题上她其实很愿意让人说服。

"哼,他们让我恶心。"柯瑞索喃喃道。他感到自己的酒全醒了,这感觉很不讨他喜欢。

"我觉得我们该试着睡会儿,这样大家都会感觉好些。"奈吉尔施展外交手腕,"阳光之下事情总会显得好很多。几乎总会,至少是。"

"而且我的嘴里也觉得不是味儿。"柯瑞索低声嘟囔,显然决意要紧紧抓住最后一点怒气不撒手。

柯尼娜朝火堆回转身。她意识到眼前的一幕里少了些什么——少了些灵思风的形状。

"他走了!"

事实上灵思风已经在黑黢黢的海面上飘了半里远。他蹲坐在飞毯上,活像尊愤怒的佛像,脑子里是一锅盛怒、羞愧和狂躁的粥,还外加一点义愤作为小菜。

他并不奢望能得到很多,从来没有。他当了巫师,一直没转行,尽管他对这行压根儿一窍不通。他从来都尽了自己最大的努力，可现在整个世界都合起伙来对付他。好吧，他一定要让他们瞧瞧。至于"他们"究竟是谁，他又要让他们瞧点什么，这些都不过是细枝末节罢了。

他伸手摸摸自己的帽子，想寻得一点点安慰。与此同时，帽子在气流的作用下失去了自己最后几块金属片。


行李箱也有自己的麻烦。

在阿尔·喀哈里的塔底附近，大片区域遭到了魔法的无情轰炸，眼下它已经飘过现实的地平线，时间、空间和物质纷纷失去独立身份，互相穿起了对方的行头。那景象简直难以形容。

如果实在要形容的话它大致是这样的：

它就像钢琴被扔进井里几秒钟之后的声音。它尝起来是黄色的，触感仿佛羽状花纹。它闻起来类似月全食。当然，靠近塔底的地方那才是真的奇怪。

任何缺少防护的东西都不可能在这里存活，就好像超新星爆炸的时候不可能下雪。幸运的是行李箱对此一无所知，它一路穿过这个大漩涡，纯粹的魔法在它的盖子和铰链上凝结。它的心情糟透了，不过话说回来，它平时的心情也并没有什么不同，只不过眼下它的愤怒化作一圈壮观的彩色光晕环绕在它身旁，让它看起来仿佛一只怒发冲冠的两栖动物，刚刚从熊熊燃烧的沼泽爬上岸。

塔里又热又憋闷，到处不见地板，只在墙边有一系列通道。通道上站满了巫师，中央则有一道第八色光柱噼啪作响，巫师们正把力量注入光柱。阿必姆站在它的底部，帽子上的第八色宝石闪烁着无比耀眼的光芒，就好像它们是通向某个宇宙的洞口，而通道的另一头竟是一颗恒星的内部。

阿必姆伸长了双手，十指张开，双眼紧闭，嘴巴因为集中精神而抿成了一条细线。他正在平衡各方的力量。巫师能控制的能量通常要受他自己身体条件的限制，但阿必姆学得很快。

你必须把自己变成沙漏的隔板，平衡的支撑点，拴香肠的绳子。

只要做得正确，你就会成为力量，它将变成你的一部分，而你将能够——

我们有没有提到他的双脚离开地面有好几英寸远？好吧，他的双脚离开地面有好几英寸远。

阿必姆正在为一个咒语积蓄能量，这咒语会飞上空中，化作一千个尖叫的恶魔攻向安卡的塔。然而就在这时，他听见有人在大声擂门。

遇到这样的情况，传统上有一句话是非说不可的，无论被敲的门是帐篷上的帘子、毡包上的一块兽皮、结结实实的三英寸橡木外加大铁钉，又或者它是一片带着桃花心木镶片的硬纸板，还附带一盏用难看的玻璃碎片拼起来的小灯以及能演奏二十首流行小调（二十首音乐迷哪怕聋了五年也不会想听的小调）的门铃。

所以，敲门声响起之后，就有一个巫师转身面对另一个巫师，照着规矩问："这么晚了不知还有谁会来？"

木门又被咚咚咚地擂了一阵。

"外头不可能还有人活着。"另一个巫师道。说话时他显得有些紧张，因为当你排除了活人的可能性，接下来自然只能怀疑那或许是个死人。

这一次砸门的力道让铰链也嘎吱作响。

"咱们谁最好出去看看。"第一个巫师说。

"好样的。"

"啊。哦，好吧。"

他磨磨蹭蹭地走下短短的拱形通道。

"那我可就下去看看来人是谁了？"他说。

"棒极了。"

那巫师迟疑着走向大门，我们可以看到他的模样十分怪异。在塔内的高能力场里，普通袍子不足以提供足够的保护，因此在锦缎与天鹅绒之上他还穿了件厚厚的长罩衣，里面塞满花楸树的刨片，表面绣满工业化大批量生产的符咒。他在尖帽子上固定了一个带烟色玻璃的面罩，他的铁护手大得吓人，暗示此人很可能是超音速板球比赛里的守门员。他笨手笨脚地摆弄着插销，主厅里浩大的工程还在继续，制造出足以引起光化反应的闪光和脉动，在他周围投下刺眼的阴影。

他拉下面罩，把门打开一条缝。

"我们不需要任何——"他本该好好琢磨琢磨再开口的，因为这半句后来成了他的墓志铭。

过了好些时候，他的同伴才注意到这人一直没回来，于是信步走下通道去寻他。门大开着，塔外是个魔力充盈的地狱，正朝着咒语编织的保护网咆哮不止。事实上门并没有完全打开，他把门一拉想看看这是为什么，结果发出一声微弱的呜咽。

"咋——"以这样一个音节结束一生的确有些遗憾。

灵思风高高地飘在环海上空，觉得自己有点傻。

这种事每个人或迟或早都会遇到。

打个比方，酒馆里有人撞了你的胳膊肘，你飞快地转过身去冲对方破口大骂，结果却慢慢意识到，自己眼睛对上的原来是人家的皮带扣，而那个人大概根本没经过娘肚子，而是直接几大刀削出来的。

或者一辆车追了你的尾，你冲出去跟司机挥舞拳头，结果他却像那些恐怖的折叠魔术一样，不停地伸展出更多的身体，于是你终于明白，刚才他肯定是坐在后座上来着。

又或者你也许正领着造反的同伙往船长的舱房走，你使劲捶门，而他把大脑袋探出来，两只手里各持一把弯刀。你对他说："我们来接管这艘船，你这浑蛋，伙计们都跟我站在一条战线上！"他回答说："什么伙计？"而你突然感到背后有一片巨大的空洞，于是你说："呃……"

换句话说，假如你曾经任由怒气把自己远远抛上复仇的沙滩，你一定挺熟悉这种滚烫的不祥之感，也就是说感到自己被留在了——让我们借用日常生活中富有诗意的语言吧——深深的粪坑里。

灵思风仍然觉得很愤怒、很丢脸以及诸如此类，但这些情绪已经稍稍减弱了一点点，让他平日的性格可以部分地重新抬头。它发现自己正搭着蓝色和金色的羊毛毯高高地飞翔在粼粼波光之上，所以心情并不怎么愉快。

他正往安卡·摩波前进。他开始回忆原因何在。

当然，安卡·摩波是这一切的开端。说不定这是因为大学的存在。它充盈着太多的魔法，于是就好像一颗沉甸甸的大炮弹坠在宇宙这张破布上，把现实抻得非常非常之薄。所以事情会从安卡开始，也会在那里结束。

那儿还是他的家，虽然作为家它实在没什么值得夸耀的地方，但它在呼唤他。

我们已经暗示过，灵思风的祖先里似乎有一定数量的啮齿类动物存在，所以每当情绪紧张时，他总有种不可抑止的冲动，想要飞奔回到自己的洞里。

他任飞毯在气流上飘着。与此同时，黎明——柯瑞索大概会管它叫如梦似幻的黎明——给碟形世界的边缘添上了一圈火红。阳光懒懒地洒下来，飘落到一个已经略有不同的世界。

灵思风眨眨眼。光线有些诡异。不，他仔细琢磨了一下，不是诡异，而是鬼魅，这可比诡异还要诡异多了。就好像透过热气看世界，而那热气又仿佛拥有自己的生命。它舞动、伸展，拼命暗示说自己并非一点点视觉上的幻影，而是现实拉紧又膨胀的结果，就仿佛橡胶球企图装下过多的气体。

光线的晃动在安卡·摩波的方向最为明显。那儿的空气被揉捏成一道道、一团团，显示战况仍然激烈。阿尔·喀哈里上方也悬着一个相似的柱体，然后灵思风意识到它并非唯一一个。

那边也有，就在环海与广袤的边缘洋相通的地方，那里应该是奎尔姆。还有别的地方也一样。

一切都已经到了临界点，巫术在崩溃。拜拜了，大学；拜拜了，等级、门会。在内心深处，每个巫师其实都明白，巫术最自然的单位就是一个巫师。高塔会不断繁殖、再相互战斗，直到剩下唯一一座，巫师们也会战斗到只剩下最后一个。

到那时候，此人多半会跟自己打起来。

平衡着魔法的整个结构都在分崩离析，对此灵思风满心愤恨。他的魔法永远都会一样的菜，但问题不在这儿。他知道自己的位置。他的位置就在最底下，但至少他有个位置。一抬头他就能看见整台机器，它把碟形世界转动时产生的魔法当作养料，构造精妙，运转良好。

他一无所有，但这也总算是有点什么。而现在，就连这一点也被人夺走了。

他掉转飞毯，让它正对远方的安卡·摩波。双城在清晨的阳光中仿佛一个明亮的小点。灵思风脑子里，几个恰好没事可干的部分开始琢磨，安卡·摩波为什么会这样亮？天上似乎还有一轮满月，灵思风对自然哲学固然一向浑浑噩噩，可就连他也知道，前几天才刚刚月圆过。

好吧，这也没什么关系。他受够了，他再也不想费工夫去理解什么，他要回家。

只不过巫师是永远没法回家的。

这是句古老而又意味深长的谚语，只不过从来没有巫师弄明白它是什么意思。单凭这一点，我们也能对他们中的大多数人有所了解。巫师是不准娶老婆的，但他们当然可以有老爸老妈。很多巫师都会在猪守夜或者魂糕星期四那天回老家去。一方面可以唱唱歌儿；另一方面嘛，眼看着童年时欺负过自己的恶霸对自己唯恐避之不及，那景象的确能让人心里暖乎乎的。

这就好像另外一句他们从没能理解的谚语：人不能两次踏进同一条河。他们找了条小河，又派了个腿长的巫师做实验，证明同一条河你每分钟足可以踏上三十到三十五次。

巫师都不怎么喜欢哲学。在他们看来，两只手鼓掌的声音是"啪啪"，单手鼓掌就是"啪"。

不过眼下灵思风没法回家是因为家已经不在了。的确有座城横跨在安卡河上，可他从没见过它。它又白又干净，闻起来也不像塞满死鲱鱼的茅房。

他降落在过去的破月亮中心广场，感到有些震惊。这里竟然有喷泉，当然过去这里也有喷泉。但它们并不喷，而是汩汩地往外渗，渗出来的液体看起来类似清汤。而现在，灵思风脚下是乳白的石板，上面布满闪闪发光的小亮点。更奇怪的是，尽管太阳已经像早餐的半个葡萄柚一样坐在地平线上，广场上却几乎看不到人影。通常安卡从早到晚都很热闹，天空的颜色不过是背景上一点微不足道的细节罢了。

大学被热气笼罩，其中还不断喷出油腻腻的烟雾，盘旋着飘到城市上空。除了喷泉，这是城里唯一仍然在动的东西。

灵思风从来都觉得自己形单影只，哪怕身处汹涌的人潮之中也是如此，对这他一直非常自豪。然而当周围真的只剩了他自己，形单影只的感觉就更糟了。

他把飞毯卷起来扛在肩上，沿着阴森森的街道，蹑手蹑脚地往大学走去。

校门早被风吹开。大部分建筑都被射偏或者反弹的魔法毁了个七七八八，只有高得过于虚幻的大法之塔看来毫发无伤。灵思风的老伙计艺术之塔就没那么走运了。指向隔壁的魔法似乎有一半都反弹到了它身上，以至于它的某些部分已经融化，开始往下流淌；另外一些部分则在发光或者结晶，还有几处似乎稍微挣脱了通常的三个维度。虽然它们不过是石头，但看到它们不得不经历的一切，你也不由要心生同情。事实上，除了坍塌，能受的罪这座塔几乎已经全受过了。它看上去那样的心力交瘁，很可能就连重力也会很快放弃它。

灵思风叹口气，绕过塔基往图书馆走去。

或者说往图书馆曾经所在的位置走去。

大门的拱顶还在，大多数墙壁也仍然立着，但房顶塌进去了好多，而且一切都让煤灰熏黑了。

灵思风呆呆站住，盯着它看了好一会儿。

然后他丢下飞毯撒腿就跑。大门被瓦砾封住一半，他跌跌撞撞地踩过去，差点滑一跤。脚下的石头感觉仍然很暖和，时不时还能看到书架的残骸在冒烟。

如果附近有人的话，他们就会看到灵思风前前后后地在瓦砾堆中飞奔，看到他绝望地到处扒拉，丢开烧焦的家具，掀开一块块从天而降的天花板——不过他倒并没有因为情绪激昂而生出什么超人的力量。

他们会看见他停下一两次好喘口气，然后继续一头往里扎，连手都被天花板穹顶上半熔的玻璃碴儿割破了。他们还会注意到他仿佛在抽泣。

终于，他的手指摸索到某种软绵绵、热乎乎的东西。

巫师发了疯似的把一根烧焦的横梁抛到旁边。他扒开一堆落在地上的瓷砖，然后使劲往里瞅。

在那底下，差点被横梁压扁、被火烤焦的，是一大串熟过头的、软趴趴的香蕉。

他拿起一根，动作非常小心。然后他坐下盯着它。

他吃掉了它。


"我们不该就那样让他走了。"柯尼娜说。

"哦，拥有雌兔眼睛的美艳小鹰啊，我们怎么可能拦得住他？"

"可他会干傻事的！"

"要我说这非常可能。"柯瑞索阴沉地说。

"而我们则十分聪明地坐在滚烫的沙滩上，不仅无所事事而且没吃没喝，对吧？"

"你可以给我讲个故事。"柯瑞索激动得有些发抖。

"闭嘴。"

沙里发伸出舌头舔舔嘴唇。

他哑着嗓门问："就连个短小的奇闻趣事也没指望了，我猜？"

柯尼娜叹口气："生活不只有故事而已，你知道。"

"抱歉。刚才我有些失控。"

日头已经很高了，布满碎贝壳的海滩像盐滩一样闪闪发光。阳光并没有让大海显得好些，它动起来的模样活像稀薄的石油。

海滩向两旁无尽地延伸，曲线平坦得让人难以忍受。地上空荡荡的，只有几丛没精打采的沙禾草靠浪花滋润勉强维生。到处都看不到一点阴凉。

"据我看，"柯尼娜说，"这是片海滩，也就是说咱们迟早会遇上一条河，所以我们只需要不断地朝某个方向前进就行了。"

"然而，爱丽忒山坡上令人愉悦的白雪啊，我们并不知道该选哪个方向。"

奈吉尔一面叹气一面把手伸进自己的袋子里。

"呃，嗯，"他说，"打扰一下，这东西能派上用场吗？我偷的。抱歉。"

他举起宝库里的那盏油灯。

"这是有魔力的，对吧？"他满怀希望，"我听说过这种东西，值得一试对不？"

柯瑞索摇摇头。

"可你说过，你祖父发家靠的就是它！"柯尼娜道。

"一盏油灯，"沙里发说，"他靠的是一盏油灯，不是这盏。不，真正的那盏是个破破烂烂的老东西，后来有一天来了个奸诈的小贩，说是新灯换旧灯，我的曾祖母就把那盏灯给他换了这盏。我们家族把它收藏起来，不过是纪念她的意思。真真是个蠢女人。这盏自然是毫无用处的。"

"你试过？"

"没。可要是它有用他就不会把它给别人了，不是吗？"

"擦擦看，"柯尼娜说，"又不会有什么害处。"

"要是我就不这么干。"柯瑞索警告说。

奈吉尔小心翼翼地把油灯拿在手里。它看起来光滑得有些奇怪，颇有流线型的感觉，就好像造它的人一心想弄出一盏速度飞快的油灯似的。

他擦了擦。

接下来的声光效果并不怎么出奇。有气无力的"噗"一声之后，奈吉尔脚边冒出几缕轻烟；在旁边几英尺远的沙地上出现了一条线，很快伸展开，圈出一个正方形。正方形里的沙子消失了。

一个人影从沙滩上弹出来，猛地停住，然后开始呻吟。

他裹着头巾，一身得花不少钱才能晒出来的橄榄色皮肤。他还戴了不少小金饰，身上穿的是条亮闪闪的短裤和一双脚趾部分往上弯的高级跑鞋。

他说："我需要先把事情搞搞清楚。我这是在哪儿？"

柯尼娜首先恢复过来。

"这是片海滩。"她说。

"哈。"神灯里的灯神说，"我指的是，哪盏灯？哪个世界？"

"你自己不知道？"

灯神伸手拿过神灯，奈吉尔丝毫没有反抗。

"哦，原来是这个老东西啊。"他说，"我正享受假期呢，每年八月都有两个星期。不过当然了，假总是休不成的。"

"你有很多灯吗？"奈吉尔问。

"我对灯确实过于投入了些。"灯神表示同意，"事实上我正在考虑多元化发展，比如戒指。眼下戒指似乎正流行。戒指界搞出了不少动静。抱歉，各位，我能有幸为你们效劳吗？"最后一句话语气一转，变成想要表现幽默时那种自嘲的口吻。很显然，灯神希望这能让他听起来不那么讨人厌。他想错了。

"我们——"柯尼娜张开嘴。

"我想来一杯。"柯瑞索厉声说，"而且你还应当说我的愿望就是你的使命。"

"哦，现如今谁也不会再这么讲话了。"灯神说着凭空变出只玻璃杯，还附赠柯瑞索一个热情的微笑。笑容总共持续了一秒钟的很小一部分。

"我们想要你带我们过海去安卡·摩波。"柯尼娜坚定地说。

灯神一脸茫然，然后他从空气里掏出一本很厚很厚的大书①开始翻阅。

"这主意听上去真是不错。"最后他说，"那就共进午餐，下星期二，如何？"

"共进什么？"

"眼下我有些精力过盛。"

"你有些……？"

---

① 那本书叫《满是谜》，所有靠神神怪怪混饭吃的人都能从中得到无价的帮助。书里的清单列出了每一件并不存在、而且很大程度上也无足轻重的东西。其中有些书页只有在午夜之后才读得出来，还有一些要求具备十分古怪并且很难实现的光线条件。你可以在书里找到各种信息，包括地下的星座和尚未酿造的葡萄酒。这书还有一个特别版，用蜘蛛皮做封面，专为真正新潮的神秘主义者准备。此版本里甚至加入了一张《伦敦地下图》，其中包含了公开的地图上从来不敢标出来的三个地铁站。——作者原注

"妙极了。"灯神真诚地说，然后他瞄一眼自己的手腕，"嘿，时间这就到了？"他消失了。

三个人在一片若有所思的沉默中注视着油灯，最后奈吉尔抱怨道："我说，以前那些穿着蓬松裤子的胖子哪儿去了？而且他难道不该说'噢主人，我遵从你的指示'？"

柯瑞索龇起牙。他刚刚喝完自己的饮料，结果发现那不过是冒泡泡的水，味道好似热烘烘的熨斗。

"见鬼，绝不能善罢甘休！"柯尼娜咆哮道。她一把从奈吉尔手里抢过油灯，死命擦起来，那劲头似乎很遗憾自己没抓着一把砂纸。

灯神换了个地方再次出现，这次仍然伴随着蔫不拉唧的爆炸和必不可少的烟雾。和上次一样，灯神成功地让自己在离爆炸和烟雾几英尺远的地方现身，没有受到那两者的伤害。

他正把个亮闪闪的弧形东西贴在耳朵上，听得十分专注，好在他还是抽空匆匆瞄了眼柯尼娜愤怒的表情。这一眼之后他立刻弯起眉毛，飞快地挥舞自己有空的那只手，设法向柯尼娜表示很不凑巧，自己刚好让些烦人的琐事缠住了，因而眼下没法将全副精力放在她身上，不过一旦他摆脱了那个纠缠不休的家伙，请她相信她的命令——她那无疑是极富格调、超凡脱俗的命令——必定会立即成为他的使命。

"我要把油灯砸烂。"柯尼娜轻声说。

灯神冲她粲然一笑，同时对着夹在他下巴和肩膀之间的那玩意儿说起话来，语速相当快。

"好，"他说，"妙极了。算我一份。叫你的人打给我的人。留在后头，OK？拜。"他把那东西放下，又含含糊糊地嘀咕了一句，"浑蛋。"

"我真的要把油灯砸烂。"柯尼娜道。

"这是哪盏灯来着？"灯神赶忙问。

"你总共有多少盏？"奈吉尔问道，"我一直以为每个灯神只有一盏。"

灯神一脸疲惫地解释说，事实上他有好几盏灯。有一盏地方虽然不大但布置得相当好，他平常都住那儿；另有一盏挺特别的灯，在乡下；还有一盏点灯芯草的，经过了非常仔细的修补，目前正在奎尔姆附近一个天然的葡萄种植区；而不久之前他还在安卡·摩波的码头找到一组被人抛弃的油灯，潜力巨大，一旦他那帮鬼机灵的弟兄过去，准能把那儿变成神秘学版本的办公区和酒吧。

他们满怀敬意地听着，就好像一群鱼，不小心游进了教飞行课的教室里。

"其他那些人、要打给你的人的那些人，他们是谁？"奈吉尔简直有些倾倒了，尽管他并不明白这是什么缘故，又或者自己究竟为了什么而倾倒。

"事实上，我目前还没有什么人。"灯神做个鬼脸，嘴角明显流露出上扬的趋势，"但我会有的。"

"现在所有人都闭嘴！"柯尼娜语气坚决，"你，带我们去安卡·摩波。"

"我要是你就照办。"柯瑞索说，"当这位年轻女士的嘴巴变得好像一个信箱的时候，最好还是照她说的做。"

灯神有些犹豫。

"交通运输我不大在行。"他说。

"学。"柯尼娜把油灯从一只手抛到另一只。

"传送术真的让我头疼。"灯神满脸绝望，"咱们干吗不干脆共进午——"

"好吧，我受够了。"柯尼娜说，"现在我只需要两块平坦的大石头——"

"行，行。手拉手，大家。我尽我所能就是了，但这很可能是个巨大的错误——"

过去，克鲁尔的天体哲学家曾以无可辩驳的逻辑成功地证明了一个命题，即所有的地方其实都只是一个地方，它们之间的距离不过是人类的幻觉。这消息让所有还在思考的哲学家都觉得挺尴尬，因为它没能解释，比方说，路牌。在好多年无休无止的争执之后，这个问题被交给了李·廷·韦德（尽管存在着一些反对的声音，但也的确有不少人认为此人是碟形世界最最伟大的哲学家[①]）。在略微思索之后，李·廷·韦德宣布说所有的地方确实只是一个地方，这点毫无疑问，不过那个地方是

---

[①] 至少李·廷·韦德本人从来都坚定地支持这种观点。——作者原注

个很大很大的地方。

精神上的秩序由此得以恢复。当然了，距离完全是个主观现象，魔法的生物知道该如何调整它以符合自己的需要。

只不过它们并不一定很在行就是了。


灵思风垂头丧气地坐在图书馆焦黑的废墟上，努力琢磨这片废墟到底有什么不对劲。

好吧，首先，一切都不对劲。图书馆竟然会被烧掉，这简直不可想象。它是碟形世界上魔法累积最多的地方，它是巫术的基础。从古至今所有被人使用过的咒语都写在某个地方。烧了它们简直就是……就是……就是……

再说这里也看不见灰烬。木头的灰倒很多，还有许许多多锁链、烧焦的石头，以及各种各样的乱七八糟。但好几千本书烧起来可不是那么容易的。它们会留下没烧干净的封皮，还有一堆堆皮革的灰烬。可这儿哪有它们的影子？

灵思风用脚趾扒拉扒拉瓦砾。

他只能看见图书馆的大门。然后还有地窖——往下的楼梯被垃圾堵得死死的——但你不可能把所有的书都藏在那底下。你同样不可能用传送术把它们送出去，对这类魔法它们会拼死抵抗；如果有人硬要尝试，最后只能把脑花戴在帽子上。

头顶上传来爆炸声。一圈橙红色的火焰在大法之塔的中部形成，它迅速爬升，然后朝奎尔姆飞去。

灵思风在自己临时拼凑的座位上转了个方向，抬头瞥了眼艺术之塔。他有种强烈的感觉，觉得塔也在看着他。塔上连半扇窗户都没有，但有那么一瞬间，他觉得自己在坍塌的角楼中间看到了什么动静。

他不知道这座塔究竟多大岁数。反正肯定比大学老。也比双城要老，因为双城就是围绕着它建造的，就好像碎石环绕着大山。说不定它比地质结构还要老。灵思风知道，曾经有段时间大陆的模样也跟现在不同，之后很久它们才挤挤挨挨地靠得更舒服了些，就像装在同一个篮子里的小狗。没准塔来自别的什么地方，是被石头的潮汐推上了岸，没准它比碟形世界还要出现得早。不过灵思风并不喜欢往这个方向想，因为它会引起诸如谁造了它以及为什么要造它这类令人不甚舒服的问题。

他检查了一遍自己的良心。

结果对方说：我已经走投无路了。你爱怎么就怎么吧。

灵思风站起来，拍拍袍子上的灰尘，还从布料上弄掉了不少红色的绒毛。他摘下帽子，专心致志地把帽尖扶正，然后重新戴上它。

他摇摇晃晃地往艺术之塔走去。

塔底有一扇小门，非常之老。他走近时门自己开了，灵思风半点也没觉得吃惊。


“这地方真奇怪。”奈吉尔说，“墙上的弧线挺搞笑。”

"我们这是在哪儿？"柯尼娜问。

"这里有没有酒喝？"柯瑞索问。不等人家吭声他又自问自答："多半没有。"

"还有为什么它在晃？"柯尼娜道，"我还从没见过金属的墙壁呢。"她吸吸鼻子，满脸狐疑，"你们有没有闻到一股子油味？"

灯神重新出现，不过这次没有烟，也没有那种忽地一下蹦出来的特效。很明显他不大敢靠近柯尼娜，在礼貌许可的范围内，躲她要多远有多远。

"大家都还好吗？"他问。

"这里是安卡吗？"柯尼娜道，"当我们说想去安卡的时候，原指望你能把我们带到个有门的地方。"

"你们正在路上。"灯神说。

"你是说，我们在交通工具里？"

精灵有片刻的迟疑，那模样让奈吉尔的大脑从立式起跑的姿态一举跳到了一个难以置信的结论。他低头看看自己手里的油灯。

他试着摇了摇。地板晃动起来

"哦，不，"他说，"这完全违背物理原理。"

"我们在油灯里？"柯尼娜问。

奈吉尔想往壶嘴里看，房间又是一阵哆嗦。

"不必为这担心。"灯神说，"事实上，如果可能的话，根本别去想它。"

他解释说——尽管"解释"这个词实在包含着太多正面的含义，而灯神的做法更像是没能解释，但无论如何他还是表达出了如下的意思：搭乘一盏小油灯环游世界是完全可能的，哪怕油灯就拿在油灯里头其中一个人的手上，油灯本身在动是因为它被里头其中一个人拿在手上，这是因为：第一，现实的不规则性，也就是说一切都可以被想象成位于一切东西里头；第二，创造性的公关。成功的关键就在于，在旅程结束之前不要让物理学的定理注意到漏洞的存在。

"所以说，在这种情况下，最好还是别去想它，呃？"灯神说。

"就好像出现了一头粉红色的犀牛，你却让我们别去想它。"奈吉尔发现大家都盯着自己，于是干笑几声。

"这是一种游戏，"他说，"尽量避免想到粉红色的犀牛。"他咳嗽两声，"我又没说它是什么顶呱呱的好游戏。"

他再次眯着眼往壶嘴里看。

"的确，"柯尼娜说，"是不怎么样。"

"嗯，"灯神说，"有人想来杯咖啡吗？再加点音效？或者抓紧时间玩局追索①？"

---

① "追索"是在神、半神、妖魔以及其他超自然生物中间非常流行的小游戏，因为只有他们才对"这一切究竟有什么意义"以及"最终这究竟产生了什么结果"之类的问题轻车熟路。——作者原注

"酒？"柯瑞索问。

"白葡萄酒？"

"恶心的烂泥。"

灯神一脸震惊，半天才开口道："红葡萄酒才不好呢，对于——"

"对于任何场合都不适宜。"柯瑞索飞快地往下说，"连索德纳酒都一样，好在索德纳里头倒是没有小纸伞。"沙里发慢慢反应过来，自己或许不该这么跟灯神说话，于是他努力挽回，"不要小纸伞，看在纳斯里的五轮月亮的份上，也不要水果沙拉或者橄榄或者弯弯的稻草吸管和装饰用的猴子。我以萨鲁丁的十七块蓝石英的名义命令汝。"

"我本来也不喜欢小纸伞。"灯神闷闷不乐地说。

"这里头太空了，"柯尼娜说，"你干吗不摆些家具？"

"我所不明白的是，"奈吉尔说，"假如我们都在我手里的这盏油灯里，那么油灯里的那个我手里肯定有盏更小的油灯，而在那盏油灯里——"

灯神慌忙朝他摆手。

"别谈起这事！"他命令道，"拜托！"

奈吉尔皱起他诚实的眉头。"好吧，不过，"他说，"到底是有好多个我还是怎么的？"

"这是个无限循环，拜托别引起别人对它的注意，好吗？……噢，见鬼。"

他们听到一种微妙的、令人不快的声响，显示宇宙突然回过神来了。

塔里黑黢黢的，那是古老黑暗的坚硬核心，自亘古便存在着。日光这个暴发户附着在灵思风身上溜进塔来，它的入侵让黑暗很是不满。

门在灵思风身后关上，他感到空气在动，黑暗涌回来，将先前被阳光占据的空间完全填满，哪怕光线还在，你也不可能看见两者汇合的地方。

塔内弥漫着古老的气息，还带着一点点乌鸦屎的味道。

站在这样的黑暗里很需要勇气。灵思风不怎么勇敢，但他还是站着没动。

有什么东西在他脚下呼哧呼哧，灵思风稳如泰山。他之所以没有动弹，唯一的原因就是害怕自己会踩上什么更糟糕的东西。

然后，一只皮手套似的手碰了碰他的手，动作很轻很轻。一个声音说："对——头。"

灵思风抬起眼睛。

头顶一道明亮的闪光，这一次黑暗终于退让。灵思风看见了。

整座塔里排满了书。环绕塔身的破烂旋梯上，每一级台阶都被书挤得满满当当。地板上堆的也全是书，尽管从它们堆起来的方式看，说"依偎"或许更准确些。它们还蹲在——好吧，它们还栖息在——每一个濒临倒塌的窗台上。

它们在悄悄地观察他，只不过所用的并非通常的第一到第六感。书是很会传情达意的——尽管传达的倒不一定是它们自己的情意。灵思风猛地明白过来：它们有话想告诉他。

又是一道闪光。他意识到那是来自大法之塔的魔法，顺着通到天花板的洞反射下来。

至少它帮灵思风看清了在自己右脚边呼哧的原来是旺福司，这让他安心不少。现在只要能搞清楚左耳朵边上那轻柔又固执的嚓嚓声究竟是什么……

一道闪光再次满足了他的心愿，他发现自己正对着王公那双黄色的小眼睛。蜥蜴很有耐心地拿爪子扒拉着玻璃瓶，那是种无意义的动作，很轻柔，仿佛他并非真的打算越狱，仅仅是有点儿好奇，想知道要花多长时间才能把玻璃磨穿。

灵思风低头看看图书管理员那梨子形的大块头身躯。

"这里足有好几千本书。"他的声音原本就低，之后又被无数排魔法书吸收、湮灭，"你怎么把它们全弄过来的？"

"对——头，对——头。"

"它们什么？"

"对——头。"图书管理员用光秃秃的胳膊肘用力比画出拍击的动作。

"飞？"

"对——头。"

"它们能飞？"

"对——头。"猩猩点点头。

"那模样肯定很壮观。哪天我也想瞧瞧。"

"对——头。"

并不是每本书都安然无恙。比较厉害的大魔法书大都成功脱逃，不过一部七卷本的草药书在火里遗失了目录，还有不少的三部曲在哀悼自己失去的兄弟姐妹。许多书脊上都有炙烤的痕迹，有些书没了封皮，订书线很不舒服地垂在地板上。

一根火柴被擦亮了，墙边的书页起起伏伏，显得很不安，但那不过是图书管理员在点蜡烛。他在靠墙的地方摆了张大桌，桌面上铺满古老的工具，另有好多罐稀罕的黏合剂和一个装订台。台子上已经绑了本受伤的对开本。几道微弱的魔法火焰从书上爬过。

猩猩把蜡烛塞进灵思风手里，自己拿起一把手术刀和一把镊子，朝那本哆哆嗦嗦的书低低弯下腰去。灵思风脸色变得苍白。

"嗯，"他说，"呃，我走开些你不介意吧？一看见胶水我就头晕。"

图书管理员晃晃脑袋，又伸出大拇指，心不在焉地指了指一盘子工具。

"对——头。"他命令道。灵思风可怜巴巴地点点头，乖乖递给对方一把长剪刀。两张损坏的书页被剪下来丢到地上。灵思风脸上的肌肉一阵扭曲。

"你要对它干吗？"他好容易挤出几个字。

"对——头。"

"切除阑尾？哦。"

猩猩又拿大拇指一指，这次连头也没抬。灵思风从盘子上的一个格子里翻出针线递给对方。塔里很静，唯一能听到的只有针线穿过书页的声响。过了许久，图书管理员终于直起腰来：

"对——头。"

灵思风掏出自己的手巾，帮猩猩擦去额上的汗水。

"对——头。"

"不客气。它——它会好起来吧？"

图书管理员点点头。在他俩头顶，一排排书很轻很轻地舒了一口气。

灵思风坐下来。书都在害怕。事实上它们吓坏了，大法师的出现让它们脊柱发凉。每本书的注意力都集中在灵思风身上，巨大的压力像罪恶一般从四面八方向他迫近。

"好吧，"他嘀咕道，"可我又能怎么样？"

"对——头。"图书管理员看他一眼。戴半月形眼镜的人常常从眼镜顶上看人，从而流露出一种困惑的神气；猩猩刚才也是同样的神态，只不过他并没有戴眼镜。他伸手拿过下一本书。

"我是说，你知道我的魔法不灵光。"

"对——头。"

"现在可是大法呢，那东西很恐怖。我是说，那是万法之源，最早的玩意儿，从时间开始的时候就有了。或者至少是早饭前后。"

"对——头。"

"最终它会把一切都毁掉，对吧？"

"对——头。"

"该有人出来阻止这所谓的大法了，不是吗？"

"对——头。"

"只不过这人肯定不是我，你瞧。过来的时候我本来以为自己能干点啥，可那座塔，它太大了！肯定能抵挡所有的魔法！要是最厉害的巫师都无计可施，我还能怎么样？"

"对——头。"图书管理员一面缝合破损的书脊，一面表示同意。

"所以，你瞧，我认为这一次可以换别人来拯救世界了。这事儿我不在行。"

猩猩点点头，伸手从灵思风头上摘走了他的帽子。

"嘿。"

图书管理员没理他，径自拿起一把剪刀。

"听着，那是我的帽子，能不能麻烦你……你要是敢——"

巫师飞身跃起，结果脑袋上砰地挨了一下，假如他有时间思考，肯定会惊讶莫名。平常管理员总是拖着脚走在图书馆里，摇摇晃晃，活像只好脾气的气球，所以大多数人都忘了，在那张松垮垮的毛皮下面是超级坚固的骨头和肌肉，足以将裹着厚厚老茧的满把指关节送进厚实的橡木板子。撞上图书管理员的胳膊就等于撞上一根毛茸茸的铁棍。

旺福司开始上下蹦弹，激动得汪汪直吠。

灵思风发出一声嘶喊，那是种根本没法翻译的怒吼。他从墙上反弹回来，抓起一块石头权当大棒，抬脚就往前冲。然后他死死地定住了。

图书管理员蹲在地板中央，剪刀挨着——不过还没开剪——他的帽子。

而且他还在朝灵思风咧嘴笑。

他俩定了几秒钟，活像凝固的油画。然后猩猩丢下剪刀，从帽子上拍下几粒并不存在的灰尘，扶正帽尖，把它放回了灵思风的脑袋上。

片刻的震惊之后，灵思风注意到自己还伸直着胳膊，手上拿着块死沉死沉的大石头。此时石头尚未从震惊中恢复，一时忘记了要落到他脚背上，他好歹及时把它转移到了身侧。

"我明白了。"巫师软绵绵地靠回墙上，双手揉着自己的胳膊肘，"这一切都是为了要告诉我点什么，对不？一堂道德课，让灵思风面对他真正的自我，让他弄明白他真正愿意为什么而战，呃？好吧，这把戏实在太廉价了。让我说点新闻给你听。如果你以为它奏效了——"他一把抓住帽檐，"如果你以为它奏效了。如果你以为我已经……你得重新想想。听着，这真是……如果你以为。"

他结巴半晌，最后闭上嘴。然后他耸耸肩。

"好吧。可是说到底，我到底能干什么？"

图书管理员以一个舒展的手势回答了他的问题，表达出的意思就好像一句"对——头"一样明白无误：灵思风是巫师，他拥有一顶帽子、一图书馆的魔法书和一座塔，对于修习魔法的人，这可以说是拥有了一切。此外他还有一只猩猩、一只口臭的小猎犬和一只装在玻璃罐子里的蜥蜴呢。当然附加的这几样倒并非必需。

灵思风感到自己脚上有些压力。旺福司的反应一向非常之慢，现在它正把空荡荡的牙龈合在巫师靴子上，使劲往脚趾所在的部位咬。

灵思风抓住小狗的后颈和它屁股上的硬毛——在找到更合适的字眼之前，我们姑且管那叫尾巴好了——轻轻把它拎到一边。

"好吧，"他说，"你最好跟我说说这里到底怎么回事。"


巨大、寒冷的斯托平原中央，安卡·摩波像一袋掉在地上的杂货一样往四方伸展。从俯瞰平原的卡里克山脉上看过去，这番景象格外壮观。战场上，射偏和反弹的魔法向上、向外扩张，凝固成碗状的云朵，中心闪烁出奇特的光彩。

出城的路上挤满了难民，路旁的旅店、客栈家家爆满。或者说几乎家家爆满。

在通往奎尔姆的大路旁，有家挺舒适的小酒馆就坐落在大树之中，但似乎没人愿意光顾。这并非由于大家不敢进去，只不过是眼下不允许他们注意到它的存在。

大约半英里之外，空气中有些波动——三个人影凭空掉进了一大片薰衣草丛里。

他们挺消极地躺在阳光底下，躺在被自己砸坏、压扁的枝叶中间，等着自己的神志回到原位。最后柯瑞索问："我们这是在哪儿，你们觉得？"

"闻起来跟有些人放内衣的抽屉差不多。"柯尼娜回答道。

"绝对不是我的。"奈吉尔坚决否认。

他小心翼翼地站起来，动作很慢很慢："有人看见那盏灯了吗？"

"忘掉它。多半是为修酒吧卖掉了。"柯尼娜道。

奈吉尔在薰衣草丛中间摸索半天，终于碰到一个金属质地的小东西。

"找到了！"他大声宣布。

"别擦！"另外两个人异口同声，可还是慢了一步。不过这其实也没什么，因为奈吉尔谨慎的擦拭并没产生任何效果，只在半空中出现了几行火红的字迹。

"'嗨'，"奈吉尔念起来，"'不要放下油灯，因为您的生意对我们很重要。请在音乐过后留下您的愿望，然后，很快地，它就会变成我们的使命。与此同时，请愉快地度过永恒。'"念完他添上一句评论，"我说，我觉得他是有点过于投入了。"

柯尼娜一言不发。她的目光穿过平原，落在灼热的魔法风暴上。时不时地，其中一些会脱身出来，飞向远处的某座塔。尽管温度不断升高，但她还是忍不住打了个寒噤。

"我们应该尽快下去，"她说，"这非常重要。"

"为什么？"柯瑞索问。他才只喝了一杯葡萄酒而已，还没能真正恢复之前的随和。

柯尼娜张开嘴，然后——这在她身上是极不寻常的——又把嘴闭上了。这事儿你能怎么解释？她身体里的每一组基因都在拖着她往前走，告诉她应该参与进去。长剑和流星锤的幻影不断侵入她意识中的美发沙龙，原因就这么简单。

奈吉尔正相反，他完全体会不到这样的压力。要让他前进有他自己的想象力就够了，而他的想象力确实不少，浮起一支中等大小的舰队都绰绰有余。他眺望双城的方向，只可惜他原本就没什么下巴，否则他的下巴上一定会显露出坚毅的线条。

柯瑞索意识到自己成了少数派。

"那底下有酒没有？"他问。

"多得很。"奈吉尔回答道。

"那还说得过去。"沙里发勉强让步，"得，带路吧。哦，粉红色胸脯的美丽——"

"不准再念诗了。"

他们从薰衣草丛中挣脱出来，沿着山坡往下，最后走上了大路。不久他们便经过了之前提到的小酒馆，或者，按照柯瑞索坚持的说法，那间富于异国风情的客舍。

他们迟疑着不想进门，因为它看起来并不怎么热情好客。柯尼娜的遗传和教养都让她喜欢往建筑背后转悠——她发现院子里拴了四匹马。

三人小心翼翼地打量它们一番。

"这可是偷窃。"奈吉尔慢吞吞地说。

柯尼娜张开嘴准备表示赞同，结果"有什么不可以"几个字却抢先一步溜了出来。她耸耸肩。

"或许我们该留点钱——"奈吉尔建议说。

"别看我。"柯瑞索道。

"又或者写张字条塞在什么地方，诸如此类的。你们怎么想？"

柯尼娜的回答是纵身跃上最高大的那一匹。它大概属于某个士兵，因为马上到处悬挂着武器。

柯瑞索笨手笨脚地爬上了第二匹马。它浑身枣红，看上去有点神经质。沙里发叹了口气。

"她又露出信箱的表情了，"他说，"我要是你就照她说的做。"

奈吉尔疑虑重重地打量着剩下的两匹马。其中之一非常高大，而且白到了极点。不是大多数马好不容易才能保持的灰白色，而是一种半透明的象牙白。奈吉尔感到一种下意识的冲动，想把它形容成"裹尸布"。它还让他强烈地感觉到自己比不上它那么机灵。

他选了另外那匹。它有点瘦，但脾气温驯，上马的时候他只失败了两次。

他们出发了。

马蹄声几乎完全没有穿透酒馆里的阴郁气氛。店主人觉得自己好像在梦游。他知道店里来了客人，他跟他们讲过话，他甚至能看见他们靠近火炉围坐在一张桌子周围。可如果有人要他描述他到底跟谁说了话，又看见了些什么，他就会觉得很茫然。这是因为人类的大脑很聪明，懂得该怎样把自己不想知道的事情拒之门外。此时此刻，他的大脑简直可以为银行的金库保驾护航。

还有那些酒！大多数他连听也没听过，可稀奇古怪的瓶子不断出现，摆满了啤酒桶上边的架子。问题是每次想琢磨琢磨，他的念头都会滑开去。

桌旁的几个人从扑克牌上抬起眼睛。

其中一个抬起一只手。这手接在他胳膊的尽头，而且还有五根手指，店主人的大脑论证道。所以它肯定是只手。

有一样东西就连他的脑子也无能为力，那就是这人的声音。它听起来活像是有人在拿一卷铅皮敲打石头。

**开酒馆的。**

店主人发出微弱的呻吟。恐惧像许多滚烫的喷灯，正一步步熔化他心灵的铜墙铁壁。

**让我瞧瞧，我说。再来杯——那叫什么来着？**

"血腥玛丽。"这一个声音点起饮料来也好像在宣战。

**哦，没错。外加——**

"我要一小杯蛋酒。"瘟疫说。

**一杯蛋酒。**

"里头放粒樱桃。"

**很好。**那个沉甸甸的声音显然在撒谎，**也就是说再给我来一小杯葡萄酒。**说话的人朝桌子对面瞟了一眼，那里坐着四人组的第四人，然后他叹口气，**你最好再上一碗花生。**


大约三百码之外的路上，几个盗马贼正努力适应一种全新的体验。

"的确跑得很平稳。"奈吉尔终于挤出一句。

"而且——而且风景也非常可爱。"柯瑞索的声音消失在气流当中。

"不过我在想，"奈吉尔道，"我们究竟是不是做对了。"

"我们在动，不是吗？"柯尼娜质问道，"别那么婆婆妈妈的。"

"只不过，那个，从上往下看积云实在有点——"

"闭嘴。"

"抱歉。"

"再说了，它们是层云。最多不过是一层积云。"

"当然。"奈吉尔可怜巴巴地说。

"这两者有什么区别吗？"柯瑞索平趴在马背上，紧紧闭着两只眼睛。

"大约一千英尺。"

"哦。"

"也可能是七百五十。"柯尼娜承认。

"啊。"

大法之塔在颤抖。带拱顶的房间和亮闪闪的走廊里到处充满彩色的烟雾。在最顶上的大屋里，油腻腻的厚重空气中一股子锡烧熔的味道，好多巫师都被战斗耗尽了脑力，昏厥过去，但剩下的人还是不少。他们围成一个大圈坐在地上，全神贯注地将精力集中在一起。

如果你用力睁大眼睛，就会看见空气在闪烁。那是纯粹的魔法，从科银手里的法杖一直流向八元灵符的中心。

奇特的形态冒出来，片刻之后又消失不见。在这里，现实的材质被生生塞进了压榨机。

卡叮打了个哆嗦，他转开眼睛，免得看到什么实在没法视而不见的东西。

碟形世界的幻影悬在剩下的高阶巫师面前。卡叮把目光转回去，正好看见奎尔姆城上的小红点闪烁着熄灭了。

空气噼啪作响。

"奎尔姆完了。"卡叮喃喃地说。

"现在只剩下阿尔·喀哈里。"另一个巫师接口道。

"那儿有些力量还挺有本事。"

卡叮阴沉沉地点点头。他其实挺喜欢奎尔姆，那是座——曾经是座叫人愉快的小城市，就建在边缘洋的岸边。

他隐隐约约记得，小时候人家带他去过那儿。有一会儿工夫，卡叮回首往事，不由有些伤感。他记得城里长了许多野生的天竺葵，随着鹅卵石铺就的小街上上下下，空气中满是它们散发的香气。

"从墙里长出来的。"他大声说，"粉红色。开的花是粉红色。"

在场的巫师全都一脸奇怪地看着他。这其中有一两个特别疑神疑鬼，甚至超过巫师的平均水平，闻言连瞟了墙壁好几眼。

"你还好吧？"一个巫师问。

"嗯？"卡叮道，"哦，还好，抱歉。走神了。"

他转过头去瞥了科银一眼。男孩坐在圆圈之外，法杖横放在膝盖上，似乎睡着了。或许他真睡着了。但卡叮那饱受折磨的灵魂很清楚，法杖并没有睡。它在监视他，在窥探他的内心。

它什么都知道。它甚至知道那些粉红色的天竺葵。

"我从来没想让事情变成这样，"他柔声道，"我们想要的不过是一点点尊重而已。"

"你确定自己没事吗？"

卡叮心不在焉地点点头。他的同伴重新开始集中精神，他趁机瞅瞅他们。

不知何时,他的老朋友们一个个都不见了。好吧,其实说不上朋友。巫师从来没有朋友,至少没有同样身为巫师的朋友。这里我们需要另一个字眼。啊,没错,就是它,敌人。不过却是一种非常有风度的敌人,是绅士,这行当里的精华。不像这些人,无论他们看起来比过去厉害了多少。

浮到顶上来的可不只是精华而已,卡叮愤愤地想着。

他把注意力转向阿尔·喀哈里,用自己的精神去探究。他知道那里的巫师多半也正做着同样的事情;大家都在不停地搜索敌人的弱点。

他暗自琢磨:我会不会是个弱点?锌尔特本来有话想跟我说。跟那法杖有关的。人应该控制法杖,而不是反过来……它在掌控他,引导他……真希望当时听了锌尔特的话……这事儿不对劲,我就是个弱点……

他重新来过,骑在力量的潮汐上,让它们将自己的精神带进敌人的塔里。就连阿必姆也在利用大法,于是卡叮调整波频,迂回着绕开了矗立在自己面前的防御。

阿尔·喀哈里之塔的内部出现在他眼前,渐渐地越来越清晰……

行李箱咚咚地走在亮闪闪的走廊上。眼下它极度愤怒。它被从冬眠中叫醒,它被人轻蔑地拒绝,它在短期内连续遭到神话中各种生物的袭击（当然如今对方已经不仅是神话中的生物，同时也变成了已灭绝的生物），除此之外它的头也痛得要命。现在，当它走进大厅，它侦察到了校长帽的存在。那顶讨厌的帽子，那造成一切痛苦的罪魁祸首。它坚定地向前迈进……

卡叮试探着阿必姆精神上的防御，发现对方的集中力有些涣散。有一瞬间他透过敌人的眼睛往外看，看见那矮胖的长方体在石板上慢慢跑着。有一瞬间阿必姆试图收回自己的注意力，然而他就像一只猫，眼看有吱吱叫的小东西从跟前跑过，实在是不能自已。卡叮发动了攻击。

攻势不算猛烈，也没有必要。阿必姆的精神正接收巨大的力量，想让它们保持平衡并不容易。在这样的状态下，根本不需要多少压力就能让它坍塌。

阿必姆伸出双手准备把行李箱炸飞，结果自己却尖叫起来，叫声很快戛然而止。他内爆了。

在周围的巫师看来，他仿佛在几分之一秒里突然变得无限小，然后便消失了踪影，留下的只有黑色的残影……

比较机灵些的巫师已经开始逃跑……

就在这一刻，阿必姆操控的魔法涌回来，再没有什么可以约束它了。巨大的爆炸把校长帽炸成碎片，整座塔最底下几层完全化为乌有，残存的城市也消失了好大一块。

安卡巫师的注意力几乎全都集中在敌人的大厅里，此时他们都被共振吹到了房间的另一头。卡叮仰面落到地上，帽子滑下来盖住了眼睛。

他们把他拉起来，为他拍干净灰尘，一路抬到科银和法杖跟前，嘴里还大声欢呼——尽管年纪比较大的几个巫师在欢呼上显得比较克制。不过，卡叮对这一切似乎都心不在焉。

他低下头，脸朝着男孩，却似乎什么也没看见。接着，他慢慢将双手举到耳边。

"你没听见它们的声音吗？"他问。

巫师们全都安静下来。卡叮体内仍然流动着力量，他的语气简直可以平息雷暴。

科银的眼睛闪出光芒。

"我什么也没听见。"他说。

卡叮转向其他巫师。

"你们也没听见它们的声音吗？"

他们摇摇头。其中一个问："听见什么，兄弟？"

卡叮笑了，一个灿烂而疯狂的微笑。就连科银也不禁后退半步。

"你们很快就会听见的，"他说，"你们造出了一座灯标。你们全都会听见它们的声音。不过并不会听很久。"几个年轻些的巫师原本扶着他的胳膊，卡叮推开他们，逼近科银身边。

"你往这个世界倾倒大法，现在别的东西也跟来了。"他说，"过去也曾有人为它们开路，但你却给了它们一条大道！"

他猛地往前冲，从科银手里夺过黑色的法杖，使劲朝墙上砸过去。

法杖还击了。卡叮浑身变得僵直，然后他的皮肤开始起泡。

大多数巫师都设法转开了眼睛。少数几个——哪儿都会有几个这样的家伙——带着病态的专注看得入了迷。

科银也在看着。他惊异地睁大眼睛，一只手抬起来捂住了嘴。他想后退，但他做不到。

"这些是积云。"

"好极了。"奈吉尔有气无力地说。

**重量与这没有关系。我的坐骑曾驮起军队，我的坐骑曾驮起城市。的确如此，万事万物都有自己该走的时刻，而它能驮起它们中的每一个，死神说道，但它不会驮你们三个。**

"为什么不？"

**这关系到形象是不是好看的问题。**

"不驮我们就会很好看了，嗯？"战争不耐烦地说，"末日的一位骑士，外加三个走路的。"

"或许你可以跟他们说一声，让他们等等咱们？"瘟疫的声音仿佛是从棺材底滴下来的什么东西。

**我还有事情要处理。死神道。**他轻轻把牙齿合拢，发出"咔嗒"一声响。**我敢肯定你们自己能应付。你们通常都是如此。**

战争目送死神的坐骑越走越远。

"有时候他真叫我心烦。为什么总要让他说了算？"

"我猜是习惯成自然。"瘟疫回答。

他俩回到小酒馆里。有一阵子谁也没说话，然后战争问："饥荒哪儿去了？"

"去找厨房了。"

"哦。"战争伸出套着护甲的脚在灰尘里蹭蹭，他想到了从这里到安卡的距离。这天下午热得紧，末日大可以多等一会儿。

"上路之前再来一杯？"战争提议道。

"这样好吗？"瘟疫有些顾虑，"人家不是在等咱们吗？我是说，我可不想叫人失望。"

"喝一杯的时间总还是有的，我敢肯定。"战争坚持道，"酒吧里的钟从来不准。时间还多着呢，世上所有的时间都多着呢。"


卡叮向前扑倒，"砰"一声撞在闪亮的白色地板上。法杖从他手里滚出来，又自己直起身子。

科银伸出一只脚，踢了踢他毫无生气的身体。

"我早就警告过他，"他说，"我告诉过他要是再碰法杖会有什么下场。他说的是什么东西，它们？"

一时间咳嗽声此起彼伏，还有无数人开始检查自己的手指甲。

"他什么意思？"科银质问道。

欧汶·哈喀德里，也就是魔法传承的讲师，再次发现自己周围的巫师像晨雾般散开了。虽然他自己一动没动，却仿佛突然往前走了好几步。他的眼珠子像走投无路的野兽一样前前后后直打转。

"呃，"他恍恍惚惚地挥舞着瘦巴巴的双手，"世界，你瞧，我是说，我们所生活的现实，事实上，可以把它想成是，打个比方说，胶皮。"他略略迟疑片刻，因为他意识到一个问题：自己刚才那番话肯定不会出现在任何人编纂的名言警句大全里。

"之所以这样说，"他慌慌张张地补充道，"是因为任何魔法的存在都会让世界扭曲，呃，肿胀，而且，恕我直言，太多的魔法潜能，如果全都聚集在某一点，就会迫使我们的现实，嗯，往下沉，尽管我们当然不应当照字面上的意思去理解这话（因为我绝没有暗示说我讲的是物理上的维度），并且我们断定，只要有足够的魔法发生作用，它就能……怎么说呢，呃，它就能从现实的最低点将其突破，并且可能为低层位面（也就是被那些多嘴多舌的人叫作地堡空间的地方）的居民，或者假如允许我使用一个更确切的术语，为那里的住户，打开一条通道，而这些生物，或许是由于能量等级与我们有差异，天然就被这个世界——我们的世界——的光亮所吸引。"

接下来照例是一阵漫长的寂静，它总是紧接着哈喀德里的发言出现，因为大家都需要一点时间，好往段落里加进标点，再把支离破碎的句子缝一缝补一补。

科银的嘴唇无声地嚅动半晌。最后他问："你是说魔法会引来那些生物？"

他的声音与之前很不一样，似乎少了许多尖锐的气势。法杖在卡叮身体上方缓缓旋转。在场的每一个巫师都注视着它。

"看来是这样。"哈喀德里道，"据研习这类东西的人说，它们的出现总以沙哑的耳语作为开端。"

科银似乎不大明白。

"它们嘶嘶响。"一个巫师热心地解释道。

男孩单膝跪下，凑近卡叮瞅了瞅。

"他一动也不动，"他挺慎重地问，"是不是正在遭受什么不幸？"

"有这个可能。"哈喀德里的回答小心谨慎，"他死了。"

"真希望他没死。"

"这一观点，据我猜测，他自己也会赞同。"

"不过我可以帮他。"科银伸出双手，法杖滑进他手里。如果它有脸，此刻它一定会露出得意的笑容。

科银再开口时，又恢复了过去那种遥远、冰冷的口吻，就好像他是在一座铁房子里说话似的。

"如果对失败没有惩罚，成功也不会受到奖赏。"他说。

"抱歉，"哈喀德里道，"我没听明白。"

科银转过身，大步走回自己的椅子前坐下。

"我们应当无所畏惧。"这话听起来更像是在发号施令，"地堡空间里的怪物算什么？假如它们来惹麻烦，那就赶走它们！真正的巫师什么也不怕！什么也不怕！"

他猛地站起来，大步走到世界的幻象跟前。那图像的每一个细节都完美无瑕，你甚至能在地板之上几英寸看到星际空间的深处；在那里，大阿图因的幻影正缓缓往前滑行。

科银满脸不屑地把手一挥，他的手臂穿透了幻影。

"我们的世界是魔法的世界。"他说，"在这样的世界里，还有什么能同我们对抗？"

哈喀德里感到自己似乎应当说点什么。

"绝对没有。"他说，"当然，神除外。"

四下里一片死寂。

"神？"科银的声音轻极了。

"那个，没错。那是当然，我们不能挑战神。他们干好他们的活计，咱们干好咱们的。完全没有必要——"

"碟形世界由谁统治，巫师还是神？"

哈喀德里飞快地思考。

"哦，巫师，当然是。不过是……那个……在神底下统治。"

如果你一不小心把一只靴子踩进了沼泽，那自然是很叫人不快的。但还有件事能让你更加不快，那就是另一只靴子也跟着落了下去，并且在又一阵柔和的吮吸声之后同样消失了踪影。

都到了这地步，哈喀德里仍然不肯收手。

"你瞧，巫术比较——"

"也就是说，我们比不上神强大了？"科银道。

在人群后排，几个巫师的双脚开始不安地挪动。

"那个，是也不是。"哈喀德里已经被沼泽淹到了膝盖。

事实上，提到神，巫师总难免要紧张。在这一问题上，住在天居山上的神从来没有清楚地表明过态度，所以巫师干脆能躲就躲。神不是好对付的，如果他们不喜欢什么东西，你别想他们会事先给点提示什么的。常识告诉大家，最好不要把神逼到不得不拿定主意的境地。

"你对此似乎还不大确定？"科银问。

"假如允许我建议——"哈喀德里说。

科银一挥手，墙壁消失了。巫师们站在大法之塔的最高处，目光不约而同地转向远方的天居。它的山顶就是众神的居所。

"当你打败了所有人，还能同你战斗的也只剩下神而已。"科银说，"你们中有谁见过神吗？"

四下里一片迟疑的否定。

"我这就让你们看看。"


"你还可以再喝上一杯，老小子。"战争道。

瘟疫前前后后地晃悠着。"我敢说咱们该上路了。"他嘴里尽管嘟囔，但看来也并不是太确定。

"哦，来吧。"

"那就半杯，然后咱们就真得走了。"

战争使劲拍拍他的后背，又瞪了眼饥荒。

"而且咱们最好是再来十五袋花生米。"他补充道。


"对——头。"图书管理员总结道。

"哦，"灵思风说，"这么说问题出在那根法杖。"

"对——头。"

"就没人试过把它夺走吗？"

"对——头。"．

"那他们都怎么了？"

"对头？"

灵思风大声呻吟起来。

图书管理员已经熄灭了蜡烛，因为裸露的火焰会让书精神紧张。灵思风也渐渐习惯了塔里的光线，这时他才意识到那根本不是黑暗。书本散发出柔和的第八色光，充满了塔的内部。尽管它其实说不上是光，但却是一种让你能看见东西的黑暗。时不时地，僵硬的书页会活动活动身体，于是就会从暗处飘出沙沙的声响。

"所以，基本上说，我们的魔法是无论如何也没法打败他的，对吧？"

图书管理员以一个快快不乐的"对——头"表示同意，同时继续以屁股为轴心轻轻打转。

"那还有什么可说的？或许你已经注意到了，我在魔法这方面并不能说是很有天赋？我的意思是说，要是跟人决斗，那场面绝对会非常简单："哈啰，我是灵思风。'紧接着就是砰砰砰砰！"

"对——头。"

"基本上，你的意思就是说我得靠自己了。"

"对——头。"

"真是多谢。"

借着书籍发出的微弱光线，灵思风最后看了眼那些把自己堆在内墙上的书。

他叹口气，迈着轻快的步子昂首往门边走，不过真正靠近大门时速度明显慢了下来。

"那我可就走了。"他说。

"对——头。"

"去面对天晓得什么样的恐怖危险，"灵思风补充道，"去奉献我的生命，为了整个人类——"

"对头？"

"好吧，为了所有两足动物——"

"汪汪。"

"以及四足动物，好吧。"他又瞟了眼王公的果酱罐子。可怜的家伙。

"那里头包括蜥蜴。"他最后添上一句，"现在我可以走了吗？"

屋外，晴空中吹来一阵大风，灵思风朝大法之塔艰难跋涉着。高高的白色塔门关得非常严实，与奶白色的塔身几乎难分彼此。

他使劲捶了几下门，却没有得到什么回应。门似乎能吸收声音。

"真是妙极了。"他正自言自语，突然记起了飞毯。它还乖乖躺在先前被遗弃的地点，而这再次证明安卡城已经不复从前。在大法师到来之前那人人偷鸡摸狗的日子，什么东西都不可能在原地待上多长时间——除非是那些不适合出现在这本书上的内容。

他在鹅卵石地面上把飞毯铺开，让金色的龙翻滚在蓝色的背景之上——当然也可能是蓝色的龙飞翔在金色的天空里。

他坐下去。

他站起来。

他再次坐下去，稍稍往上拉了拉袍子，又费了些气力脱下一只袜子。他重新穿好鞋，四下转了转，终于在瓦砾中找到半块砖头。他把砖塞进袜子里，又若有所思似的把袜子甩了几圈。

灵思风是在摩波长大的。对于摩波的居民，打架时获胜的概率如果能达到二十比一他们就很满足了。倘若做到这一点实在有困难，大家一般认为袜子里的半块砖跟一条可供埋伏的黑巷子也能凑合——至少比你能想出来的任何两把魔法大剑都管用。

他又坐下。

"上。"他命令道。

飞毯没反应。灵思风瞅了瞅毯子的花纹，又揭起一角，想看看底下那面会不会好些。

"好吧，"他让步了，"下，要非常，非常小心，下。"


"羊，"战争已经口齿不清，"是羊。"他那戴着头盔的脑袋砰一声砸在吧台上，须臾间又抬起来，"羊。"

"不不不。"饥荒竖起一根颤巍巍的手指，"是另外一种稼……假……家禽。就好像猪、小母牛、小猫咪那之类的？不是羊。"

"蜜蜂。"瘟疫一面说话一面从自己的座位缓缓滑落到地上。

"好吧，"战争只装作没听见，"行。那就再来一遍。从头开始。"他叩着自己的酒杯打起拍子。

"我们是可怜的……迷途的……不晓得哪种家养的动物……"他的声音直打战。

"咩咩咩。"地板上的瘟疫低声应和。

战争摇摇头。"不一样了，你们知道。"他说，"没他就是不一样。有他唱低音的部分实在美极了。"

"咩咩咩。"瘟疫还在重复。

"哦，闭嘴吧。"战争晃晃悠悠，再次朝酒瓶伸出手去。

大风猛烈敲击塔顶，那是阵令人不快的热风，像是古怪的声音在窃窃私语，刮在皮肤上又像细密的砂纸一样叫人生疼。

科银站在中央，法杖高举头顶。空气中充满了尘埃，让众巫师得以看清喷薄而出的一道道魔力。

它们弯曲成弧线，形成一个巨大的气泡，并且一路往外扩张，最后肯定比整座城还要大。气泡里出现了各种模模糊糊的形态，这些形态不断变化，还大幅摇摆，仿佛一面扭曲的镜子所照出的图像。它们不比人嘴里吐出的烟圈或者云朵构成的画面更真实，但是却又眼熟得可怕。

在某个瞬间，巫师们看见了奥夫勒那长着獠牙的大嘴。下一个瞬间，众神的首领空眼爱奥又出现在一片翻腾的风暴中，连环绕在他周围的许许多多的眼睛都一清二楚。

科银无声地呢喃，气泡开始收缩，里面的东西纷纷挣扎着想要逃走，让气泡表面拱起来、凹下去，模样恶心极了。但它们都没法阻止它的收缩。

现在气泡比大学校园还大。

现在它比塔还高些。

现在它比常人高出一倍，而且是烟灰色。

现在它像珍珠一样闪着斑斓的光泽，大小嘛……好吧，大小也跟珍珠差不多。

风已经停息，取而代之的是一阵厚重、寂寥的平静。就连空气也在压力下呻吟。不断释放的能量让空气变得沉甸甸的，又像满宇宙的羽毛一样窒息了声音。巫师大都被压倒在地，但他们每个人都能听见自己的心脏在剧烈跳动，声音大得足以震垮高塔。

"看着我。"科银命令道。

他们抬起眼睛，完全无力违抗。

男孩一手托着那亮闪闪的东西，另一只手拿着法杖，法杖的两头都在冒烟。

"众神，"他说，"被禁锢在一个念头里。谁知道呢，或许他们原本就只是一场梦而已。"

他的嗓音变得更加苍老、更加深邃。"看不见大学的巫师们，"他说，"难道我不是给了你们至高无上的力量？"

就在此时，飞毯从塔的一侧缓缓升起，毯子上的灵思风拼命想要保持平衡。他瞪大了眼睛，眼底全是恐惧。这种反应很正常，站在几根丝线和好几百英尺空荡荡的空气上，谁都免不了会这样。

他从悬在半空的飞毯上纵身跃到塔上，荷枪实弹的袜子在脑袋附近飞舞，画出危险的大圈。

科银从众巫师惊讶的眼睛里看见了他的影子。他小心翼翼地转身看看对方，只见灵思风迈着飘忽不定的步子跟跟跄跄地走了过来。

"你是谁？"他问。

"我来，"灵思风傻乎乎地说，"向大法师挑战。他是哪一个？"

他扫一眼匍匐在地的巫师，手上不停地掂着半块砖。

哈喀德里冒险抬起头，拼命朝灵思风耸动眉毛。很可惜，即使在状态最好的时候，灵思风对非语言类的沟通方式也有些理解不良，更别说现在并不是他的最佳状态。

"就凭一只袜子？"科银问，"一只袜子能有什么用？"

拿着法杖的手臂抬了起来。科银低头看了袜子一眼，似乎略微有些吃惊。

"不，停下。"他说，"我想跟这人聊聊。"他盯着灵思风，对方由于受到失眠、恐惧和肾上腺素过量后遗症的影响，正前前后后不住晃悠。

"它有魔力吗？"科银好奇地问，"也许这是校长袜？力量之袜？"

灵思风把注意力集中在袜子上。

"我想不是吧，"他说，"我觉得这是在哪家商店还是其他什么地方买的。呃，我还有一只，就是一时想不起放哪儿了。"

"它里头是不是装了什么沉甸甸的东西？"

"嗯，没错，"灵思风说，接着又补充道，"是半块砖。"

"可这半块砖头拥有巨大的力量？"

"呃，你可以拿它撑起东西。如果你再找个一样的，你就有一整块砖了。"灵思风慢吞吞地说。他正借助一种效果十分差劲的渗透作用慢慢吸收着目前的情况，同时还要分心监视法杖。它正在男孩手里转动，模样很凶险。

"那么，这是一块普通的砖，装在一只袜子里。放在一起就变成了武器。"

"嗯，没错。"

"它是怎么起作用的？"

"呃，你把它挥起来，然后你，拿它砸什么东西，或者有时候砸到你自己的手背，有时候。"

"然后也许它就会摧毁整座城市？"科银问。

灵思风望着科银金色的眼眸，然后又看看自己的袜子。好几年以来，他每年都把它穿上去、脱下来好几次。袜子上有补丁，他已经很熟悉它们，还很有感——呃，好吧，熟悉就够了。有些补丁还拥有自个儿的小补丁呢。可以用在这只袜子上的形容词很不少，但城市摧毁者的名号绝对不在其中。

"其实谈不上，"最后他说，"它倒是能杀个把人什么的，不过楼肯定不会塌。"

此时此刻，灵思风大脑运转的速度就像大陆板块漂移的速度一样快。一部分神经告诉他，他面前这个正是大法师，但它们却与大脑的其他部分发生了正面冲突。关于大法师他听过的传闻数不胜数：大法师的力量、大法师的法杖、大法师有多可怕，等等。可就是没人跟他提到过大法师的年纪。

他瞟了眼法杖。

"那么，那东西又是干吗的？"他字斟句酌地问。

这时法杖也说话了：你必须杀掉这个人。

在场的巫师原本正小心翼翼地挣扎起身，现在又全部重新扑倒在地。

校长帽的声音已经够可怕了，但法杖的声音却犹有过之：它带种金属的质地，精确到了极点。它似乎并不提供建议，仅仅指明未来必须往哪个方向前进。它让人感到无法拒绝。

科银半抬起胳膊，又犹豫起来。

"为什么？"他问。

你不可能违抗我。

"你不必这么干，"灵思风慌忙插话，"它不过是个东西。"

"我看不出我干吗要伤害他，"科银道，"他就像只气冲冲的兔子，看起来完全没什么害处。"

他公然反抗我们。

"我没有。"灵思风拿着砖头的胳膊闪电般藏到背后，同时努力无视关于兔子的那部分言论。

"我干吗老要照你说的做？"科银对法杖说，"我总是照你说的做，结果对大家根本一点帮助也没有。"

因为必须让人畏惧你。难道你就什么也没学到吗？

"可他看起来那么好笑。他拿了只袜子。"科银说。

他尖叫起来，拿法杖的胳膊一弹，模样很诡异。灵思风的汗毛一根根立起来。

你要遵照我的命令行事。

"不。"

你知道对坏孩子会有什么处罚。

"噼啪"一声之后，空气中有了肉烤焦的气味。科银双膝一弯跪倒在地。

"嘿，我说等等——"灵思风喊道。

科银睁开眼睛。它们仍然是金色，但如今掺进了一点点棕色。

灵思风猛地一甩胳膊，袜子嗡嗡叫着画出一个大圆，正中法杖半中央。砖块"砰"地爆成灰烬，羊毛也烧起来。法杖从男孩手里落下，在地上翻滚。巫师们纷纷抱头鼠窜。

法杖滚到墙边，弹起来，射出墙外。

但它没往下掉，而是在空中稳稳停住，原地转个圈又飞快地冲了回来。它背后拖着一大串第八色火花，发出的声音活像是锯子锯东西的声音。

灵思风把呆若木鸡的男孩推到自己身后，丢开破袜子，一把抓下自己的帽子疯了似的使劲挥舞。法杖朝他冲过来，从侧面砸中他的脑袋，那股冲击波差点把他的上下牙焊死在一起。灵思风被掀翻在地，活像株歪歪扭扭、弱不禁风的小树。

法杖闪烁出红热的光芒，它在半空中再次转身，飞也似的开始冲刺，显然准备痛下杀手。

灵思风挣扎着半撑起身子，恐惧让他没法转开视线。他眼睁睁看着法杖从冰冷的空气中猛扑上来。也不知为什么，空气里似乎充满了雪花，还染上了一丝丝紫色，又多出了些蓝色的斑点。

时间放慢脚步，最后像没上够发条的留声机一样磨磨叽叽地停了下来。

灵思风抬起头，只见几英尺之外出现了一个穿黑衣的高个子。

这，当然，就是死神。

他把亮闪闪的眼眶转向灵思风，用海底裂缝坍塌一样的声音跟他打了个招呼：**下午好**。

说完他转过头去，仿佛自己刚刚已经完成了任务。他盯着远处的地平线瞧了一会儿，还用一只脚在地上顶悠闲地打起拍子。那声音活像一大口袋响葫芦。

"呃。"灵思风说。

死神好像这才又想起他来。**有事吗**？他的口气还挺礼貌。

"过去我老想着这一刻会是什么样。"灵思风说。

死神把手伸进乌黑的袍子，从某个神秘的褶皱里掏出一个沙漏。他朝沙漏里瞅瞅。

**当真**？他含含糊糊地问。

"我猜我没什么可抱怨的，"灵思风一脸崇高，"我这辈子过得好极了。嗯，相当好。"他迟疑片刻，"那个，也不是那么好。我猜大多数人都会说它其实挺糟的。"他又考虑半晌，"至少我会这么说。"他半是自言自语地补充道。

**你究竟在嘀咕什么呢，我说**？

灵思风彻底糊涂了："你不是在巫师快死的时候才会露面吗？"

**当然。而且我得说，今天你们这些人可让我忙活坏了。**

"你怎么能同时出现在那么多地方？"

**组织工作到位。**

时间恢复了。法杖悬在灵思风身前，距他不过几英尺，现在它尖叫着重新开始冲刺。

然后，只听"当"的一声，科银单手抓住了它。

法杖发出的声音仿佛一千块指甲划过玻璃时的声响。它疯狂地上下蹦弹，拼命摇晃握住自己的胳膊，从头到尾都喷发出邪恶的绿色火焰。

原来如此。到最后，连你也辜负了我。

科银呻吟起来，掌中的金属红了又白，但他依然没有松手。

他猛地伸直胳膊，从法杖喷薄而出的能量咆哮着越过他身边，在他头发上燃起火花。巨大的能量抽打着他的袍子，让它显出古怪而令人不快的形状。科银尖叫着把法杖转过来，猛砸在墙上，石头上冒出许多泡泡，留下一道长长的线条。

然后他丢开了它。法杖乒乒乓乓地落在地上，滚了好几圈才停下来。巫师们四散奔逃，有多远躲多远。

科银缓缓跪倒，浑身都在发抖。

"我不喜欢杀人。"他说，"我觉得杀人肯定不对。"

"就是这话。"灵思风热切地附和。

"人死之后是什么样的？"科银问。

灵思风抬头瞥了一眼死神。

"我想这问题是给你的。"他说。

**他看不见我，也听不到我的声音，**死神说，**除非他自己愿意。**

只听一声微弱的"咔嗒"，法杖朝科银身边滚了过去。男孩低下头，满脸惊恐地看着它。

把我捡起来。

"你不必那么干。"灵思风再次为他鼓劲。

你不可能反抗我。你不可能打败你自己。法杖说。

科银很慢很慢地伸出手。他捡起了法杖。

灵思风瞄了眼自己的袜子。袜子只剩下一点点烧焦的羊毛；它充当战争武器的生涯固然短暂，却已经受了致命伤。如今任何缝衣针都救不了它了。

现在杀了他。

灵思风屏住了呼吸。围观的巫师们屏住了呼吸，就连没有呼吸可以屏住的死神也紧紧抓住了自己的镰刀。

"不。"科银说。

你知道对坏孩子会有什么处罚。

灵思风看见大法师的脸色变得煞白。

法杖的口气变了。它开始花言巧语。

没有我，还有谁能告诉你该怎么做呢？

"这倒是真的。"科银慢吞吞地说。

看看你已经有了多大的成就。

科银的视线缓缓扫过一张张惊惧的面孔。

"我正在看。"他说。

我教会了你我所知道的一切。

"我在想，"科银说，"你知道的还不够多。"

忘恩负义的家伙！是谁赋予了你命运？

"是你。"男孩说着抬起头。

"现在我明白，我错了。"他静静地补充道。

那就好——

"我刚才还扔得不够远！"

科银腾地站起身，把法杖高高举过头顶。他像座雕塑般纹丝不动，握着法杖的手被一团光球包裹。光球的颜色仿佛熔化的铜，接着它变成绿色，又依次变幻出深深浅浅的蓝，最后它在紫色上停顿片刻，终于化作纯粹的第八色光。

灵思风抬手遮挡强烈的光线。他看见了科银的手，那只手仍然完整，仍然紧紧抓着法杖，手指间一滴滴熔化的金属闪闪发光。

灵思风跟跟跄跄地往后退，正好撞上哈喀德里。老巫师张大了嘴巴，呆若木鸡。

"然后会怎么样？"灵思风问。

"他永远别想打败它。"哈喀德里哑着嗓子回答道，"它属于他。它同他一样强。他拥有力量，但它清楚该如何引导那力量。"

"你是说他们会相互抵消？"

"希望如此。"

战斗被隐藏在它自己释放的光芒中，然后地板开始颤动。

"他们正汲取所有的魔法，"哈喀德里道，"咱们最好离开这儿。"

"为什么？"

"用不了多久，这座塔恐怕就会消失了。"

的确，在光芒周围，白色的地板似乎正不断分解、消失。

灵思风犹豫不决。

"难道我们不去帮帮他？"他问。

哈喀德里看看他，又看看身前斑斓的画面。他的嘴巴张开又闭上。

"抱歉。"他说。

"好吧，可只要稍微帮帮他就行，你瞧见那东西已经成什么样了——"

"抱歉。"

"他帮过你。"灵思风转向其他巫师，发现他们正忙着逃跑，"他帮过你所有人。他给了你们想要的，不是吗？"

"为此我们很可能永远不会原谅他。"哈喀德里道。

灵思风发出一声呻吟。

"等这一切结束还会剩下什么？"他说，"还会剩下什么？"

哈喀德里垂下眼睛。

"抱歉。"他再次重复。

第八色光越来越耀眼，边缘甚至开始发黑。然而那并非与光明相反的黑色，那是种颗粒状的、变动不居的黑，闪耀在光芒背后。如果它知趣的话，绝不该出现在任何体面的现实里。而且它还嗡嗡作响。

灵思风跳了一小段犹豫不决的独舞。他的腿、脚、本能和他极度发达、令人叹为观止的自我保护意识加在一起，让他的神经系统严重过载，只差毫厘就要熔化。千钧一发之际，他的良心终于胜出。

他跃进火光，抓住了法杖。

众巫师则仓皇逃窜。其中几个下塔时还用上了悬浮术。

相对于走楼梯的那些人，他们无疑展现出了敏锐的洞察力，因为大约三十秒钟之后，塔消失了。

剩下的只有一块嗡嗡作响的柱状黑暗，雪花继续飘落在它周围。

保住小命的巫师里有几个胆子挺大，他们回过头去，只见一个小东西翻滚着从空中缓缓落下，屁股后头还拖着一串火花。它猛地撞上鹅卵石，在地上闷烧了一会儿。雪越下越急，很快便把火扑灭了。

不久它就变成了一个小雪堆。

过了一阵，一个矮胖的身影穿过院子，在雪地里扒拉了半天，把那东西揪了出来。

原来那是——或者说曾经是——一顶帽子。生活对它有些残忍，它宽阔的帽檐被烧掉了一大半，帽尖全没了，污损的银色字体几乎难以辨认，有些笔画早被扯掉，剩下的一点点勉强还能看出是个"巫"字。

图书管理员缓缓转过身。他很孤独，除了空中燃烧的柱状黑暗和不停落下的雪花，周围什么也没剩下。

惨遭破坏的校园里空空如也。地上还有几顶尖帽子，都被惊恐的脚步践踏过，除此之外再没迹象表明这里曾经有过人类活动。

巫师并不都是好样的。


"战争？"

"啥——啥事儿？"

"不是还有件……"瘟疫摸索着自己的杯子，"什么事吗？"

"啥——啥事儿？"

"我们应该去……有什么事我们该干的。"饥荒说。

"没——没错。有——有。"

"是——"瘟疫盯着自己的酒杯开始深思，"是件啥事儿？"

他们闷闷不乐地盯着吧台。店主人老早就逃了。几个瓶子还没打开。

"墨，"最后饥荒道，"就是它了。"

"不是不是。"

"魔……魔石。"战争含含糊糊地说。

他们摇摇头。之后是长久的沉默。

"'磨石'是什么意思？"瘟疫专心致志地审视着自己的内心世界。

"磨东西的石头，"战争说，"我想是。"

"那就不是它了？"

"恐怕不是。"饥荒闷闷地回答道。

又一阵漫长而尴尬的沉默。

"最好还是再来一杯。"战争振作起精神。

"没——没错。"


在约摸五十英里之外，几千英尺之上的地方，柯尼娜终于搞定了自己偷来的马，让它在空气里轻快地小跑起来。她展现出一种坚忍不拔的悠然自得，这在整个碟形世界都是前所未见的。

"雪？"她说。

云从中轴地的方向静静地汹涌而来。它们又平又重，根本不该跑得这样快。暴风雪尾随在它们底下，像床单一样盖住了大地。

这看来不是那种在深夜轻声呢喃的雪，明早你不会发现世界变成了美丽非凡、虚无缥缈的白色仙境。这种雪一看就知道已经打定了主意，它要让世界冷得要死，越冷越好。

"这时候下雪晚了些吧。"奈吉尔往下瞄了一眼，然后立马闭上眼睛。

柯瑞索一脸惊喜地东张西望。"原来雪是这么来的啊？"他说，"过去我只在故事里听过，还以为是地里长出来什么的。有点像蘑菇，我以为。"

"那些云不大对劲。"柯尼娜说。

"介意我们下去吗？"奈吉尔有气无力地说，"也不知怎么的，动起来的时候好像还没这么吓人。"

柯尼娜只作没听见。"试试油灯。"她指示说，"我想知道这是怎么回事。"

奈吉尔在背包里翻了半天，终于掏出油灯来。

灯神的声音很微弱，仿佛隔了千山万水："请各位少安毋躁……正在为您接通中。"接下来是一阵叮叮当当的音乐，如果你能用瑞士小木屋演奏，它应该就会发出类似的声音。之后空中描绘出一扇活板门的形状，灯神出现了。他四下打量一番，又看看他们几个。

"哦，哇。"他说。

"天气出了什么问题？"柯尼娜说，"这是怎么回事？"

"你是说你们不知道？"灯神问。

"我们正问你呢，不是吗？"

"好吧，我也不算什么专家，不过看起来倒挺像是世界末日，呃？"

"啥？"

灯神耸耸肩。"神全不见了，明白？"他说，"你们知道，而按照传说，这就意味着——"

"冰巨人。"奈吉尔惊恐地压低了嗓门。

"大声点。"柯瑞索道。

"冰巨人。"奈吉尔稍显不耐，高声重复一遍，"神把他们囚禁起来，就在中轴地。但到了世界毁灭的时候他们会挣脱出来，驾着他们恐怖的冰川恢复古时候的统治，扑灭文明的火花直到世界也被冻结，赤裸裸地躺在冰冷可怕的星星底下。连时间也在劫难逃。总之，诸如此类的什么东西。"

"但现在还不到世界末日的时候。"柯尼娜绝望地说，"我的意思是，末日之前要有一个暴君，还要有一场可怕的战争，四位恐怖的骑士，然后地堡空间会突入世界——"她停下来，脸色变得几乎像雪一样白。

"反正，埋在一千尺厚的雪底下，感觉跟你说的那些事也差不多。"灯神说着伸长胳膊，一把夺过奈吉尔手里的神灯。

"实在不好意思，"他说，"不过我在这个现实里的资产也该——那叫什么来着？亲算？斤算？——清算一下了。回头见。或者不见。"他从脚下开始消失，到腰部时停下来喊了声"午餐吃不成真是可惜"，然后就完全不见了。

三个骑手透过飘落的雪花往中轴地看过去。

"也许这只是我的想象，"柯瑞索说，"不过，你们俩有没有听到一种好像嘎吱嘎吱的呻吟？"

"闭嘴。"柯尼娜心不在焉地说。

柯瑞索倾过身子拍了拍她的手背。

"高兴点，"他说，"又不是世界末日。"他把这话琢磨半晌，然后更正道："抱歉，刚刚不过是修辞而已。"

柯尼娜哀叹起来："我们该怎么办？"

奈吉尔挺直了后背。

"我认为，"他说，"我们应该去把事情解释清楚。"

他的同伴扭头面对他，脸上的表情通常只会留给救世主或者蠢到极点的傻瓜。

"没错，"他显得更加自信了些，"我们该去解释解释。"

"跟冰巨人解释？"柯尼娜问。

"没错。"

"抱歉，"柯尼娜道，"我没听错吧？你认为我们该去找那些恐怖的冰巨人并且告诉他们说，这世界上还有好多暖烘烘的人，都觉得他们还是不要横扫世界把大家全压死在冰山底下比较好，所以他们能不能，比方说重新考虑一下？你认为我们就该这么干？"

"对，没错。你的理解完全正确。"

柯尼娜和柯瑞索交换了一个眼神。奈吉尔仍然骄傲地坐在马鞍上，脸上挂着若有若无的微笑。

"你的靠燕让你心烦了？"沙里发问。

"靠燕，"奈吉尔非常平静，"它并不教我心烦，只不过在死之前我必须英勇一回。"

"可问题就在这儿，"柯瑞索道，"这整件事的可悲之处就在这儿。你会英勇一次，然后你就死了。"

"我们还有什么别的选择吗？"奈吉尔问。

大家都开始思考。

"我觉得自己不大知道该怎么跟人解释。"柯尼娜小声说。

"这我拿手，"奈吉尔坚定地说，"我老是碰上需要解释的事儿。"

曾经构成灵思风精神的那些微粒振作精神，重新组合到一起。它往上飘，穿过一层层黑黢黢的潜意识，犹如沉底三天的尸体浮上了水面。

它开始探查自己最近的记忆，这一举动的实质跟人类挠自己新结的痂基本类似。

他能回忆起一根法杖，还有十分剧烈的疼痛，就仿佛有人往他的每个细胞之间都嵌进了一个凿子，又一锤一锤使劲敲。

他记得法杖在逃，他被它拖着。最后那可怕的一瞬间，死神出现，伸出手，越过他，法杖扭曲着，仿佛突然活了过来，只听死神说，**红袍伊普斯洛，现在我逮住你了。**

再然后就是现在。

单凭感觉，灵思风判断自己正躺在沙地上。真冷。

虽然一睁眼没准儿就会看到什么恐怖的东西，但他还是冒险睁开了眼睛。

首先映入眼帘的是他自己的左臂，以及他的左手，这实在有些出人意料——他的手仍然是过去那只脏兮兮的手，原本他以为自己会看见一截残肢。

眼下似乎是夜里。这片沙滩，或者这片天晓得的什么东西，一直延伸到远处一排低矮的群山脚下。头顶上是无数颗白色的星星，让夜空显得仿佛结了冰。

在比较近些的地方，银色的沙地中能看见一条不规则的线。灵思风略微抬起头，发现那是金属熔化之后滴下来的无数小点。它们是八铁，自身便带着魔力，碟形世界上的熔炉连加热它都办不到。

"哦，"他说，"这么说我们赢了。"

他重新瘫倒在地。

过了一阵，他的右手自己动起来，它拍拍他的头顶，又拍拍他脑袋侧面。接着，它开始在他身边的沙子里到处摸索，动作越来越急迫。

最后，它的焦虑似乎终于传递到了灵思风的其他部分。巫师挣扎着站起身，说了句："哦，见鬼。"

到处都没有帽子的影子。不过稍远处可以看见一团白色的小东西，它纹丝不动地躺在沙里；再远些还有——

一束日光。

它在空气中嗡嗡地摇摆，构成一个三维的洞口，不知通向哪里。时不时会有一片急促的雪花从里头吹出来。光线中似乎有些歪歪扭扭的画面，大概是被古怪的弯曲度所扭曲的建筑物或者地表。不过他没法看得很清楚，因为它周围到处是高大阴森的影子。

人心是个很不可思议的东西，它可以同时在好几个层面上运转。的确，灵思风浪费了许许多多智力去无病呻吟和找帽子，但他脑子里面还是有一部分在观察、评估、分析和比较。

现在这个部分偷偷爬到他的小脑旁边，拍拍它的肩膀，把一张纸条塞到它手里，然后转身就跑。

纸条上的内容基本上就是：我希望我自己身体还好。现实的材质已经很脆弱了，受不了最后那次魔法的打击。它已经被打开了一个洞。我在地堡空间里，而我面前的东西就是……那东西。能认识另外的我，我很高兴。

离灵思风最近的那东西至少二十英尺高。看它模样活像是死了三个月的马，有人把它挖起来，又介绍给它一系列全新的体验，而这些体验里至少有一样包含了章鱼。

它还没注意到灵思风。它太忙了，精神全都集中在那束光上。

灵思风爬回一动不动的科银身边，他轻轻戳了戳男孩。

"你还活着吗？"他问，"如果你已经死了，那我宁愿你不要回答。"

科银翻过身，睁开一双迷茫的眼睛盯着他。过了一会儿他说："我记得——"

"最好还是忘了。"灵思风道。

男孩的手在身旁的沙子里摸了几下。

"它已经不在了。"灵思风静静地说。科银的手静止下来。

灵思风帮科银坐起身。科银茫然地看看冰冷的银色沙地，又看看天空和远处的那些东西，最后视线回到灵思风身上。

"我不知道该怎么办。"他说。

"这倒没什么。我从来不知道该怎么办。"灵思风的声音里充满空洞的乐观，"一辈子都不明所以。"他稍一迟疑，"我猜所谓人类就是这个意思，或者诸如此类的。"

"可我从来都知道该怎么办！"

灵思风张开嘴，本来想说我也瞧过点你办的那些事儿，不过临到头他又改变了主意："挺胸抬头。往好的地方想。本来可能更糟呢。"

科银再一次看看周围。

"你指哪方面，到底？"他的声音略略恢复了正常。

"嗯。"

"这是什么地方？"

"有点像是另外一个维度。我想是魔法突破进来，我们也跟着来了。"

"那些又是什么？"

他们看看那些东西。

"我想它们就是那东西。它们想从那个洞出去。"灵思风道，"这不大容易，能量等级什么的。我记得我们曾经有堂课专门讲这个，呃。"

科银点点头，然后伸出一只苍白消瘦的小手，摸上了灵思风的额头。

"你不介意吧——？"

被他一碰，灵思风猛地打了个哆嗦。"介意什么？"他问。

"介意我在你大脑里瞧瞧？"

"啊，啊，嘎。"

"这里头真够乱的。难怪你什么都找不着。"

"呃，嗯。"

"你该来个大扫除。"

"哦，嗯。"

"啊。"

灵思风感到对方退却了。科银皱起眉头。

"我们不能让它们通过。"他宣布，"它们拥有可怕的力量。它们正试图用意念扩大洞口，而且它们有这个能力。它们想要冲入我们的世界，已经等了……"他皱起眉头，"亘古之久？"

"亘古。"灵思风说。

科银抬起另一只手，它刚才一直攥得紧紧的，原来手心里是一粒灰色的小珍珠。

"你知道这是什么吗？"他问。

"不知道。是什么？"

"我——记不得了。但我们应该把它放回原位。"

"好啊。用你的大法，把它们炸成碎片咱们就能回家了。"

"不行，它们以魔法为食。魔法只会让它们更强，我不能使用魔法。"

"你确定？"灵思风问。

"恐怕在这个问题上你的记忆说得很清楚。"

"那我们该怎么办？"

"我不知道！"

灵思风想了想，然后脸上露出坚毅果决的神情，他脱下了自己仅剩的一只袜子。

"没有半块砖，"这话也不知是对谁讲的，"只能拿沙子凑合。"

"你准备用一袜子的沙子向它们发起攻击？"

"不。我准备从它们身边逃走。袜子里的沙是为它们跟上来的时候准备的。"


阿尔·喀哈里的塔已经坍塌成一堆浓烟滚滚的石头，居民们开始回到城里。几位真正的勇士把注意力转向这堆废墟，因为那里没准儿有幸存者可以救助，或者打劫，又或者先救出来再打劫。

于是，在瓦砾中间，没准儿会听到如下的对话：

"这底下有什么东西在动！"

"那底下？看在易姆透的两道胡子份上，你听错了吧。这东西肯定有一吨重。"

"这边，弟兄们！"

之后我们可以听到好多搬东西的声音，然后：

"是个箱子！"

"没准儿是财宝，你觉得呢？"

"它长了脚，以纳斯里的七轮月亮的名义！"

"是五轮——"

"它这是要去哪儿？它这是要去哪儿？"

"别管了，那不重要。咱们先来把话讲讲清楚，根据传说，应该是五轮月亮——"

在克拉奇，人们对待神话的态度是很严肃的。他们不相信的是现实。


三个骑手穿过厚厚的云层，他们全都察觉到了某种变化。这里是斯托平原靠近中轴地的一侧，空气里带上了一丝锐利的气息。

"你们都没闻到吗？"奈吉尔问，"我记得自己小时候，冬季的第一天早晨，当你躺在床上，你好像能尝到空气里的这种味道，而且——"

他们脚下的云层分开，只见底下全是冰巨人的牧群，整个高原都被覆盖了。

它们往每一个方向延伸，它们奔驰时的轰隆声震天动地。

领头的是公牛冰川，只管埋头往前冲，溅起大片的泥土，咔嚓咔嚓的咆哮声响彻天空。挤在它们身后的是大群母牛和它们的小牛犊子，它们继续践踏着已经露出基岩的大地。

世人自以为很了解冰川，这就好像看见一头狮子在树荫底下打盹，你就自以为了解狮子。其实嘛，等到三百磅协调得叫人欲哭无泪的肌肉张开血盆大口，朝你猛冲过来时，你才会明白自己原来什么也不知道。

"……而且……而且……当你走到窗前……"因为缺乏大脑输入的数据，奈吉尔的嘴巴渐渐停止了运转。

平原上塞满了互相冲撞、迅速移动的冰块，它们咆哮着前进，头顶飘着一大片湿冷的蒸汽云。领头的冰川从他们下方通过，大地不住地颤抖。几个旁观者看得很明白，想单靠两磅岩盐和一把铲子去阻止它们，此事绝无可能。

"去吧那就，"柯尼娜道，"去解释。我觉得你最好喊大声些。"

奈吉尔心不在焉地看着牧群。

"我觉得那边好像有几个人影。"柯瑞索热心地说，"瞧，就在领头的那些……那些啥上头。"

奈吉尔透过雪花看过去，冰川背上确实有些生物在动。它们是人类，或者类人，或者至少跟人差不多，而且看起来块头也并不是很大。

不过这其实是因为冰川实在太大，而奈吉尔对比例关系又有些糊涂。三匹马往领头的冰川降下去——那是头有许许多多裂缝的巨牛，早被冰碛划得伤痕累累——奈吉尔这才发现，冰巨人之所以被称作冰巨人，原因之一就是因为他们是……呃……巨人。

另一个原因则在于他们是冰做的。

一个约摸房子大小的人影匍匐在公牛的背脊上，用一根带尖刺的长杆鼓励公牛多卖些力气。他长得有些坑坑洼洼，事实上应该说他身上有许多大小相近的平面，在日光底下闪着蓝色和绿色。他雪白的鬈发上有一条很薄的银带子，他的黑眼睛又小又深，就像煤块[①]。

领头的冰川冲进了一片树林，刹那间碎片到处飞舞，小鸟全都惊恐万状地腾空而起。奈吉尔引着自己的坐骑来到巨人身边，让马儿踩着空气与冰川并肩向前。在他们周围，雪花和碎片倾盆而下。

奈吉尔清清喉咙。

"呃，嗯，"他说，"打扰一下？"

---

① 但他们与下雪天孩子们堆的偶像也只有这么一点点相似之处。雪人其实是冰巨人留在人类意识深处的古老记忆。不用说，冰巨人实在不大可能在第二天一大早变成个脏兮兮的小雪堆，脸上还插着根胡萝卜。——作者原注

在翻腾的泥土、冰雪和碎木片前方，一群驯鹿正惊慌失措地乱窜，它们的后蹄距离身后的混沌不过几英尺远。

奈吉尔再度出击。

"嘿？"他喊道。

巨人朝他转过头来。

"里显（你想）干吗？"他说，"奏（走）开，热家伙。"

"抱歉，不过这一切难道真的有必要吗？"

巨人带着冻到极点的讶异看着他。它缓缓转过身，瞅了眼身后的牧群——牧群似乎一路延伸到中轴地——它的目光回到奈吉尔身上。

"没绰（错），"它说，"偶显（我想）是的。不然，偶（我）们干吗要仄（这）么干？"

"只不过是外头有好多好多人都希望你们别这么干，你瞧。"奈吉尔绝望地说。冰川前方出现了一块高大的岩石，它晃了晃，然后就消失了。

奈吉尔又补充道："还有小孩和毛茸茸的小动物。"

"它们都要为了经（进）步的缘故受点苦。现寨（在）时候到了，偶（我）们要夺回肆（世）界。"巨人的声音隆隆作响，"满肆（世）界的冰。仄（这）是不可杠（抗）拒的历死（史）和热力学的渗（胜）利。"

"没错，但你们不必这么干。"奈吉尔说。

"偶（我）们喜欢仄（这）么干。"

"没错，没错。"奈吉尔语调呆板，冥顽不灵。他就是这种人，总想把问题的方方面面都看清楚，并且坚信只要大家都抱着善意坐下来，像理智健全的人一样把问题讨论一遍，那就一定能找到解决的法子。"可现在这时机对吗？世界有没有为冰的胜利做好准备？"

"它间（见）鬼的最好是尊（准）备了。"巨人举起自己的冰川杵朝奈吉尔挥过来。没打中马，倒是正中奈吉尔的胸口，把他从马鞍上挑起来，甩上了冰川。奈吉尔一个翻转，张开四肢，然后从冰川冰冷的肋部摔了下去。翻腾的碎片带着他继续往前行进了一段，不过他很快就落在迅速前进的冰墙之间，陷进了冰和泥构成的泥泞里。

他跌跌撞撞地爬起身，无望地朝冰冷的雾气里瞅瞅。另一块冰川正朝他直冲过来。

同时冲过来的还有柯尼娜。她的马从雾气中一跃而下，她自己身子前倾，抓住奈吉尔的野蛮人皮挽具，一把将他拉上马，让他坐到了自己身前。

他们重新升上空中，奈吉尔呼哧呼哧地喘着气："没心没肺的浑蛋。有几秒钟我还真以为能说动他呢。跟有些人简直没话好讲。"

牧群驰向另一座小山，把山蹭掉了好些。斯托平原和平原上星罗棋布的城市躺在它身前，无助极了。

灵思风偷偷摸摸地走向离自己最近的那东西，他一手牵着科银，另一只手挥舞着袜子。

"不用魔法，对吧？"他说。

"对。"男孩回答道。

"无论发生什么，你都绝对不能使用魔法？"

"没错，在这里绝对不行。只要你不用魔法，它们在这儿就没有多大力量。不过，一旦它们冲出去……"

他的声音越来越低。

"是挺可怕的。"灵思风点点头。

"恐怖。"科银说。

灵思风叹口气。他真希望自己的帽子还在，现在他只能忍受没有帽子的日子。

"好吧，"他说，"等我一喊，你就朝光亮处跑。明白？千万别回头看什么的。不管发生什么都别回头。"

"不管发生什么？"科银有些犹豫。

"不管发生什么。"灵思风露出一个勇敢的微笑，"特别是不管你听到什么。"

他看见科银的嘴巴因为恐惧变成了"O"形，不知为什么这让他高兴了些。

"然后，"他继续往下讲，"等你回到另外一边——"

"到时候我该怎么做？"

灵思风迟疑片刻。"我不知道，"他说，"尽你所能，想用多少魔法就用多少魔法。可以做任何事，只要能阻止它们。还有……呃……"

"怎么？"

灵思风抬头望一眼那东西，对方仍然盯着光柱。

"如果它……你知道……如果有人能逃过这一劫，你知道，而且最后一切都没事，那之类的，我希望你能那个……那个跟大家说说，我那个……那个留下来了。也许他们会……会把它写下来什么的。我是说，我可不是想要人给我塑个像什么的。"他大义凛然地补充道。

过了一会儿，他又加上一句："我想你该擤擤鼻涕。"

科银拿袍子边擤过鼻涕，然后一脸肃穆地同灵思风握了握手。

"如果你能……"科银说，"我是说，你是第一个……认识你真的……你明白，我从来没有真正……"他的声音渐渐低下去，最后又添上句，"我就是想让你知道。"

"我还想跟你说件什么事来着。"灵思风松开对方的手。他满脸茫然地想了一会儿，"哦，对了。你要记住自己到底是谁，这至关重要，非常要紧。你不能总想靠别人或者别的东西帮你记着，你瞧，他们老是弄错。"

"我会努力记住的。"科银说。

"非常要紧。"灵思风几乎像是在自言自语，"现在，我想你最好赶紧跑起来。"

他偷偷靠近了那东西。眼前的这东西长着小鸡的腿，不过谢天谢地，它的翅膀收在背上，把身体的其余部分遮了个七七八八。

现在，他暗想，就是来点遗言的时候了。他现在说的话很可能非常重要。没准儿它们会被大家铭记，传给后世子孙，说不定甚至能被深深地刻进大理石里呢。

也就是说字形最好不要太复杂。

"我真希望自己不在这儿。"他低声道。

他举起袜子，转了一两圈，然后砸上了那东西的膝盖——至少他希望那是对方的膝盖。

它发出尖厉的嗡嗡声，翅膀噼噼啪啪地展开，转身就朝灵思风所在的方向冲。灵思风的沙袜子往上一甩，把它砸个正着。它长着秃鹫的脑袋。

那东西踉踉跄跄地往后退，灵思风则绝望地四下打量，却发现科银仍然站在原地没动弹。科银惊恐万分地看到对方开始往自己这边走来，双手本能地抬起，准备释放魔法。在这里，这意味着他要让他俩一起完蛋。

"快跑，你这傻瓜！"灵思风尖叫起来。那东西正从刚刚的打击中恢复过来，准备反击。不知怎么的，灵思风竟脱口说出："你知道对坏孩子会有什么处罚！"

科银白了脸，转身朝光线跑去。他仿佛是行进在糖浆里，每一步都在熵的斜坡上挣扎。世界仿佛里外翻转的扭曲图像，它就悬在前方，几英尺，现在是几英寸，它犹豫不决似的摇摆着……

一只触手缠上他的腿，害他向前扑倒。

跌倒时他使劲把双手往前伸，有一只手摸到了雪。它立刻被什么东西抓住了；那触感就仿佛温暖、柔软的皮手套，而在柔和的触感底下还有回火钢一样的坚定。它用力把他往前扯，连缠住他的那东西也被一并拉了过去。

颗粒状的黑暗与光线在他周围闪烁，突然之间，他滑上了结满冰的鹅卵石地面。

图书管理员放开科银。他一手拿着截沉甸甸的木梁，在黑暗的映衬下长身直立，肩膀、右臂和胳膊肘尽情舒展，仿佛一首歌颂杠杆应用的赞美诗。木梁下落时又准又狠，充满了初生的智力那种不可阻挡的气势。伴随着一声"吧唧"和一声愤怒的尖叫，科银腿上那滚烫的压力消失了。

柱状的黑暗闪烁起来，里面传出尖锐的叫唤和砰砰的声响，所有的声音都因为距离而显得有些扭曲。

科银挣扎着站起身，转头就想冲回黑暗中，但图书管理员伸出一只胳膊挡住了他的去路。

"我们总不能就这么把他丢下！"

猩猩耸耸肩。

黑暗中又是一声"噼啪"，之后几乎一片死寂。

但只是几乎。人和猩猩都觉得自己听到了什么，很像是渐渐消失在远方的脚步声，非常非常遥远，却又十分清晰。

他们身边竟也出现了那声音的回声。猩猩四下一看，赶忙把科银推开。一个矮矮胖胖的破烂玩意儿迈着上百条小短腿冲过饱受创伤的院子，纵身跃进正在消失的黑暗中，没有丝毫迟疑。黑暗最后一次闪烁，然后便彻底没了踪影。

在曾经被它占据的位置，雪花突然急促地飘舞。

科银挣脱图书管理员的手，跑到先前的圈子里，地面已经开始变白。他脚下踢起一片细沙。

"他没出来！"他说。

"对——头。"图书管理员一脸超然。

"我以为他会出来的。你知道，赶在最后一刻。"

"对——头？"

科银使劲瞪着鹅卵石，仿佛只要集中精神就能改变他所看到的东西，"他死了吗？"

"对——头。"图书管理员想表达的意思是，灵思风所在的区域、时间和空间之类的都不大可靠，因此跑去推测他在这一刻的存在状态并没有什么用处，我们连他是不是身处某一个时刻都还不知道呢。还有，说起来，他甚至可能明天就会出现，当然也可能出现在昨天。最后我们应该相信，假如存在着哪怕一丁点儿活下来的可能性，那么我们几乎可以肯定灵思风是绝对能成功的。

"哦。"科银说。

他看到图书管理员拖着脚开始往艺术之塔走，立刻被一种绝望的孤独感淹没了。

"我说！"他大声喊道。

"对——头？"

"现在我该怎么办？"

"对——头？"

科银含含糊糊地朝周围的一片荒寂挥挥手。

"你知道，也许我能做点什么，为这一切？"他的声音几近恐慌，"你觉得这主意还行吗？我是说，我可以帮助大家。我敢说你肯定想变回人类，对吧？"

图书管理员那永恒的微笑略略往上抬，刚好露出满嘴的牙齿。

"好吧，也许还是算了。"科银赶紧说，"可总有些什么是我能干的，对吧？"

图书管理员盯着他看了一会儿，然后他的目光落到男孩手上。科银一惊，内疚地松开了手指。

猩猩赶在银色小球落地之前接住了它，动作干净利落。他把它凑到眼睛上瞅瞅，又嗅上一嗅，轻轻摇上一摇，最后听了一会儿。

然后他抡起胳膊，用尽全身力气把它丢了出去。

"你——"话没说完，图书管理员已经一把将他推倒在雪地里，随后猩猩自己也往他身上扑倒。

小球在抛物线的顶端回身下落。很快，完美的曲线被地面打断。接下来我们听到仿佛竖琴琴弦绷断的声音、一阵没法理解的嘀咕，此外还有一股热风：碟形世界的神自由了。

他们很生气。

"咱们完全无能为力，不是吗？"柯瑞索道。

"没错。"柯尼娜说。

"冰会赢，对吧？"柯瑞索问。

"对。"柯尼娜说。

"不对。"奈吉尔回答道。

愤怒让他浑身发抖，当然这也可能是因为寒冷。他的脸色就像隆隆而过的冰川一样苍白。

柯尼娜叹口气："我说，你以为我们还能——"

"送我去他们需要几分钟才能走到的地方。"奈吉尔说。

"我真的看不出这能有什么用。"

"我不是在征询你的意见。"奈吉尔静静地说，"只管照我说的做。带我去他们前边一点点，好给我点时间把事情想想清楚。"

"把什么想清楚？"

奈吉尔没吭声。

"我问你，"柯尼娜道，"把什么——"

"闭嘴！"

"我看不出为什么——"

"听着，"此刻奈吉尔的耐心已经无限接近了操起斧头实施谋杀，"冰会覆盖整个世界，对吧？人人都要死了，嗯？只除了咱们，咱们还能苟延残喘一小会儿，我猜，直到这些马想要它们的……它们的……它们的燕麦或者厕所什么的。这点时间对咱们反正没什么用，没准儿够柯瑞索写首十四行诗之类的，说说突然之间天气变得有多冷。而且整个人类的历史马上就要给抹得一干二净，在这样的情况下我希望能让所有人都清清楚楚地知道，我绝不准备让谁跟我争来争去，你们可都听明白了？"

他停下来喘口气，浑身像竖琴的琴弦一样不住颤抖。

柯尼娜在犹豫。她的嘴巴开开合合好几次，仿佛是想争辩，可临到头又改了主意。

他们往前走了一两英里，终于在松树林里找到一小块空地。牧群的动静仍然清晰可闻，树顶上可以看到团团蒸汽，大地也像鼓面一样蹦蹦跳跳。

奈吉尔漫步到空地中央，练习似的挥了几下剑。他的同伴们若有所思地望着他。

"假如你不介意的话，"柯瑞索低声对柯尼娜说，"我就先走一步了。在这样的时刻清醒总会失去它的吸引力，我敢肯定，要是能透过一杯酒看过去，世界末日一定会美好许多，如果你不介意的话。哦，桃红色脸蛋的鲜花啊，你相信天堂吗？"

"不怎么信，不信。"

"哦，"柯瑞索道，"好吧，那么我俩大概是不会再会了。"他叹口气，"多么浪费啊。而这一切不过是因为一个靠燕。呃，当然，假如靠了某种难以想象的巧合——"

"拜拜。"柯尼娜说。

柯瑞索可怜巴巴地点点头，掉转马头从树顶上消失了。

空地周围，树枝上的积雪被震得纷纷落下。冰川不断接近，空气中充满了隆隆声。

柯尼娜拍拍奈吉尔的肩膀，男孩惊得一跳，连剑也掉了。

"你在这儿干吗？"他一面厉声质问，一面绝望地在雪里摸索。

"听着，我没想多管闲事什么的。"柯尼娜温柔极了，"不过你究竟是怎么打算的？"

她能看到积雪和泥土好似被推土机推着，穿过森林朝他们压过来。领头的冰川发出震耳欲聋的噪声，很快那声音里又加进了树干断裂的节奏。而在林木线之上极高的地方，人一眼看去或许会误以为那是天空，但事实上却是冰巨人驾着他们的冰川在无情地推进。

"我没什么打算，"奈吉尔道，"一点也没有。我们必须抵抗，就只是这样而已。我们过来为的就是这个。"

"但这也并不会有什么意义。"柯尼娜道。

"对我有。如果我们反正都要死，那我宁愿这样死。英勇地战死。"

"这样死就很英勇？"柯尼娜问。

"我觉得是。"奈吉尔道，"而且说到死，真正重要的意见只有一个。"

"哦。"

两只惊慌失措的小鹿闯进空地，很快又逃得无影无踪，对眼前的人类压根儿视而不见。

"你没必要留下，"奈吉尔说，"我得接受这个靠燕，你知道。"

柯尼娜看着自己的手背。

"我觉得我应该留下。"说完她又补充道，"你知道，我觉得也许……你知道，假如我们能更了解对方一点——"

"兔巴弎先生与兔巴弎夫人，你想的是这个吗？"奈吉尔脱口而出。

柯尼娜瞪大了眼睛："那个——"

"你想当哪一个？"他问。

领头的冰川紧随着强烈的冲击波冲进了空地，顶端淹没在它自己创造的云雾里。

就在这一刻，一股热风从世界边缘吹来，让冰川对面的树木低低地弯下了腰。风里有人在说话——或许更像是暴躁任性的口角——它像跃入水中的热铁般扎进了云雾里。

柯尼娜和奈吉尔赶紧扑倒在地，在他们身下，冰雪变成了温暖的泥泞。他们头顶仿佛有雷暴降临，里边充满了叫喊，还有一种声音，起先他们以为是尖叫，可是后来听听，似乎更像是愤怒的争执。那声音持续了很久，最后渐渐消失在中轴地方向。

暖暖的积水淹下来，打湿了奈吉尔的马甲。他小心翼翼地爬起身，然后戳戳柯尼娜。

两人踩着雪水和泥泞，爬过木头与岩石碎片的阻隔，好不容易来到坡顶，放眼往下看去。

冰川正在退却，它们头顶的云层里电闪雷鸣，它们身后的地面上湖泊和水塘星星点点。

"这是咱们干的？"柯尼娜问。

"要能这样想可真让人愉快，不是吗？"奈吉尔道。

"没错，不过这到底是不是——"

"多半不是。谁知道呢？咱们还是先找匹马再说吧。"他说。


"牟日（末日），"战争大着舌头说，"或者诸如此类的什么事儿，我觉得一定是。"

他们已经跟跟跄跄地出了酒馆，此刻正坐在长凳上沐浴午后的阳光。就连战争也听大家劝，把盔甲脱了几样。

"不晓得，"饥荒说，"觉得好像不是。"

瘟疫闭上浑浊的双眼，身子往后靠在温暖的石头上。

"我认为，"他说，"那事儿跟世界终结有点什么关系。"

战争坐在凳子上，若有所思地挠着下巴。他打了个嗝儿。

"什么，整个世界？"他问。

"好像是。"

战争深入地思考片刻。"看来咱们倒是省了不少事儿。"他说。

双城的居民们开始回到安卡·摩波，这里不再是一城空荡荡的大理石，它变回了自己的老样子，也就是说四处蔓延，毫无章法，颜色五花八门，活像一摊秽物，正好吐在历史的通宵外卖店门外。

看不见大学也得以重建，或者说它重建了自己，再或者说不知怎么的，它变得从来没被摧毁过。每一枝常春藤、每一根腐烂的窗框都回到了原位。大法师原本提出要把一切变得崭新，让每根木头都闪闪发亮，让每块石头都纤尘不染，但图书管理员的态度非常坚决。他要一切照旧。

巫师们同黎明一起溜回校园，或是独自一人，或是三三两两。他们钻进自己过去的房间，努力回避彼此的目光，同时暗暗回忆那不久之前的过去，因为它已经变得那么不真实，仿佛一场梦。

柯尼娜和奈吉尔是早饭时候到的，他们好心为战争的坐骑找了个马厩①住下。柯尼娜坚持要去大学找灵思风，于是机缘巧合，成了第一个看见那些书的人。

它们从艺术之塔飞出来，绕着大学的建筑飞了几圈，然后对准刚刚重生的图书馆大门猛冲过去。一两本比较轻佻的大魔法书

---

① 此马明智地决定不再上天。后来一直没人来领它，于是它下半辈子都帮一个老妇人拉车度日。战争对此什么反应哪里都没有记录，不过基本上可以肯定的是，他又重新给自己找了匹坐骑。——作者原注

还攥了会儿麻雀，或者学老鹰的模样在庭院上方盘旋。

图书管理员倚在门框上望着自己的宝宝，表情很和善。他朝柯尼娜耸了耸眉毛，这在他已经是最接近打招呼的动作了。

"灵思风在吗？"柯尼娜问。

"对——头。"

"抱歉，什么意思？"

猩猩没吱声，干脆一手拉起一个，领他们沿着鹅卵石路面往塔底走去。那幅画面活像一个口袋走在两根杆子中间。

塔里点了几根蜡烛，科银坐在一张凳子上。图书管理员鞠了个躬，把二人交给他，然后便退下了，仿佛他是某个古老世家的老仆人一样。

科银冲他们点点头。"别人如果没听明白他的话，他一眼就能看出来。"他说，"真了不起，不是吗？"

"你是谁？"柯尼娜问。

"科银。"科银回答道。

"你是这儿的学生？"

"我的确学到了很多，我想。"

奈吉尔绕着墙晃悠，时不时伸手戳戳石壁。墙没倒，这其中肯定有什么特别充分的理由，只不过俗人的工程学肯定是没法理解的。

"你们在找灵思风？"科银问。

柯尼娜皱起眉头："你怎么猜到的？"

"他告诉过我，说有些人会来找他。"

柯尼娜放松下来。"抱歉，"她说，"我们今天神经稍微有些紧张。我觉得可能是因为魔法什么的。他还好吧？我是说，事情经过是怎么样的？他跟大法师打了吗？"

"哦，是的。而且他赢了，非常……有趣。我全看见了。可之后他有事只好先走。"科银说话的口气好像在背书。

"怎么，就这样？"奈吉尔道。

"对。"

"我不信。"柯尼娜屈膝弯腰准备战斗，指关节也开始发白。

"是真的。"科银说，"我说的每个字都是真的。必须是。"

"我要——"柯尼娜正说着，科银突然站起来，伸出一只手说："停。"

她僵住了。奈吉尔皱眉的表情也凝固在脸上。

"你们马上就要离开，"科银的声音很平和，叫人愉快，"而且你们不会再提任何问题。你们会觉得完全满意，你们已经有了所有的答案，从今往后你们都会幸福快乐地生活在一起。你们会忘记听到过这些话。你们现在就走。"

柯尼娜和奈吉尔缓缓转过身，结伴往门口走，动作愣愣的，活像两个木偶。图书管理员为他们打开门，送他俩出去后又在二人身后把门关好。

接着他把目光转向科银，男孩已经软绵绵地坐回凳子上。

"好吧，好吧，"男孩说，"可这只是一点点魔法而已。我也没办法。你自己说的，必须让大家忘记。"

"对——头？"

"我毫无办法！改变实在来得太容易了！"他双手抱住脑袋，"我必须要想个法子！我不能留下，被我碰到的东西都会出问题，这就好比想在鸡蛋堆上睡觉！这个世界太脆弱了！拜托你告诉我，我该怎么办！"

图书管理员以屁股为轴心转了几圈，毫无疑问，这说明他正在沉思。

接下来他究竟说了些什么历史上并无记载，但科银微笑了。他点点头，又同图书管理员握了握手，然后他张开双手，从上到下画了个圈，抬脚走进了另外一个世界。那里有一个湖，远处还有几座山，树底下几个农夫疑虑重重地望着他。对于所有的大法师来说，这都是终究必须学会的魔法。

大法师永远不会变成世界的一部分。他们不过把世界穿戴一小会儿罢了。

科银走在草地上，走到半路他回过头，朝图书管理员挥了挥手。猩猩点点头作为鼓励。

气泡向内收缩，最后一个大法师从世界消失，进入了他自己的天地。


下面我们要提到的事情跟这个故事没什么关系，但却有些趣味：在约摸五百英里之外有一小群鸟——当然也许更像是兽——总之它们正小心翼翼地走在树丛中。它们的脑袋像火烈鸟，身子像火鸡，腿好似相扑选手；它们走路时动作突兀，摇摇晃晃，就好像它们的脑袋和脚是用橡皮筋拴在一起似的。哪怕在碟形世界的动物中间这也是个非常独特的物种——它们的主要防御手段是让猎食者不可抑制地哈哈大笑，于是自己就可以趁人家还没恢复过来的时候逃之夭夭。灵思风或许能从它们身上得到一点模模糊糊的满足感：它们的名字就叫靠燕。

破鼓酒家的生意不大好。拴在门柱上的巨怪坐在阴凉之中，若有所思地拿着根牙签，想把卡在牙缝里的人剔出来。

柯瑞索自顾自地轻声唱着歌。他刚刚发现了啤酒这东西，而且还不必付钱，因为他意识到恭维在这地方竟是硬通货（也不知为什么，安卡的情郎们竟绝少使用它），而且恭维话对店主的女儿产生了惊人的效果。她是个好脾气的大个子姑娘，肤色和——说得不客气一点——体形都跟没进烤箱之前的面包差不多。她简直被柯瑞索迷住了，过去还从没人把她的胸脯形容成镶满宝石的西瓜呢。

"绝对没错，"沙里发一脸祥和地滑到凳子底下，"完全没有任何疑问。"不但有那种黄色的大西瓜，也有长了疙子一样血管的小绿瓜嘛，他很正直地想着。

"还有我的头发是怎么样的来着？"她把他拉回来，斟上酒，鼓励他继续。

"哦。"沙里发皱起眉头，"放牧在那什么山一侧的一群山羊，半点不错。至于你的耳朵，"他飞快地说下去，"那被海水亲吻的沙滩的粉色贝壳也比不上它们——"

"具体是怎么像一群山羊的？"她追问道。

沙里发有些犹豫。他一直觉得那是自己最棒的诗句之一。现在它将第一次与安卡·摩波著名的一根筋正面交锋。奇怪的是，他竟不由有些钦佩对方。

"我是问，是大小、形状还是气味像？"她继续深入。

"我认为，"沙里发道，"或许我心里所想的句子是完全不像一群山羊。"

"啊？"女孩伸手拿过酒壶。

"而且我认为我或许还想再来一杯，"他含含糊糊地说，"然后……然后……"他斜着眼睛瞟瞟那姑娘，然后义无反顾地问了："你讲故事的本领怎么样？"

"啥？"

他突然觉得嘴唇发干，于是伸出舌头舔了舔。"我是问，你是不是知道很多故事？"他哑着嗓子问道。

"哦，没错。多得很。"

"多得很？"柯瑞索低声道。他的妃子大多只会讲那么一两个，而且全都老掉了牙。

"好几百个。怎么，你想听个故事？"

"什么，现在？"

"如果你想听的话。现在生意也不忙。"

也许我确实死了，柯瑞索暗想，也许这就是天堂。他抓住她的双手。"你知道，"他说，"我好久好久没有遇到一个讲故事的高手了，但我绝不想强迫你干你不愿意干的事儿。"

她拍拍他的胳膊。这老头多么绅士啊，她暗想。瞧瞧我们这儿有些人。

"有个故事过去奶奶常讲给我听，我能倒背如流。"她说。

柯瑞索抿口啤酒，温情脉脉地望着墙壁。好几百个故事，他想，而且有些她还能倒背如流。

她清清喉咙开始讲，悦耳的嗓音让柯瑞索的脉搏都融化了："从前有个人，他生了八个儿子……"

王公坐在窗前写着什么。对于过去的一两个星期，他脑子里简直是一团糨糊，这种感觉可不怎么讨他喜欢。

仆人点上了一盏灯，为他驱赶黄昏，几只早起的飞蛾正绕着它打转。王公专心致志地望着它们。不知为什么，玻璃让他有些不安。不过当他直愣愣地盯着那些昆虫的时候，玻璃绝对不是最叫他烦心的部分。

最叫他烦心的部分在于，他必须拼命抑制一种可怕的冲动，否则难保自己不会伸出舌头去够那些蛾子。

旺福司仰躺在主人脚背上，在梦中汪汪叫着。

城里的居民纷纷点亮了自家的油灯，但最后几缕阳光其实还没有完全消失。落日的余晖照耀着滴水兽，它们正互相搀扶着爬回高高的房顶。

图书馆的门开着，管理员站在门边望着滴水兽。他给自己挠了个含义隽永的痒痒，然后转过身，把黑夜关在了门外。

图书馆里很暖和。图书馆里从来都很暖和，因为零零碎碎的魔法不仅能照明，同时也在温柔地烹调空气。

图书管理员赞许似的看着自己的宝贝书，他在安眠的书架间最后巡视一次，接着把毯子拽到自己的书桌底下，吃过最后一根晚安香蕉便睡了。

渐渐地，寂静重新统治了整座图书馆。它拂动了一顶帽子的遗骸。这顶帽子饱受摧残，磨损得厉害，边缘还被烧焦了，但大家却郑重其事地把它搁在一个壁龛里。无论一个巫师走了多远，他总会回来取自己的帽子。

寂静将大学填满，就好像空气填满洞穴。黑夜铺陈在碟形世界上，犹如李子果酱，当然也可能是黑莓蜜饯。

但早晨会来的。永远都会有另一个早晨来临。

已经很久没人见过灵思风了。

连死神也不知道他去了哪里，直到有一天，有关于灵思风的传言在安卡·摩波的街道传开。

"我听说灵思风丢了巫师帽，现在好像成了一名'恶魔'，捻一个响指就能帮人实现愿望。"

"啊，看来成为恶魔不需要考试。"

"呃……可能只考逃跑马拉松吧。"

"听说他还去了地狱？然后又开始了逃跑？"

"不清楚，但是据说地狱的工作人员也要加班，大家也没什么精力杀人，灵思风应该不用逃跑了吧。"

……

传言真实与否尚待考证，我知道的是他确实去了地狱，并且没有打算停止逃跑……

《碟形世界·零魔法巫师4：去地狱吧》

即将上市，敬请期待。

## 图书在版编目（CIP）数据

零魔法巫师. 3，所有魔法的源头 / (英) 特里·普拉切特著；胡纾译. -- 2版. -- 郑州：河南文艺出版社, 2019.1
（碟形世界）
ISBN 978-7-5559-0780-0

Ⅰ.①零… Ⅱ.①特… ②胡… Ⅲ.①长篇小说—英国—现代 Ⅳ.①I561.45

中国版本图书馆CIP数据核字（2018）第278512号

| | |
|---|---|
| 著　　者 | ［英］特里·普拉切特 |
| 译　　者 | 胡纾 |
| 责任编辑 | 王宁 |
| 特邀编辑 | 朱写写　徐微　章喆 |
| 策　　划 | 读客文化 |
| 版　　权 | 读客文化 |
| 封面设计 | 吕晓枢 |
| 封面插图 | 保罗·季德柏　马越　杨净净 |
| 出版发行 | 河南文艺出版社 |
| 印　　刷 | 北京中科印刷有限公司 |
| 开　　本 | 890mm × 1270mm 1/32 |
| 印　　张 | 11.25 |
| 字　　数 | 217千 |
| 版　　次 | 2019年1月第1版　2019年1月第1次印刷 |
| 定　　价 | 48.50元 |

如有印刷、装订质量问题，请致电010-87681002（免费更换，邮寄到付）
**版权所有，侵权必究**

马上扫二维码，关注 **"熊猫君"**

和千万读者一起成长吧！